Sascha Reh

Großes Kino

Roman

Schöffling & Co.

Erste Auflage 2020

Satz: Fotosatz Amann, Memmingen
Druck & Bindung: Pustet, Regensburg
ISBN 978-3-89561-089-9

www.schoeffling.de

»Es ist ohne Weiteres möglich, eine gute Story zu schreiben,
ohne die Einzelheiten der *Reise des Helden* zu beachten.
Ehrlich gesagt, ist dies sogar der bessere Weg.«
Christopher Vogler,
Die Odyssee des Drehbuchschreibers

»Tony hat dem alten Mann gesagt,
er soll mir sagen, ich soll dir sagen: Es ist, wie es ist.«
Robert de Niro zu Al Pacino
in Martin Scorseses *The Irishman*

Erster Akt
DIE PHASE DES AUFBRUCHS

1. Die Reise des Helden beginnt mit der Vorstellung seiner gewohnten Welt. Ein initialer Auslöser setzt die Handlung in Gang

Wie üblich bei dieser Art von Geschichten wird diese hier mit den Bullen enden, wobei zunächst wohl interessanter ist, wie sie anfängt, nämlich auch mit den Bullen. Das heißt: Geschichten fangen eigentlich nicht an. Sie ereignen sich und hören nicht auf. Aber das führt fürs Erste zu weit.

Was sich ereignete, war Folgendes. Wuppke machte einen späten Einkauf beim Rewe, Joghurt, oder was ihm sonst so fehlte in seinem kleinen Junggesellenhaushalt mit Balkonblick auf die Stadtautobahn, vielleicht kaufte er auch Bier, letztlich ist das ja seine Sache. Kam also ein Bulle in einer dieser blauen Sommeruniformen rein, kurzärmliges Hemd, schusssichere Weste, und ging wutentbrannt auf die Kassiererin los. Die scheiß Düse sei platt! Er fuchtelte mit einer Dose vor ihrem Gesicht herum, Wuppke dachte, es sei Kampfgas, dann sah er die Aufschrift: »ja! Sprühsahne«.

Es war Hauptsaison und dementsprechend warm, sogar hier im vollklimatisierten Untergeschoss des neuen Einkaufszentrums, das sie an die Karl-Marx hingestellt hatten, und vor Wuppke standen noch sechs Leute mit vollen Einkaufswagen, Quinoamüsli und Fair-Trade-Schokolade mit Chiligeschmack, oder was die jungen Leute neuerdings nicht alles essen. Wuppke wollte nur nach Hause und sich seinen Joghurt reinziehen.

Der Bulle, ein offenbar übermotivierter junger Typ mit imposantem Bizepsumfang und überholter Tribal-Tätowierung, beschwerte sich bei der Kassiererin schwallartig über die Sache mit der Dose. Und obwohl Wuppke keine Ahnung hatte, worin die Sache mit der Dose bestand, und sich auch nicht dafür interessierte, fand er es nicht richtig, dass ein Bulle, der ja irgendwo doch ein Vorbild sein sollte und so weiter, derart überheblich mit einer höchstwahrscheinlich unterbezahlten Kassiererin umsprang, fast schon wie mit einem gewöhnlichen Halunken oder Strolch, und alles nur wegen seiner Sprühsahne. Also konnte Wuppke – nicht zum ersten Mal in seinem Leben übrigens – sein Maul nicht halten und rief zu dem Bullen rüber: »Ey, kannst du mal nicht so ne Welle machen da vorne?«

Damit nahm die Geschichte beträchtlich an Fahrt auf. Die Sache war nämlich die, dass Wuppke vorbestraft war und sich solche Sprüche eigentlich nicht leisten konnte, schon gar nicht gegenüber einem Bullen mit Bizeps. Wuppke war nicht schlimm vorbestraft, nur ein bisschen, aber es würde ausreichen, um den Joghurt für heute Abend aus dem Programm zu streichen, und morgen wahrscheinlich auch.

Wuppke hatte eine Bewährungsstrafe wegen notdürftiger Tötung am Hals. Jedenfalls nannte er es seinem Bewährungshelfer Herrn Gottschild gegenüber so, weil er das witziger fand als Nötigung, und Humor wird umso wichtiger, je weniger man zu lachen hat. Letzten Dienstag hätte er zu seinem Herrn Gottschild in den Wedding fahren sollen, was am anderen Ende der Stadt liegt, aber Wuppke hatte verpennt, dann war seine Prepaidkarte leer gewesen, und als er sich doch noch in die U-Bahn gequält hatte, waren am Hermannplatz Kontrolleure von der Sorte gescheiterte Gerüstbauer zugestiegen. Da hatte er die Krise gekriegt und war wieder nach Hause.

Das war, wie sich noch zeigen wird, Wuppkes größtes Problem, dass er nämlich manchmal von jetzt auf gleich bockig werden konnte und dann aus der Rolle fiel. Außerdem ließ er sich in letzter Zeit ein bisschen hängen.

Jedenfalls war heute schon Donnerstag, und er hatte sich vorgenommen, Gottschild gleich morgen früh anzurufen und ihm die ganze Sache zu erklären. Oder vielleicht nicht die Sache an sich, sondern etwas, das noch ein bisschen überzeugender klang. Wuppke war sicher, dass er es schaffen würde, alles wieder hinzubiegen, Gottschild war ein netter Kerl, und er selbst konnte, wenn er wollte, ganz charmant sein, oder wenigstens das Hemd in die Hose stecken. Außerdem wusste Wuppke, wie man Leute wie Gottschild anpacken musste, er war nämlich früher selbst einer von der Sorte gewesen, aber dazu bei Gelegenheit mehr.

Jetzt im Moment war er jedenfalls nicht charmant, sondern gerade dabei, zu einem Ärgernis für den Bizepspolizisten zu werden, der inzwischen auf Betriebstemperatur war. Ein Blinder konnte sehen, dass es ihm nicht um die Sprühsahne ging, sondern dass er bloß einen Idioten suchte, an dem er sein überschüssiges Testosteron abreagieren konnte, und natürlich war er insgeheim froh, dass sich mit Wuppke jemand freiwillig dafür meldete. Wuppke hätte das eigentlich wissen müssen, schließlich kannte er sich mit Bullen ein bisschen aus. Hilft aber nichts. Er schloss die Augen und atmete tief durch, als der Bulle sich durch die Schlange zu ihm durchkämpfte.

Wie vorher auf die Kassiererin, redete er nun schwallartig

auf Wuppke ein. Er spuckte beim Sprechen. Natürlich hörte Wuppke nicht zu, außer am Ende, wo die Frage kam: »Kann ich jetzt mal Ihren Ausweis sehen?«

Wuppke bemühte sich, wenn schon nicht höflich zu bleiben, dann wenigstens frech zu werden. »Wieso wollen Sie denn jetzt auf einmal meinen Ausweis sehen, Herr Wachtmeister?«, wobei seine Entgeisterung natürlich betont schlecht gespielt war.

»Hören Sie mal, junger Mann«, sagte der Bulle ernsthaft, und an der Stelle flogen bei Wuppke endgültig die Sicherungen raus, denn dass ein Bulle, der mindestens fünf Jahre jünger war als er, ihn »junger Mann« nannte – wobei Wuppke mit Anfang 40 auf eine langsam bedrückend werdende Weise eben kein junger Mann mehr war –, konnte man nur als vorsätzliche Provokation verstehen. Wuppke war es schon immer schwergefallen, seinen Ärger einfach wegzuatmen, in diesem Fall versuchte er es gar nicht erst. Er schubste den Bullen weg, sprang in Ermangelung anderweitigen Bewegungsspielraums auf das Warenband und am Ende wieder runter, und im nächsten Moment war er raus aus dem Supermarkt und drinnen im Parkhaus. Wo er zwar nicht hinwollte, aber egal.

Der Bulle natürlich hinter ihm her.

In seiner Hand hielt Wuppke immer noch den Joghurt. Tja, Scheiße, Widerstand gegen die Staatsgewalt in Tateinheit mit Ladendiebstahl, überschlug Wuppke und schüttelte den Kopf über seine Blödheit, zuckte dann aber gedankenschnell die Achseln, stolperte über eine Fahrbahnbegrenzung und sah den Becher auf einen vorüberfahrenden Vespafahrer zufliegen, wo er am Visier des Fahrers zur Explosion kam.

»Tschuldigung!«, rief Wuppke.

Die Maschine schlingerte noch ein Stückchen ohne den Fahrer weiter und knallte dann in einen geparkten Mercedes. Der Fahrer lag wie ein Käfer auf dem Rücken und schrie irgendwas. Wuppke bekam Schiss, dass er seine Zunge verschluckt hatte, aber dann begriff er, dass der Fahrer bloß auf Arabisch fluchte. Er rappelte sich auf, klappte das verschmierte Visier hoch und ging sofort auf Wuppke los. Wuppke richtete eilig die immer noch knatternde Maschine auf und setzte sich drauf. Im Umdrehen sah er, dass der Bulle inzwischen ebenfalls am Set war und den Rollerfahrer wegschubste, wie wenn ein Tyrannosaurus Rex einem Diplodocus das Essen streitig macht oder so was. Wuppke kannte sich aber mit der Kreidezeit nicht so aus. Er gab Gas und fuhr auf dem schmalen Fußgängerstreifen an der Schranke vorbei, raus aus dem Parkhaus und dann auch vorsichtshalber raus aus Neukölln Richtung Süden, bis er irgendwann in Schöneweide neben einer Pferdekoppel im Sonnenuntergang anhielt, den Roller abstellte und den Bus zurück nahm.

Zu Wuppkes Biografie wäre schon das Wichtigste gesagt, wenn man den Mantel des Schweigens darüber breiten wollte. Wuppke hatte immer versucht, irgendwie sein Ding zu machen, aber, na ja: Fortuna trägt ihren Schopf nun mal vorne, und wenn man immer erst danach greift, wenn sie schon vorbei ist, muss man sich nicht wundern.

Wuppke rief auch am nächsten Morgen nicht seinen Bewährungshelfer Herrn Gottschild an, denn seine Karte war immer noch leer. Außerdem schlief er freitags gern etwas länger und schaute sich nach dem Aufwachen die besten Szenen aus *Blues Brothers* auf DVD an. Dafür machte jemand von der Möglichkeit Gebrauch, ihn anzurufen, und zwar mehrfach, beziehungsweise minütlich. Wuppke hatte ein schlechtes Gefühl im Bauch, ebenso schlecht wie der Geschmack im Mund von dem Bier, das er getrunken hatte, um den beklagenswerten Verlauf des gestrigen Abends zu verwinden.

Es hilft alles nichts: Wenn das Telefon klingelt, muss man irgendwann rangehen, schon allein der Neugier wegen. In diesem Fall war es der Chinese beziehungsweise einer seiner Handlanger.

Der Chinese ist jetzt ein Thema für sich. Keiner weiß so genau, warum man ihn den Chinesen nennt. Er hat keine mandelförmigen Augen, er ist nicht klein, und er verbeugt sich auch nicht bei der Begrüßung. Die Haare sind schwarz, klar, aber nicht glatt und glänzend, sondern stumpf und wellig. Schon dem Aussehen nach ist der Chinese leicht als Araber zu erkennen. Er ist groß und hat einen Schmerbauch, und in seiner Freizeit liebt er es, arabische Schlager per Karaoke nachzusingen. Kein echter Chinese würde so etwas tun. Das mit dem Spitznamen hat vielleicht damit zu tun, dass er in der Import-Export-Branche tätig ist. In der Migrantengemeinde Neuköllns scheint das eine durchaus beliebte Tätigkeit zu sein, jedenfalls wenn man dieser Einschätzung die Zahl der weißen Porsche Panamera oder sogar Bentley Continental GT zugrunde legt, die man bei Einbruch der Dunkelheit so zu Gesicht bekommt. Auch der Chinese fuhr so einen, und zwar immer gegen Mitternacht mit maximaler Drehzahl unter Wuppkes offenem Fenster vorbei, was nur deswegen nicht so sehr ins Gewicht fiel, weil da ja eh auch die Stadtautobahn vorbeiführt.

Wuppke wollte sich eigentlich vom Chinesen fernhalten.

Ein bisschen was für seine Work-life-balance tun. Er hatte das jetzt auch schon eine ganze Weile prima hinbekommen. Seine Bewährung hatte dabei ungemein geholfen: Man ließ ihn in Ruhe, niemand versuchte, ihm einen Job anzudrehen, der Umgang war respektvoll. So respektvoll, dass Wuppke noch nicht hatte erwägen müssen, ein für alle Mal aus Neukölln zu verschwinden.

Jetzt hieß es aber: »Chinese will dich sehen.«

»Was? Jetzt?«, murmelte Wuppke ins Telefon. »Wieso?«

»Hat was mit dir zu sprechen.«

»Das geht jetzt nicht«, sagte er, stand aber vorsichtshalber schon mal auf und begann damit, sich anzuziehen.

»Wieso nicht?«

»Hab meinen bad-hair-day.«

»Was für Scheiß?«

Geschichten funktionieren ja meistens so, dass der Held oder die Heldin eine hervorstechende Eigenschaft hat, oder gleich mehrere davon. Von diesem Gesichtspunkt aus betrachtet, handelt es sich bei Wuppke erst mal um eine gewagte Wahl. Zum einen ist ihm als weißem Mann auch ohne besondere Eigenschaften bislang immer der Arsch nachgetragen worden, ohne dass er sich groß hätte anstrengen müssen. Zum anderen lebt er jetzt schon eine ganze Weile von der Stütze, nachdem er aufgedeckt hat, dass das gesamte System des Lohnerwerbs erpresserisch organisiert ist.

Spaß beiseite, auf eine Art war seine Existenz wirklich tragisch, denn Wuppke hatte immer etwas Besonderes sein wollen. Dabei wäre er bezüglich des spezifischen Charakters dieser Besonderheit nicht einmal besonders wählerisch gewesen. Er hätte zum Beispiel gern vier Fremdsprachen gelernt, darunter Kastilisch, Farsi, Esperanto und eine dieser Khoisansprachen aus Südwestafrika, wo die Leute immer so tolle Klicklaute machen. Aber die werden an Volkshochschulen nicht unterrichtet. Er hätte außerdem gern mit der einen Hand Klavier und mit der anderen Trompete gespielt oder Flickflacks treppaufwärts beherrscht. Und er hätte sehr gerne überraschende und heilsame politische Ideen gehabt. Überhaupt wäre er gern von irgendetwas überzeugt gewesen, und sei es nur von der absoluten Notwendigkeit, Marvel-Comics in Erstausgaben zu sammeln.

Aber Wuppke war in all diesen und noch viel mehr Hinsichten kein besonderer Mensch, und er hatte tatsächlich sein gesamtes bisheriges Leben dafür gebraucht, sich an diese Erkenntnis zu gewöhnen. Eine Zeit lang hatte er sich mit dem Mantra der Mittelmäßigen getröstet, demzufolge jeder Mensch etwas Besonderes sei. Aber schon Robert »Flash« Parr, ein zehnjähriger Junge aus dem computeranimierten Film *The Incredibles*, der das besondere Talent hat, unglaublich schnell laufen zu können, hat durchschaut, dass, wenn jeder etwas Besonderes zu sein meint, es in Wahrheit niemand ist.

Einen Kaffee aus dem Backshop in der Hand, saß Wuppke etwas später beim Antichambrieren im Vorzimmer des Chinesen. Genau genommen war es ein Hinterzimmer. Es roch nach abwegigen Shishaaromen und profanem Zigarettenrauch. Das Hinterzimmer war katastrophal eingerichtet mit einem kitschigen Wandteppich und überall Gold und Glitzer an den Möbeln, die Araber haben ja teilweise einen kontroversen Einrichtungsgeschmack. Außerdem war in jeder freien Ecke mehr oder weniger originalverpackte Unterhaltungselektronik gestapelt, mengenmäßig noch nicht ganz auf Großhandelsniveau, aber dann doch so viel, dass man sich fragte, ob damit wirklich nur der persönliche Bedarf der – wenn auch großen – chinesischen Großfamilie gedeckt werden sollte.

Der Chinese kam rein und strahlte. Er strahlte immer, wahrscheinlich, um seine mächtigen Zähne zur Schau zu stellen. Er hatte Zähne so massiv wie polierte Marmorgrabsteine auf einem Soldatenfriedhof, völlig ebenmäßig und gleißend weiß. Es war ausgeschlossen, dass sie echt waren.

»Carsten, mein Lieber, warum du trink diese Scheise?«, fragte er zur Begrüßung und setzte sich auf ein purpurnes Sofa mit Goldtroddeln. Der Chinese hieß mit richtigem Namen Ali al-Safa, und Wuppke wusste, dass man ihn auch so anreden sollte. »Schön du wieder arbeitest.«

»Eigentlich bin ich noch auf Bewährung«, sagte Wuppke vorsichtig.

»Jaja«, machte der Chinese und summte eine Melodie aus dem Werbefernsehen von Al Dschasira.

»Was mache ich hier, Ali?«

»Ah, willst du sofort Sache reden, gutgut. Freu ich mich, dich sehen, mein Lieber, wirklisch, escht. Aber hab ich Problem.«

Wuppke wusste schon, was jetzt kam.

»Sache mit Motorrad, mein Lieber. Das Scheise.« Er trug einen Zahnstocher im Mundwinkel, wie andere Leute Fliegerjacken mit hohem Pelzkragen tragen.

»Was fürn Motorrad?«

»Hast du Salid Dose Bier an Kopf geworf«, sagte der Chinese unbeirrt und mit bedauerndem Kopschütteln. »Das nich nett.«

»Ich hab nicht …«, versuchte Wuppke.

»Weiß du, Salid ist, äh …« Der Chinese wandte sich fingerschnippend an einen stiernackigen Mann bei der Tür, der gerade versuchte, auf einer Setar bestimmte Töne zu treffen, ohne zu wissen, welche. Wuppke kannte ihn nicht, glaubte wegen der Finsterkeit seines Mienenspiels aber, dass er vorne im Laden arbeitete. Es war nämlich das Hinterzimmer von einem Laden, der auch vorne aussieht wie ein Hinterzimmer.

»Was ist noch mal Salid?«, fragte der Chinese den Mann. Der antwortete, ohne aufzusehen: »Cousin. Oder Schwager.«

»Weißt du«, dies der Chinese wieder zu Wuppke, »Salid ist Cousin. Oder Schwager.«

»Wer ist Salid?«, fragte Wuppke.

»Cousin«, sagte der Chinese geduldig, als sei Wuppke ein bisschen behindert.

»Oder Schwager«, sagte der Mann an der Tür über seine Laute hinweg. Das ging eine Weile so hin und her, aber wir spulen mal vor zu der Stelle, wo der Chinese sagte: »Jetzt, was soll ich machen? Salid sagt zu mir, soll ich dich Eier abhängen, aber kann ich nicht machen das. Andere Seite: ist Familie, verstehst du.«

Wuppke sagte nichts.

»Wieso du sag nichts, mein Lieber.«

Das war eine gute Frage, und die Antwort war wohl, dass Wuppke sich vollkommen klar darüber war, Mist gebaut zu haben, noch dazu, wo der Chinese nicht dafür bekannt war, solche Sachen auf sich beruhen zu lassen, schon gar nicht, wenn sie seine Familie betrafen. Die Araber machen um die Familie ja ein Wahnsinnsgewese, mit Fatwa und Blutrache und diesem ganzen Unsinn, damit ist nicht zu spaßen. Andererseits wusste Wuppke, dass er beim Chinesen noch einen Stein im Brett hatte wegen der Geschichte von damals.

Die Geschichte von damals geht so. Wuppke hatte eine Zeit lang als Sozialarbeiter gewirkt, richtig mit Studium und Steuerkarte und allem. Das ist vielleicht schwer zu glauben, aber andererseits kann das ein Außenstehender gar nicht beurteilen, und wie schon Shakespeare gesagt hat: Niemand kennt irgendjemanden wirklich. Vielleicht war es auch Goethe oder Gérard Depardieu gewesen, der das gesagt hat, spielt ja keine Rolle, solche Sätze werden alle naselang gesagt, sogar wenn gerade keiner mitschreibt. Jedenfalls war Wuppke mal Sozialarbeiter gewesen, das ist so. Er hat mit Jugendlichen gearbeitet, die frühzeitig von zu Hause weg sind, weil sie was von der Welt sehen wollten und dann ziemlich schnell gemerkt haben, dass das nicht unbedingt auf Gegenseitigkeit beruht. Woraufhin die Jugendlichen meistens aggressiv wurden, klar, da waren sie wenigstens gut drin. Wuppke hat also versucht, die Jugendlichen ein bisschen auf nettere Gedanken zu bringen, zum Beispiel so mit Wehrsport im Wald oder S-Bahn-Surfen. Kleiner Scherz, natürlich hat er lauter pädagogisch wertvolles Zeug mit den Jugendlichen veranstaltet, Bewerbungstraining, biovitales Qigong und Grundlagen der Verhütung.

Wuppke hatte auch jungen Müttern Beziehungsangebote gemacht. Dass das jetzt nicht missverständlich rüberkommt: Wuppke hat ihnen bei den alltäglichen Dingen des Lebens unter die Arme gegriffen, also hauptsächlich das Jobcenter verarscht und gescheit dahergeschwätzt. Im Grunde kein großer Unterschied zu dem, was er dann später für den Chinesen machte, nur eben fast legal.

Einmal hatte er mit einer jungen Mutter zu tun gehabt, die eine Art Syndrom hatte. Bei den kleinsten Anzeichen von Stress schaltete sie erst auf Burn-out und dann auf Psychoterror, Wuppke begann dann sofort im Kopf zu überschlagen, was er sich dafür am Monatsende extra in die Rechnung schreiben konnte.

Den einen Tag kam also die junge Mutter an, die ja schon ein kleines Kind hatte (logisch), und meinte, sie sei jetzt wieder schwanger. Das Kind sei von irgendeinem Typen, mit dem sie nichts mehr zu tun habe, auch die befruchtete Eizelle wolle sie schnell loswerden, und deswegen sei die ganze Sache eigentlich kein großer Aufreger. Allerdings hatte sie ziemlich lange damit gewartet, zu dieser Einschätzung zu kommen, und war mittlerweile im vierten Monat.

Wenig später rief Wuppke der werdende oder eben vielleicht auch nicht werdende Vater an und druckste rum. Die Sache sei sehr delikat (der Mann, der natürlich der Chinese war, sagte nicht »delikat«, sondern nur sinngemäß), aber ob es stimme, dass Wuppke die Frau betreue, sie dürfe nämlich auf keinen Fall abtreiben, er habe Geld. Wuppke verstand kein Wort und musste ziemlich oft nachfragen, bis er begriff, dass der Chinese sich mit der Frau auf eine kurze Nacht unterm Sternenzelt eingelassen hatte, die aber keinesfalls herauskommen dürfe, wegen Religion und so. Andererseits müsse das Kind unbedingt zur Welt kommen, auch wegen Religion. Ein echtes Dilemma also. Der Chinese bot Wuppke Geld, damit der die Frau überzeugte, das Kind zu bekommen und großzuziehen. Wuppke, der sich bei der Annahme von Aufträgen gern mehr oder weniger am Machbaren orientierte, hatte gesagt, er werde sehen, was sich machen ließe.

Als die Frau dann beim Frauenarzt gewesen war und der

Frauenarzt ihr angesichts der nicht unbeträchtlichen Fristüberschreitung einen Vogel gezeigt hatte, war das Thema Abtreibung eh vom Tisch, was der Chinese wiederum für das Verdienst Wuppkes hielt, weswegen er von da an eine Art Vaterfigur für Wuppke werden wollte.

Der Twist oder auch Clou an der Geschichte ist jetzt der, dass Wuppke wenig später unehrenhaft aus seinem Sozialarbeiterjob entlassen wurde und also ohne Einkommen dastand. Warum er unehrenhaft entlassen wurde, mag für die einen oder anderen jetzt durchaus interessant sein, aber wenn man Wuppke danach fragt, kriegt man meistens so was zu hören wie: »Da möchte ich jetzt nicht drüber reden.« Und auch wenn das keine vertrauensstiftende Antwort darstellt, ist es Wuppkes gutes Recht, zu schweigen, also Schwamm drüber.

Viel wichtiger ist, dass der Chinese, der seine Augen und Ohren überall hatte, großen Anteil an Wuppkes Situation nahm und sich fortan für Wuppke auf geradezu rührende Weise verantwortlich fühlte, weil er seinem Sohn (für ihn hatte von Anfang an festgestanden, dass das uterale Kind ein Sohn werden würde, was dann auch tatsächlich der Fall war) *das Leben gerettet* habe, wie er sich dramatisch ausdrückte. Wuppke versuchte zwar wiederholt, dem Chinesen den wahren Hergang begreiflich zu machen, war aber gegen dessen Enthusiasmus machtlos und ließ es geschehen, dass der Chinese ihm nach dem Rauswurf mit ein, zwei kleineren Jobs über die Runden half. Eigentlich waren es keine richtigen Jobs, sondern mehr Gefälligkeiten. Angaben über den genauen Charakter der Gefälligkeiten würde Wuppke auf Nachfrage ähnlich beantworten wie oben, aber man tritt Wuppke sicher nicht zu nah, wenn man durchblicken ließe, dass der Chinese ihn für Zwecke des Rechnungsbetrugs in Dienst nahm, indem er ihn beispielsweise für Coaching-Aufträge buchte.

»Kannst du gut reden«, hatte er eines Abends gesagt, nachdem Wuppke einige der Sorgerechts- und Pflegschaftsstreitigkeiten für den Chinesen hingebogen hatte, die anfallen, wenn man ein Kind am Hals hat, das man als mittelständischer Unternehmer ohne Eintrag im Handelsregister nicht eigenhändig großziehen will.

Der Chinese schien berufliche Probleme zu haben. Wuppke hatte zwischen den Zeilen verstanden, dass er mit seinen »Jungs«, wie er seine Jungs nannte, in letzter Zeit vermehrt defizitäre Sprechakte durchgeführt hatte, die die Teameffizienz negativ zu beeinflussen begannen. Der Chinese wollte das dringend geändert haben, und da er unbeirrbar von Wuppkes rhetorischen und empathischen Fähigkeiten überzeugt war, verstieg er sich zu der Idee, Wuppke solle eine der monatlichen Geschäftsbesprechungen supervidieren. Diese fanden, wie aus einschlägigen Filmen bekannt, entweder in einer leeren Fabriketage oder dem Nebenzimmer einer Großküche statt, wobei diesmal die Fabriketage dran war.

Auf ein paar unmotiviert drapierten Stühlen, die vage einen Kreis beschrieben, hatten sich etwa zwei Hände voll arabischdeutscher Adoleszenten versammelt bzw. gelümmelt, die derartig mit Wachstumshormonen vollgepumpt waren, dass man sie hätte auf Flaschen ziehen können. Auch Salid war dabei gewesen und hatte Wuppke, wie alle anderen, misstrauisch beäugt. Alle rauchten, die Luft war dementsprechend zum Schneiden.

Wuppke fragte nicht, wie es bei einer regulären Organisationsberatung üblich gewesen wäre, in welchen Geschäften der Chinese mit den umsitzenden Herren verbunden war, weil sich manche Fragen von selbst beantworten. Halb herablassend und zur anderen Hälfte spöttisch wurde er als des Chinesen neuer Schoßhund begrüßt und dann auch weiterhin so behandelt, bis der Chinese den jungen Männern auf Arabisch (mit deutschen Untertiteln) auseinandersetzte, dass Wuppke ein wichtiger Mann sei und so etwas wie eine Gehirnwäsche an ihnen vornehmen werde, die ihre Benutzerfreundlichkeit beträchtlich verbessern würde. Das Plenum lachte herzlich, bis Wuppke seinen Power Pointer anwarf und begann, Begriffe wie »Gefühle«, »Wertschätzung« und »Ich-Botschaften« an die mit Tags über und über beschmierte Wand zu projizieren.

»Bist du schwul oder was los, Alter?«, wollte darauf Salid wissen. Wuppke, der natürlich wusste, dass es zum männlichen Dominanzverhalten wesentlich dazugehört, andere Männer dominieren zu wollen, verneinte die Frage sachlich und legte weiterhin dar, dass zu einer harmonischen Unternehmenskultur unbedingt allseitige Fehlerfreundlichkeit gehöre, nur so könne ein Klima leistungsorientierter Angstfreiheit entstehen.

»Ey Mann, was laberst du eigentlich, Alter? Willst du sagen, ich hab Fehler gemacht? Pass auf, dass du kein Fehler machst, du Arsch!«

Der Chinese, dem nicht entging, dass Wuppkes Supervisionsangebot schon früh auf Skepsis stieß, lächelte nachsichtig. »Sind wie junge Stiere«, raunte er Wuppke aufmunternd zu. »Müssen Eier bissken schleifen in Sand.«

Wuppke hatte sich in tristen Zeiten mal eine Liste gemacht, was er vor seinem Tod unbedingt noch alles erledigt haben wollte, und erwischte sich jetzt dabei, wie er die Liste drastisch zusammenstrich. Einer der Jungs wirbelte bereits sein Butterflymesser zwischen den Fingern, als sei es ein schöner bunter, nun ja: Schmetterling.

»Marshall Rosenbergs Ansatz der gewaltfreien Kommunikation zielt darauf ab«, stieß Wuppke mit bemüht fester Stimme hervor, »die Kommunikation von ihren negativen Wertungen zu befreien und diese in Wünsche zu übersetzen. Denn die Welt, die wir durch unsere Sprache erzeugen, ist die Welt, in der wir leben müssen. Ich zum Beispiel«, fügte er so gut wie unhörbar hinzu, »freue mich darüber, dass Ihr mir im Moment so aufmerksam zugewandt seid, und möchte euch einladen, mit mir zusammen einige Übungen zur Gewaltfreiheit zu versuchen.«

Der Chinese nickte zustimmend, klatschte in die Hände und hielt mit unbewegter Miene einen kleinen arabischen Monolog (ohne Untertitel), in dessen Anschluss sämtliche Teilnehmer des Workshops wie auf einen Zauberspruch hin ihre Zigaretten löschten, sich gerade auf ihre Stühle setzten und unter Wuppkes Anleitung höchst beflissen die Vorzüge von Rosenbergs Giraffensprache anhand lebensnaher Beispiele durchspielten. Nach fünfundvierzig Minuten war einer der Jungs – es war ausgerechnet Salid – so weit, dass er seinen Vernichtungswunsch in Richtung eines Marktkonkurrenten überaus konstruktiv reframen konnte, indem er im Rollenspiel erklärte: »Hab ich gesehen, hast du schon wieder neue Sonderlackierung, und weissu, bin ich Stück weit frustriert, weil hab ich auch viel Arbeit und alles, aber hey, ist gute Anreiz für mich jetzt, danke Kumpel.«

Wuppke hielt das angesichts der Startschwierigkeiten für ein beachtliches Ergebnis. So beachtlich, dass er hinterher den Chinesen fragte, was er da eigentlich zu seinen Jungs gesagt hatte.

»Siehst du«, sagte der Chinese und fasste Wuppke herzlich bei den Schultern, »hast du gute Job gemacht, bin ich stolz auf dich, mein Lieber.«

»Ali, ich bin nicht blöd, du hast denen doch gedroht. Das ist nicht der Sinn ...«

»Hab ich nicht gedroht, mein Lieber. Manche Sache meine Jungs versteh besser in Muttersprach. Hab ich gesagt, kann auch gewaltfrei Sprach lernen in Schiffcontainer. Schön ruhig. Und kann sich gut konzentrier in Afrika, mit Giraffe und alles.«

Immerhin muss man sagen, dass Wuppke den Chinesen halblaut gefragt hatte, wie er die Gefälligkeiten mit der Finanzbehörde verrechnen solle, aber die Frage war dann im Sande verlaufen, sodass Wuppke rasch aufgehört hatte, sie zu stellen.

Jetzt sind wir ziemlich weit von der Haupthandlung abgekommen. Die Haupthandlung spielt ja da, wo der Chinese seine Goldtroddeln ordnete und sagte, indem er sich eine neue Zigarette anzündete: »Weißt du, Carsten, will ich Land kaufen.«

»Was willst du kaufen?«

»Land.«

»Wie jetzt? Deutschland?«

»Ahahaha, Carsten, alte Carsten«, sagte der Chinese liebenswürdig und paffte an seiner Zigarette. »Nein Mann, Ernst, musst du was regeln für mich, mein Lieber. War ich im Solt letztens.«

»Wo warst du?«

»Im Solt. Hast du was mit Ohren, oder was los?«

Wuppke sah fragend den Mann an, der inzwischen über seine Laute hinweg auf den Fernseher im Verkaufsraum blickte. Der Mann sagte, ohne Wuppke anzusehen: »Auf Sylt.«

»Was hab ich denn gesagt?«, fragte der Chinese in Richtung Tür und machte eine »Was hab ich denn gesagt?«-Geste.

»Was machst du auf Sylt?«, fragte Wuppke.

»Hab ich Urlaub gemacht, mein Lieber. Schön Insel. Viel Wind.«

Wuppke hielt es für ratsam, das erst mal nicht zu kommentieren, beim Chinesen wusste man nie so genau. Dann überlegte er sich's aber anders und sagte: »Und jetzt willst du Sylt kaufen.«

»Ahahahaha. Wenn du noch mal unter mich brichst, Rezul bricht dir Beine.«

Der Mann an der Tür sah Wuppke an und verdrehte die Augen so, dass für einen Augenblick nur das Weiße zu sehen war, dann sah er wieder zum Fernseher.

»Pass auf«, sagte der Chinese, »will ich Land kaufen. Für Häuser bauen, wie Monopoly. Typ sag, geht alle klar, aber jetzt meldet sich nicht mehr. Will mich verarschen, oder weiß ich nicht. Ich geh rauf und runter, was da los, frag mich in mein Kopf, verstehst du, mein Lieber?«

Wuppke verstand kein Wort.

»Jetzt du musst hinfahr und sprech mit ihm. Hat geschwör mit Ehre.«

»Habt ihr einen Kaufvertrag?«, fragte Wuppke.

»Was Vertrag«, fragte der Chinese verächtlich zurück.

»Einen Vertrag.« Wuppke tat so, als schriebe er etwas auf.

Der Chinese schnaubte und winkte ab. »War spät Nacht«, sagte er.

»Und wie soll ich den Typ dazu bringen, dass er dir Sylt verkauft?«

»NICHT SOLT«, schrie der Chinese explosionsartig und stampfte mit dem Fuß auf, seine Augen traten hervor wie bei jemandem, der im ZDF hundert Wärmflaschen aufpustet. Überhaupt zeigte der Chinese jetzt kurz, warum er gefürchtet und nicht belächelt wurde. »Muss ich dich nicht erinner Sache mit Salid. Hast du Motorrad weggenommen. Motorrad gehört mir, weißt du, mein Lieber.«

»Was heißt hier weggenommen«, sagte Wuppke bockig. »Ich hab's ihm nicht weggenommen. Höchstens ausgeliehen.«

»Ist Gleiche«, sagte der Chinese streng.

»Das stimmt nicht. Wegnehmen heißt klauen. Ausleihen heißt ausleihen.«

Daraufhin entspann sich sinngemäß folgender rechtstheoretischer Dialog zwischen den beiden:

CHINESE: Wegnahme bedeutet den Bruch fremden und die Begründung neuen Besitzes im Sinne der Ausübung von Gewahrsam.

WUPPKE: Selbst wenn ich kurzzeitig Gewahrsam über die Sache ausgeübt haben mag, wollte ich zu keinem Zeitpunkt deren Besitzer sein. Also muss man hier doch eher von Besitzdienerschaft sprechen.

CHINESE: Besitz liegt immer dann vor, wenn ein Rechtssubjekt über eine Sache willentlich getragene Sachherrschaft begründet, unabhängig davon, ob der Gegenstand sein Eigentum ist oder nicht. Also beispielsweise und ausdrücklich auch dann, wenn der Gegenstand gestohlen ist.

Wuppke: Zur Begründung der tatsächlichen Sachherrschaft bedarf es aber doch einer engen räumlichen Beziehung zwischen Person und Sache.

Chinese: Nicht unbedingt. Im Sinne des gelockerten Gewahrsams besteht Gewahrsam auch an einer etwa im öffentlichen Straßenverkehr abgestellten Sache. Der Bruch und die Begründung eines neuen, vom Eigentümer nicht gebilligten Gewahrsams bleibt somit als Tatbestand erhalten.

Wuppke: Aber es besteht doch ein wesentliches Hindernis zur Begründung und Aufrechterhaltung neuen Gewahrsams (an dem Motorrad) (im Sinne eines Diebstahls) darin, dass die Sache nicht in einen räumlich umgrenzten Herrschaftsbereich verbracht, sondern außerhalb jeglicher Gewahrsamssphäre abgestellt wurde.

Der Chinese stellte sich angesichts dieser gedanklich nicht unscharfen Einlassungen Wuppkes stur und frischte sein Angebot auf, ihm die Beine zu brechen.

»Okay«, sagte Wuppke. »Von was für einem Typ da auf Sylt sprichst du denn eigentlich?«

2. Wuppke zögert, dem Ruf des Abenteuers zu folgen. Allerdings zögert er nicht besonders lange und überschreitet gleich die erste Schwelle

Wuppke stieg leidlich ausgeruht, aber in schönem Gegenlicht am Bahnhof Westerland aus der Marschbahn. Stracks ging er über den Vorplatz und prallte auf eine Drückerkolonne, die sich als »Syltschützer« bezeichnete und ihm, was sonst, Geld aus dem Kreuz leiern wollte. Wuppke hatte aber kein Geld, da der Chinese ihn das Ticket für den Zug von seinen eigenen letzten Ersparnissen hatte lösen lassen. Das erklärte Wuppke auch der jungen Syltschützerin Sharon, die es sehr bedauerte und ihn einlud, sich ihrer Bewegung später anzuschließen, wozu sie ihn mit einem Faltblatt versah, das Wuppke gleich in seiner Tasche verschwinden ließ. Sharon brachte in katastrophischem Tremolo noch dieses und jenes über den drohenden Untergang der Insel vor, was Wuppke allerdings nicht interessierte, da er so lange gar nicht zu bleiben beabsichtigte.

»Das ist alles sehr interessant«, sagte Wuppke und meinte damit in Wahrheit, dass Sharon all dies bei der nächsten Gelegenheit gern ihrem Haarstylisten erzählen dürfe, er hatte ja immer noch kein Geld. Eine Frau mit drei affektierten Windhunden kam über den Platz geeilt, die Wuppke völlig grundlos anbellten. Dankbar für dieses Ablenkungsmanöver ergriff er die Flucht und stolperte dabei über einen elektrischen Tretroller der Firma Styx, wobei Tretroller natürlich das vollkommen falsche Wort ist für ein Gefährt, das man zum Anschub nicht einmal mehr treten muss, kurz: Wuppke hatte nach diesen wenigen Minuten schon vollkommen den Papp auf von dieser Insel.

Dennoch besann er sich pflichtbewusst seiner Aufgabe und ging durch die verkehrsberuhigte und von Wahlplakaten gesäumte Wilhelmstraße zum Rathaus vor, auf Sylt sind das ja alles keine langen Wege. Frühverrentete und auf Kleinkunstniveau regredierte Feriengäste in Funktionsjacken und Leichtsteppwesten gaben ihm gleich einen Vorgeschmack, mit welcher Art Komparserie hier zu rechnen war. Bei der Pförtnerin des Rathauses, einer unfrohen Dame mit schwerem Knochenbau, fragte er, um keine Zeit zu verlieren, geradeheraus nach dem Liegenschaftsbeamten Horst Kleinrodt, erhielt aber lange keine Antwort, da die Frau in ihre Bild-Zeitung vertieft war und es auch gerne bleiben wollte.

»Wäre es für Sie eine allzu große Zumutung, sich zu einer Auskunft herabzulassen?«

»Der ist zur Mittagspause«, sagte die Pförtnerin, ohne aufzusehen. Es war gerade halb elf.

»Ah ja«, machte Wuppke. »Wie sieht er denn aus?«

»Wie soll der schon groß aussehen«, kam es blätternd zurück.

In dem kleinen Park am Rathausplatz sah Wuppke einen Mann mit Oberlippenbart und sandfarbener Übergangsjacke, der ornitophil Tauben und Spatzen mit Krumen seiner Stulle befütterte. Wuppke setzte sich umstandslos neben ihn.

»Horst Kleinrodt?«

Der so Angesprochene sah Wuppke erschrocken an und

rückte ein Stückchen von ihm ab. Eine Möwe stieß vom Himmel und stahl Tauben und Spatzen sämtliches Zubrot.

»Wuppke der Name, lassen Sie mich gleich zur Sache kommen. Mein Auftraggeber ist nicht erfreut über die Art, wie Sie Absprachen missachten, die Sie mit ihm getroffen haben.«

»Was heißt hier Absprachen«, sagte Kleinrodt mit flachem Affekt und blickte furchtsam hinter seiner randlosen Brille hervor.

Wuppke durchschaute gleich, dass der Inselbeamte dem passiv-aggressiven Charakterspektrum zugehörte, das sich einer Autorität desto devoter zu beugen bereit ist, je autoritärer sie auftritt. Wuppke wählte einen gelinde allwissenden Ansprachestil und sagte in hohepriesterlichem Ton:

»Herr Kleinrodt, ich wurde informiert über gewisse Dienstleistungen, die Sie durch meinen Auftraggeber bezogen haben im Tausch für Vergabezusagen vakanten Baulandes. Heute komme ich zu Ihnen, um die diesbezüglichen Verhandlungen zu einem Abschluss zu bringen.«

»Warum sprechen Sie so gespreizt und nennen Herrn Salafari ständig Ihren Auftraggeber?«

»Es wirkt professioneller und unterstreicht zudem, dass ich nicht zwangsläufig einer Meinung mit ihm bin, weder in Bezug auf seine Geschäftspraktiken, noch auf seine -partner.«

»Ich bin nicht Herrn Safaris Geschäftspartner.«

»Außerdem ist sein Name nicht leicht zu merken.«

»Finden Sie?«

»Nein. Aber Sie.«

Kleinrodt ließ die Lochkarte dieser Behauptung für einen Augenblick durch das Addierwerk seines frontalen Stirnlappens rattern, erhielt als Ausgabeergebnis allerdings null und wechselte das Thema. »Sie arbeiten für jemanden, den Sie nicht mögen?«

»Sie nicht?«, parierte Wuppke die Frage.

Wieder dachte Herr Kleinrodt lange nach. Dann sagte er mit stiller Größe: »Ganz im Gegenteil.«

»Gut«, antwortete Wuppke mit ersten Anzeichen von Ungeduld. »Wir wollen doch, dass das auch so bleibt.«

»Wollen Sie mich erpressen?«

»Nein, aber das ist eine fabelhafte Idee.«

»Ich sage Ihnen gleich –«

»Herr Kleinrodt. Unter uns gesagt, mir ist gleichgültig, ob es eine Absprache zwischen Ihnen und Herrn al-Safa gibt, wie übrigens sein richtiger Name lautet (den Sie bitte gelegentlich auswendig lernen wollen, da er Ihnen von jetzt an häufiger begegnen wird). Herr al-Safa ist fest davon überzeugt, dass es eine bindende Vereinbarung zwischen Ihnen gibt bezüglich des Verkaufs der fraglichen Liegenschaft, und er hat mich damit beauftragt, diese Vereinbarung durchzusetzen.«

»Was denn für eine Vereinbarung?«, fragte Kleinrodt echauffiert. »Es gibt keine Vereinbarung, und schon gar keine bindende!«

»Dafür gibt es aber etwas«, sagte Wuppke gemütlich, schlug die Beine übereinander und drehte sich eine Zigarette, »das Sie über Herrn al-Safa wissen müssen. Für ihn sind Vereinbarungen genau dann bindend, wenn *er* sie getroffen hat. Ihr Mittun ist da gar nicht zwingend erforderlich.«

»Mittun?«

»Sehen Sie: Leider habe ich momentan eine gewisse Bringschuld Herrn al-Safa gegenüber, und ganz gleich, ob ich persönlich seine Ansprüche für gerechtfertigt halte oder nicht, habe ich ihm taugliche Durchsetzungsstrategien zu liefern. Betrachten Sie das als meinen wesentlichen Antrieb in dieser Sache. Sie können mir glauben, dass ich mein Ziel am liebsten im allerschönsten Einvernehmen mit Ihnen und nicht etwa gegen Ihren Widerstand erreichen möchte, denn ich weiß aus eigener Erfahrung, dass Herr al-Safa mit Widerständen nicht besonders differenziert umgeht.«

»Was soll das heißen?«

»Dass er sie gewöhnlich bricht.«

»Wen? Mich?«

»Sowohl als auch.«

»Und das … würden dann Sie übernehmen?«

»Seien Sie nicht albern, ich bin doch kein Schläger. Sehen Sie mich als … ehrlichen Makler.«

»Und was makeln Sie so?«

Wuppke zündete an, nahm einen tiefen Zug und exhalierte bedeutsam. »Lösungen.«

»Was denn für Lösungen? Ich habe nichts gemacht! Ich bin Beamter, ich kann doch nicht einfach nach Gutdünken Heiden verkaufen, noch dazu welche unter Naturschutz!«

So sprach Kleinrodt entschlossen und hatte damit seinen ungebetenen Besuch noch vor Ablauf der vorzeitigen Mittagspause ein wenig desillusioniert, denn seine Ausführungen kamen Wuppke durchaus hieb- und stichfest vor. Gleichzeitig konnte er aber nicht akzeptieren, dass das Heideprojekt mit diesem simplen »Nein« schon gestorben sein sollte, und apropos gestorben: Wuppke wusste, dass er mit leeren Händen gar nicht erst nach Berlin zurückkehren brauchte, sondern besser in ein anderes Land auswanderte, am besten Venezuela oder zumindest die ecuadorianische

Botschaft. Dass man sich nämlich mit dem scheinbaren Langmut des Chinesen nicht vertut: Er hatte zwar ein Herz für Wuppke und würde ihm nie ein Haar krümmen, aber Geschäft ist Geschäft, und die Drecksarbeit in solchen Unternehmen machen ohnehin immer andere, also konkret die, die noch keinen Bentley Continental GT fahren. Wuppke mochte sich gar nicht ausdenken, was die mit seinen Beinen anstellen würden, um einen zu bekommen.

Günstigerweise kam in diesem Moment Kleinrodts Vorgesetzte Lydia Kragler die Stufen des Rathauses hinunter und knusperte an einer stattlichen Biogurke von der Größe eines Pferdeschwengels. Dem aufmerksamen Wuppke entging nicht, dass Kleinrodt den Blick zum Himmel verdrehte und den Lautstärkeregler für die Geigen suchte. Noch in der höflichen Verabschiedung Kleinrodts entwarf er daher einen perfiden Plan, bei dessen Vorbereitungen wir ihm nach einer kurzen Werbeunterbrechung zuschauen wollen.

Wuppke besorgte sich nämlich zunächst mal ein bisschen Kohle, auf Sylt verstößt Mittellosigkeit ja gegen den Gesellschaftsvertrag. Er hatte da von einem seiner ehemaligen Jugendlichen einen guten Trick gelernt. Dazu lungerte er eine Weile im Einkaufswagenbereich vor der Westerländer Edeka-Filiale Gehrke herum und sammelte, immer wenn Kunden ihre Einkäufe im Kofferraum verstaut hatten, die im Einkaufswagen zurückgebliebenen Zahlungsbelege ein. Im Laufe von nur einer halben Stunde kam so eine hübsche Kollektion zusammen. Dann angelte er sich, als gerade die Tür zum Leergutlager offen stand und niemand in der Nähe war, ein paar Plastikflaschen, tauschte sie im Getränkeautomaten gegen einen Pfandbon und diesen gegen einen Apfel und eine Plastiktüte mit Edeka-Schriftzug. Dann setzte er sich auf die Bank, wo er vordem mit Kleinrodt gesessen, aß den Apfel, ging die Belege durch, kehrte nach dem Schichtwechsel der Edeka-Angestellten in die Filiale zurück, packte alle Produkte in seine Tüte, die auf dem längsten Zettel standen (darunter preisintensives Zeug wie Schampus und eingelegte Artischocken aus der Feinkostabteilung), stellte sich in die Schlange vor der Kasse und erläuterte, als er an der Reihe war, der Kassiererin, dass er all die guten Sachen, die er heute Vormittag gekauft hatte, leider wieder zurückgeben müsse, da die Party, die er anlässlich der Rückkehr seines Bruders hatte geben wollen, ausfallen müsse, das Flugzeug mit seinem Bruder darin sei nämlich über dem Kongo abgeschossen worden und die Produkte erinnerten ihn nun schmerzlich an den tragischen Verlust. »Es ist alles noch ganz frisch«, erläuterte Wuppke, und obwohl nicht ganz klar war, ob er seinen Schmerz oder die Produkte meinte, beeilte sich die Kassiererin, eine noch recht junge Frau mit Glitzer im Gesicht, ihm das Geld bar in die Hand zu zählen und ihn im Übrigen mit seiner Trauer allein zu lassen.

Danach bezog Wuppke Quartier in seinem Quartier. Nicht ganz zufällig handelte es sich dabei um ebenjenes Etablissement, in dem auch die einseitige Allianz zwischen Kleinrodt und dem Chinesen geschmiedet worden war.

Die unter dessen maßgeblicher Beteiligung eröffnete Alibabar in den Rantumer Dünen bot arabische Köstlichkeiten und einmal in der Woche anmutigen Bauchtanz. Das Gewerbe machte schon seit der letzten Saison von sich reden, war es doch in Lage und Gestaltung fast einzigartig auf Sylt, wenn man mal die einschlägige Sansibar rausrechnete, die zwar durchaus eine Institution seit anno dazumal, aber damit auch, seien wir doch ehrlich, ein Fossil darstellte. Alis Bar hingegen erfreute sich exorbitanten Zulaufs, und da kann man jetzt schon mal drüber nachdenken, dass dem Chinesen wohl nicht ganz grundlos eingefallen war, sich in der Nähe ausreichend Baugrund zu sichern. Das operative Geschäft leitete Hadi, ein Hamburger Cousin (oder Schwager) des Chinesen, derselbst bei der Unternehmung lediglich als Großinvestor fungiert und ein paar flotte Ideen beigesteuert hatte, zum Beispiel die Sache mit der nahöstlichen Tanzkunst. Aber nicht nur dadurch war das Etablissement zu einer Inselattraktion geworden, die dem Sansibar-Jetset so nach und nach Feuer unterm Hintern machte; das eigentliche Alleinstellungsmerkmal war ein anderes.

Bauchtanz an sich ist ja schon eine sexualisierte Angelegenheit, auch wenn der Araber als solcher das religionshalber nicht wahrhaben will und alles kategorisch abstreitet. Es war aber noch frivoler. Nämlich da, wo der Dünenkönig Seckler seine 120 000 Flaschen Wein einlagert, waren in der Alibabar Separees untergebracht. Obwohl alles sehr diskret zuging – die sogenannten Basement-Studios waren offiziell als Tänzerinnengarderoben deklariert –, hatte Kleinrodt bei seinem ersten Besuch nicht lange gebraucht, um das doppelbödige Treiben des angeblichen Gastrobetriebs mitzubekommen und sich, angetrunken wie er war, dem Chinesen als Abgesandter einer höheren Ordnung bzw. Kontrollinspekteur von Amts wegen zu erkennen gegeben, was er erstens nicht war und zweitens auch gar nicht sein wollte, weil er – drittens – hauptsächlich daran interessiert war, selbst Zugang zur Lottergrotte zu erhalten.

»Mach ich folgende Vorschlag, mein Lieber«, hatte der

Chinese gesagt, während er höflich Kleinrodts Angebot ausschlug, einen Hemingway Sour auf Kosten des Hauses zu nehmen. »Kannst du bei Stadt was tun für mich, kann ich tun bei Mädchen was für dich.« Dazu muss man sich nun die prächtige Kauleiste des Chinesen vorstellen, ein imposantes Schauspiel war das, wie die Zähne da mit den Laternen am Strand um die Wette funkelten.

An eben diesem für den weiteren Verlauf der Geschichte so bedeutsamen Ort hatte Wuppke auf Geheiß des Chinesen nun eingecheckt. Natürlich wollte der Chinese mit seiner nahöstlichen Gastfreundschaft vor allem Kosten sparen. Auch bei ihm als halbweltlichem Mischkalkulateur machte sich der Kostendruck nämlich mittlerweile in allen möglichen Bereichen des täglichen Lebens unangenehm bemerkbar. Man soll nicht denken, dass die Halbweltler ihre Geschäfte aus bloßer Profitgier betreiben. Neinnein. Vielmehr setzen die großen multinationalen Aktienkonzerne letztlich auch den kleinen Ganoven an der Ecke unter schier unmenschlichen Erfolgsdruck, die Gewinnmargen schwinden, und am Ende weinen die Gletscher.

Hadi empfing Wuppke ausgesprochen maskulin mit einem Männerhandschlag und sprach dazu die Worte »Na, Alter?« Jeder Zentimeter seiner Frisur und seines gestutzten Hipsterbarts war so akkurat mit Schere und Rasierer behandelt worden, dass es an Kunsthandwerk grenzte. Hadi sprach grammatisch einwandfreies Deutsch mit sympathisch hanseatischem Einschlag und verströmte überhaupt neben schneidendem Rasierwassergeruch viel positive Energie. Unter seinem himmelblauen Poloshirt spannten sich wohldefinierte

Brust- wie auch aufgepumpte Bizepsmuskeln. Ein schöner Mann!

Der Chinese hatte ihn schon auf Wuppkes Kommen vorbereitet, eine der Kühlkammern war freigeräumt und angenehm spartanisch mit einer Feldliege ausgestattet worden.

»Ist das nicht ein wenig kalt?«, hatte Wuppke vorsichtig gefragt, aber Hadi nahm ihn kumpelhaft in den Schwitzkasten und verteilte leichte Kopfnüsse.

»Hast du gedacht, ich lass dich im Kühlschrank pennen, du Spasti?«

Wuppke beantwortete sich diese Frage insgeheim mit ja und lag damit sogar richtig. Trotzdem mochte er Hadi, besonders, als er ihm Shahila vorstellte, eine Escortspezialistin, mit der sich Wuppke gleich aufs Innigste bekannt machte. Es heißt ja, dass Haut und Augen Spiegel und Fenster zur Seele seien, und auch wenn das in puncto Metaphorik ein bisschen übers Ziel hinausschießt, muss Shahilas Seele einfach für verdammt edel und kostbar halten, wer dem Spruch auch nur ein siebtel Wahrheit zugestehen will. Ihr rabenschwarzes Haar floss um die Schultern, dass man an Katarakte in Vollmondnächten denken wollte, die Haut schimmerte wie der geheimnisvolle Inhalt von Marsellus Wallaces Koffer, und dazu auch noch ihr kundenorientiertes Lächeln. Das ganze Premiumambiente spielte natürlich auch eine Rolle, man darf nicht vergessen, dass die Alibabar verblüffend malerisch in die Dünen gebaut worden war, komplett mit Besucherterrasse zum Strand und vornehmem Gestühl aus artenschutzrelevanten Tropenhölzern, kurz: Schönheit war in diesem Ensemble das zentrale Verkaufsargument.

Wuppke erzählte Shahila mehr oder weniger ungefragt von seinen gegenwärtigen Lebensbedrängnissen. Die Sonne schien geduldig auf die beiden hernieder, wie sie sich da so barfuß im weißen Sand ein wenig warmliefen miteinander.

»Ich bin in geheimer Mission auf der Insel«, raunte Wuppke wichtigtuerisch. Natürlich fand er sein Gehabe selber kindisch, aber was soll man sagen, die Attraktionsdynamik zwischen alternden Männern und jungen Frauen ist ja nun keine Raketenwissenschaft.

»Die meisten Männer versuchen, sich bei mir interessant zu machen«, sagte Shahila. »Aber du bist irgendwie anders.« Zwar wusste Wuppke, dass das gelogen war, und nicht einmal besonders gut, doch wollte er dennoch dem guten Eindruck vertrauen, den er von Shahila gewonnen hatte. So gab er der Versuchung nach, ihr von seiner heiklen Mission inklusive der moralischen Dilemmata zu erzählen, die es bedeutete, Kleinrodt unter Druck zu setzen.

»Mir widerstrebt alles Unehrliche«, sagte er betont aufrichtig. Shahila gab darauf zu bedenken, dass sie nicht erkennen könne, was an Erpressung unehrlich sein solle. »Es läuft doch alles sehr aufrichtig dabei ab«, sagte sie. »Du forderst ein bestimmtes Verhalten von ihm und stellst Abweichung oder Unterlassung unter Sanktion. Das ist doch sehr gradlinig und transparent.«

Von dieser Seite her hatte Wuppke das noch gar nicht betrachtet und machte wohl ein dementsprechendes Gesicht, weswegen Shahila mit vielsagendem Seitenblick hinzufügte:

»Du bist süß«. Logisch, dass sich Wuppke angesichts solcher Avancen gleich die unsinnigsten Hoffnungen bei der jungen Frau machte. Noch vor Anbruch ihrer Abendschicht gewährte er ihr daher Einblick in seine geheimsten Pläne.

»Ich stelle mir vor, kompromittierende Fotos anzufertigen und Kleinrodt zu drohen, sie seiner Vorgesetzten, dieser Kragler, zuzuspielen, wenn er die Heide nicht rausrückt.«

»Inwiefern kompromittierend?«

»Na ja, offensichtlich steht er auf die Frau. Wenn die nun sieht, wie er in den Armen einer anderen liegt, kann er sie sich aus dem Kopf schlagen. Das hat schon bei Raymond Chandler funktioniert.«

Shahila blieb stehen und nahm behutsam eine gestrandete Qualle auf, um sie langsam wieder ins Wasser zu setzen. Die Qualle an sich war zwar längst tot, aber es ging mehr um die rührselige Geste als solche. Wie er denn an diese Bilder gelangen wolle, fragte sie mit einem atemverschlagenden Augenaufschlag Wuppke, der gleich klar erkannte, dass sein eigentlich brillanter Plan hier ungebremst durch die Machbarkeitsanalyse zu rasseln drohte, wenn nicht Shahila, was nun offenbar bevorstand, von sich aus erbot, ihm aus seiner Verlegenheit zu helfen.

»Warum machen wir das nicht schnell zusammen«, schlug sie vor. »Hinterher shoppst du einfach sein Gesicht über deins, ich hab da nämlich gerade ein Seminar in digitaler Bildbearbeitung gemacht. Da wird die Kragler bestimmt rote Ohren bekommen!«

Nun war Wuppke keiner von der Sorte, der blind der nächstbesten Avance verfällt, selbst wenn sie mit geradezu obszöner Willigkeit daherkommt. Tatsächlich war Wuppke sogar ein bisschen enttäuscht von den Frauen. Also nicht von den Frauen als Genotypen bzw. -typinnen, sondern als Abschnitts- und Idealisierungspartnerinnen. Dass man da jetzt nicht durcheinanderkommt: Wuppke wurde gern idealisiert, und er idealisierte auch selbst ganz gerne, aber diese

Dinge hielten doch immer auch Missverständnisse und sogar Kränkungen bereit. Da war Wuppke von Natur aus eher der vorsichtige Typ.

Shahila sah aber ihre Kooperation ganz von der pragmatischen Seite her. Sie studierte eigentlich Rechnungswesen und Angewandte Freizeitwissenschaften in Bremen und arbeitete im Animierbereich der Bar lediglich während des Semesters, in den Ferien durchlief sie diverse Praktika der Branche. Nebenbei arbeitete sie an einem Escortratgeber im Stile von Baltasar Graciáns Renaissance-Klassiker *Handorakel und Kunst der Weltklugheit*, allerdings mit Nagelteil. Wuppke setzte sich mit diesen beruflichen Einzelheiten aber nicht sehr sorgfältig auseinander, musste er Shahila doch jetzt in die Erfordernisse der zu inszenierenden Motive einweisen, was begreiflicherweise all seine Aufmerksamkeit erforderte. Shahila, die sich um der besseren Beweglichkeit und Bildgestaltung willen gleich entkleidet hatte, erwies sich als in diesen Dingen weitaus geübter als Wuppke und sprach ihm Mut zu: »In die Liebe muss jeder nackt hineingehen.«

»Ich kann nicht«, keuchte er aber skrupulös, als sie sich an seinem Reißverschluss zu schaffen machte. Shahila dachte zunächst, dass Wuppke sich wegen der Erpressung so anstellte, schließlich kam sie aber darauf, dass er weltanschauliche Probleme mit seinen Gefühlen hatte.

»Das Licht«, sagte Wuppke mit Blick auf die hochwertige Technikausstattung in Shahilas Zimmer. »An so viel Equipment bin ich einfach nicht …« Als Shahila dann aber Wuppkes Blockade fachkundig löste, war es schnell vorbei mit diesen Einwänden, und Wuppke besann sich des Ratschlags von Sara McDowel in der romantischen Filmkomödie *L. A. Story*: »Let your mind go, and your body will follow.«

Gleiche Szene wie gestern jetzt vor dem Rathaus, Kleinrodt am Füttern, Wuppke allerdings mit gewaschenem Hemd und frischgedruckten Fotos in seinem Briefumschlag.

»Wie gefällt Ihnen der Titel: *Die Liegenschaften des Horst Kleinrodt*?«, fragte er mit etwas unnötigem Sarkasmus, als er Kleinrodt die verfänglichen Fotografien hinfächerte. Sie zeigten den Kreisbeamten in überwiegend oralem Verkehr mit einer morgenländischen Tanzschönheit. Wuppke war überrascht, wie überzeugend die Fälschungen gelungen waren.

Womit er allerdings nicht gerechnet hatte: Kleinrodt erkannte die Beweismittel sogleich als kompromittierend an, obgleich er Shahila noch niemals begegnet war.

Natürlich wusste Kleinrodt, dass die Bilder nicht die Realität, sondern lediglich seine geheimsten Sehnsüchte abbildeten. Dass er es in der trüben Wirklichkeit der Alibabar nur zu einer lichtscheuen Fummelei mit der Toilettenspülung gebracht hatte, bevor er vom Animierbetrieb unverarbeitet wieder ausgespuckt worden war wie eine einzelne Sprotte von einem Walfangschiff, war das bislang letzte traurige »Pling!« in der Registrierkasse seiner zwischenmenschlichen Misserfolge gewesen. Derlei Erfahrungen schmerzten bitterlich. Mit den Beweisfotos dagegen erlangte er nun Rollenidentität und Würde zurück, und dies – wenn überhaupt – um den läppischen Preis seiner verhassten städtischen Anstellung.

So lächelte er Wuppke höhnisch an. »Gelungener Titel«, sagte er ohne Furcht. Brennende Entschlossenheit schwappte in ihm wie Kerosin im Tank eines Sturzbombers. Dass dieser Wuppke ihn entgegen seiner scheinheiligen Beteuerungen offenkundig doch erpressen wollte, focht ihn plötzlich nicht mehr an, ja, es amüsierte ihn sogar. Endlich sah er das offene Meer am Ende jenes Abwasserkanals, durch den er so lange zeit seines Lebens getrieben war. Dass er seine Stellung verlieren würde, war im Grunde eine erfreuliche Dreingabe zu seinem wiederhergestellten, oder besser gesagt, durch Wuppke erst begründeten Ruf als Hallodri und nimmersattem Frauenverführer.

So dachte Kleinrodt und kehrte Wuppke den Rücken.

Wuppkes Plan also abermals am erstarkten Selbstbewusstsein des Kombattanten zerschellt. So kann's gehen. Man darf aber jetzt in der Niederlage nicht gleich jede Hoffnung fahren lassen. Die Amerikaner, beispielsweise, leben ja dem Rest der Welt seit Jahrzehnten vor, wie man mit Vollgas Fehler begeht, nur um sich hinterher kurz zu schütteln und dieselben Fehler mit größerem Budget zu wiederholen. Wuppke allerdings war in Westdeutschland und mit den lustfeindlichen Maximen des Protestantismus sozialisiert worden, nach denen jeder Fehler Beleg für die eigene Nichtswürdigkeit ist und man im Leben nichts dagegen tun kann, außer Steuerrücklagen zu bilden.

Immer wenn es gerade am ungünstigsten ist, muss natürlich das Telefon klingeln. Es war Gottschild.

»Ja, hallo, Martin«, sagte Gottschild, womit er nicht sich, sondern Wuppke meinte, der bekanntlich Carsten hieß. Gottschild, der selber auf den Namen Jochen hörte, verwechselte Wuppke nämlich immer mit dem Schauspieler

Martin Wuttke, was Wuppke sich aber gern gefallen ließ, denn der war immerhin ein gefeierter Theaterstar und hatte sogar schon Hitler in einem Tarantino-Film gespielt, wenn auch nicht sonderlich überzeugend. Dass er jetzt mit Gottschild reden musste (er hatte mit unterdrückter Nummer angerufen), stieß Wuppke zwar übel auf, aber es nützte ja nichts.

»… und dann sind am Hermannplatz auch noch Kontrolleure zugestiegen von der Sorte gescheiterte Gerüstbauer«, beendete Wuppke seine vorbereitete Ausrede. Gottschild war aber nicht erst seit gestern in dem Geschäft.

»Ist doch kein Problem, Martin, ich weiß ja, dass bei dir alles in Ordnung ist. Du machst dein Ding! (Hier ließ er etwas Platz für eine bestätigende Reaktion Wuppkes, die allerdings ausblieb.) Es ist nur so, wir haben dem Richter ja versprochen, dass wir uns regelmäßig sehen, und gesehen haben wir uns jetzt gar nicht.«

»Wir könnten videochatten.«

»Ja, weißt du, das mach ich nicht so gerne, wegen der Ruckler, da kriegt man leicht einen epileptischen Anfall. Hast du denn die Bewerbungen rausgeschickt?«

Da fiel Wuppke ein, dass er die Bewerbungen nicht rausgeschickt hatte. Grundsätzlich war es ja eine gute Idee, ihn wieder als Sozialarbeiter raus auf die Straße zu schicken, aber Wuppke hatte den Eindruck, dass Gottschilds Zuversicht da ein bisschen mit ihm durchging, denn er hätte ja am besten wissen müssen, dass man als Sozialarbeiter zu allererst ein blütenweißes Führungszeugnis vorzulegen hatte, das er aber, kraft seiner notdürftigen Tötung, so bald nicht bekommen würde.

Jetzt mal ganz am Rande: Wen hatte Wuppke denn eigentlich genötigt? Und wozu?

Gottschild jedenfalls ließ sich nicht beirren. »Das ist doch nur für den Richter, Martin! Sieh es mehr als eine Übung für dich, hm? Umso leichter wird dir dann nachher die Rückkehr in die Arbeitswelt fallen!«

Für Gottschild ging es ums Prinzip, und das war auch okay, Wuppke war der letzte, der Kollegen vorschreiben wollte, wie sie ihren Job zu machen haben. Aber für Wuppke ging es ebenfalls ums Prinzip, denn er hatte ein Problem damit, Dinge nur aus Prinzip zu erledigen, also quasi ohne weitere Sinngrundierung. Da sparte er sich die Mühe lieber und sah sich stattdessen *Stranger Things* auf Netflix an, wenn er sich gerade die Abogebühren leisten konnte.

»Ja, hab ich gemacht«, sagte er also.

Wenn man Wuppke jetzt seinen Ehrlichkeitsanspruch um die Ohren haute, würde er ganz schön ärgerlich werden. So ist es nämlich immer, wenn man den Leuten ihre bigotten Komfortzonen penetriert, und da ist Wuppke keine Ausnahme.

»Gut«, sagte Gottschild, »gutgut. Na, dann haben wir ja so weit alles.« Man muss dazu sagen, Gottschild stand kurz vor der Rente und glaubte trotzdem noch an das Gute im Menschen. Wuppke wollte das nicht ausnutzen, er glaubte ja im Prinzip auch an das Gute im Menschen, nur halt nicht ganz so fanatisch wie Gottschild.

Kleinrodt war am übernächsten Morgen in der Bredouille. Er hatte ein sogenanntes *Hearing* vor dem Untersuchungsausschuss zu absolvieren, den Frau Kragler anführte und auf dem er sich zu der Frage äußern sollte, wo er als subordinanter Amtsscherge die Einfalt, Zwielichtig- und sogar Dreistigkeit hergenommen hatte, feindlichen Investoren Stücke der

Insel zum Kauf feilzubieten – denn ein diesbezügliches anonymes Informationsschreiben war ihr am Morgen zugegangen. Natürlich steckte dahinter der listige Wuppke, der bei Kleinrodt ein bisschen Rache üben und zugleich Fallhöhe aufbauen wollte, nachdem dieser sich seinem ersten Erpressungsversuch so renitent widersetzt hatte.

Wuppke selbst war es dann gewesen, der Kleinrodt noch am späten Abend mit heißer Nadel ein kleines Briefing zurechtgestrickt hatte, um ihn bei seiner zu erwartenden Anhörung am nächsten Tag nicht zischend verdampfen zu lassen. Außerdem wollte er ihn von seiner brüderlichen Hilfsbereitschaft überzeugen. Es spricht nicht unbedingt für Kleinrodts intellektuelle Tiefenschärfe, dass er sich darauf einließ, aber man muss dazu sagen, dass Wuppke über den Barmixer der Alibabar, einen jungen Spaßvogel aus Hadis Team, hammermäßige Cocktails klarmachen konnte. Nicht, dass der Chinese Wuppke großzügige Spesen zugestand, aber Wuppke hatte Hadi gegenüber bis jetzt einfach verheimlicht, dass der Chinese eine Spesenrechnung für Wuppke niemals auch nur in Betracht gezogen hätte. (Natürlich braut sich da weiteres Ungemach am Horizont zusammen, aber Wuppke ist alt genug, sich über seine moralische Kontoführung selbst Rechenschaft zu geben, bis dereinst dann der Zins und Zinseszins fällig wird.)

»Okay«, hatte Wuppke Kleinrodt gegenüber angesetzt, »gehen wir die Sache noch mal systematisch durch. Was ist das für ein Gebiet, um das es geht?«

»Die Braderuper Heide«, erklärte Kleinrodt der Kragler-Kommission am nächsten Morgen, »ist ein 130 Hektar großes Heidegebiet –«

»Das weiß ich selbst«, sagte die Kragler patzig.

»Dann anders«, sagte Wuppke. »Was kann man über die Heide sagen? Ich meine, ist sie ein schützenswerter Lebensraum für seltene Singvögel und irgendwelche Ameisenarten, die das Weltklima in der Balance halten? Oder wachsen da nur Rasierpinsel?«

»Wie Sie alle nur zu genau wissen«, sagte die Kragler in belehrendem Ton, »steht die Heide unter treuhänderischer Verwaltung des gemeinnützigen Braderuper Heidevereins e. V., dem wiederum Jost Jorgensen vorsitzt.«

»Erzählen Sie mir ein bisschen was über diesen Jorgensen«, sagte Wuppke und zwinkerte Shahila zu, mit der er später am Abend noch etliche offengebliebene Positionen durchzugehen beabsichtigte.

»Wir haben immer gesagt«, donnerte die Kragler jetzt, und vorauseilend nickten schon mal die anderen Kommissionsmitglieder, denn die Kragler hatte ein so aufbrausendes Temperament, dass man sie nur ganz ungern gegen sich haben wollte, »dass es nur eine Übergangslösung und noch dazu eine höchst bedenkliche sein kann, dass der geschäftsführende Vorsitzende eines Heideschutzvereins zugleich der größte Bauunternehmer der Insel ist. Diese Konstruktion bringt eo ipso und ab ovo Interessenskonflikte mit sich, und deswegen hat sich Herr Jorgensen vertraglich verpflichtet, das Gebiet der Braderuper Heide bis zum Ablauf seines Mandats in keiner Weise einer irgend gearteten Nutzung zuzuführen.«

»Der Jorgensen ist ein Typ«, sagte Kleinrodt unter dem Eindruck seines zweiten Hemingway Sour und nicht ganz ohne Bewunderung, »das glaubt einem keiner. Der ist Baulöwe, Philanthrop und Naturschützer, der hat einen Schlag bei Frauen, dass du nur mit der Zunge schnalzen kannst.«

»Beim Du sind wir noch nicht«, wies ihn Wuppke sanft zurecht. »Ich kann Sie weitaus effektiver unterstützen, wenn wir eine professionelle Arbeitsdistanz wahren.«

»Ach ja«, machte Kleinrodt und trank sein Glas leer. »Außerdem will er Bürgermeister werden, der Jorgensen.«

Wuppke erinnerte sich an die Wahlplakate, die überall hingen. »Aber Moment mal: kandidiert die Kragler nicht auch?«

»So ist es!«, sagte Kleinrodt strahlend. »Da wird Jorgensen doch den Teufel tun, die Heide zu verscherbeln, die er zu beschützen hat!«

Wuppke kam es vor, als hörte er da eine leise Schadenfreude in Kleinrodts Stimme, die er nicht gutheißen konnte. Andererseits erwartete er nicht, dass Kleinrodt ihm gegenüber gleich ein Stockholm-Syndrom entwickelte.

»Okay okay okay«, sagte er, was er immer tat, wenn er unter dem Eindruck dringlicher Erwägungen erhöhte mentale Betriebsamkeit signalisieren wollte. Er hatte dies in jungen Jahren der Darstellung Joe Pescis als Leo Getz in *Lethal Weapon III* entnommen, der von Warner Bros. 1992 in die Kinos gebracht worden war. Wuppke war es ein wenig peinlich, manierierte Angewohnheiten aus längst unmodern gewordenen US-Filmen übernommen zu haben, fand aber andererseits, dass wohl niemand die Herkunft seiner Angewohnheiten überprüfen würde, die ihm immerhin – und das war hier der entscheidende Punkt – ein trennscharfes Charakterprofil verliehen. Wenigstens hoffte er das.

Jorgensens Kandidatur machte seine Aufgabe nun in der Tat nicht einfacher. Man könnte sogar sagen, dass sie sie um Zehnerpotenzen verkomplizierte. Aber zurück zur Parallelmontage.

»Was ist denn so mit der Heide los?«, versuchte Wuppke ins Blaue. »Ist sie zum Beispiel, sagen wir mal: trocken? Kann man sie nicht einfach anzünden und niederbrennen?« Man muss dazu wissen: Wuppke wollte langsam ins Bett.

»Bei dem Wüstenklima auf Sylt – kein Problem«, entgegnete Kleinrodt in einem beachtlichen Anflug schlagfertigen Humors.

Wuppke dachte ein bisschen über Heiden nach. Glockenheiden, Besenheiden, solche Sachen. Dass eine Heide zum Beispiel überaltert und verholzt, wenn man sie nicht pflegte, wusste er nicht aus eigener Anschauung, denn er hatte sich nie für solchen Unsinn interessiert. Er konnte sich diesen Vorgang aber aus dem Stand ausdenken, und deswegen diktierte er dem inzwischen beim dritten Sour angelangten Kleinrodt nun folgende Brandrede ins Memoratorium, die er am nächsten Morgen mit den Worten begann:

»Die Braderuper Heide, meine verehrten Damen und Herren, ist zweifellos ein schützenswertes Naturerzeugnis und ehrfurchtgebietendes Alterswerk Gottes des Allerheiligen.«

»Gute Güte«, so die Kragler, »was kommt denn jetzt?«

»Doch wenn Sie die Freundlichkeit haben, sich einmal folgende Zahlen anzusehen (Kleinrodt warf mit geschmeidiger Bewegung eine Reihe von Handouts mit sinnlosen, aber opulenten Zahlenkolonnen vor die Kommissionsmitglieder hin), dann werden Sie bemerken, dass die jährlichen Kosten für Heidepflegemaßnahmen wie Plaggen, Brennen oder der Mahd um ein Vielfaches höher liegen als viele andere Ausgaben der öffentlichen Hand inklusive der Kinder- oder Altenpflege, die in den letzten Jahren de facto und erro, dum vivo durch zahlreiche Nullrunden hart an die Grenze des Kollapses zurückgefahren wurden. Ich bin seit den wunderbaren Tagen meines Knabenalters, als ich noch in Drillichhosen meine Zwille […] tagein, tagaus im Sonnentau. Dort lag ich auf der Lauer, um meine lieben Rotschenkel, Austernfischer und Brandgänse zu studieren, leidenschaftlicher Freund der Heide, der ich immer war. Noch leidenschaftlicher allerdings liebe ich unsere zweitausend Ernas, Helmines und Klausjohanns, die unserem prachtvollen Land ihr unverwüstliches Herz geschenkt haben und nun mit den schmählich beschränkten Mitteln einer solidarpaktgeknebelten Kommune ein ärmliches Altenteil fristen, das umso vieles erträglicher wäre, würden nicht Ausgaben für Kneippanwendungen, Treppenlift und ein kleines Gläschen Portwein am Tag dem erbarmungslosen Rotstift zum Opfer fallen müssen …«

So und ähnlich salbaderte unter größten Mühen Kleinrodt noch viele weitere Minuten, was nur deswegen möglich war, weil er die Rede a) von einer Reihe von Pappschildern ablas, die ihm Wuppke draußen vor dem Fenster ungesehen teleprompterte und b) Kragler durch das Pathos seiner Worte arg mit den Tränen zu kämpfen hatte, denn ihre schwache Stelle – an denen es, wie der heimliche Großpsychologe Wuppke längst wusste, gerade den Kratzbürstigen dieser Welt nicht mangelt – war ihre auf Sylt gebürtige Großmutter mütterlicherseits mit Namen Erna Hehn, die in einem Pflegeheim in Wenningstedt über jeden einzelnen Besuch weinte, den ihre hartherzige Enkeltochter ihr nicht abstattete.

Und jetzt soll man nicht meinen, welch unerwartete Wendung die Anhörung für Kleinrodt nahm, denn bei der Kragler begann es plötzlich zu menscheln. Natürlich wollte sie das dem Kollegium nicht butterwarm auf die Semmeln schmieren und rief deshalb eine unzeitige Mittagspause aus, während der sie Kleinrodt in einen stillen Winkel des Rathauses zog, wo sie ihm allerdings nicht, wie dieser trotz seines Katers gehofft hatte, ihre Liebe gestand, sondern ihm immerhin freundlich ins Ohr flüsterte: Dass sie ja immer gewusst habe, dass Dobrindt – die Kragler pflegte Kleinrodt hartnäckig mit dem ehemaligen Generalsekretär der CSU zu verwechseln – ein Mann mit Visionen sei und so weiter, aber ohne einen handfesten und vor allem schriftlichen Aufhebungsvertrag mit dem Naturschutzverein mache sie sich vor der Kommission total unglaubwürdig, wenn sie dem Verkaufsantrag nun zustimme. »Und wenn ich Naturschutzverein sage«, so die Kragler unter Wiedergewinn ihrer für Kleinrodt so erotisierenden Feindseligkeit, »dann meine ich Jorgensen!«

3. Wuppke stößt auf einen wichtigen Hinweis, der für seine Reise von größter Bedeutung sein wird

Jost Jorgensen, da hatte Kleinrodt nicht übertrieben, war in der Tat ein Paradiesvogel, Bonvivant und Tausendsassa. Er trug gern rosafarbene Hemden, deren Ärmel er hochkrempelte, damit sich seine fein sonnenblondierte Armbehaarung für alle sichtbar den mächtigen gebräunten Unterarm bis hinunter zu seiner Breitling Montbrillante Légende aus 18-karätigem Roségold kräuseln konnte. Jorgensens Nasenhaar war stets perfekt getrimmt, und sein wellenförmig angeordnetes Schläfenhaar war von einzelnen Silberfäden durchwirkt, die aussahen, als hätte eine Zugehfrau oder auch Zofe sie einzeln peroxidiert.

Damit hat man jetzt nur ein bisschen was von Jorgensens Körperbehaarung beschrieben, man könnte aber noch seitenlang mit dem Rest vom Mann weitermachen, denn Jorgensen war einfach ein umwerfendes Prachtstück von einem Teufelskerl. Klar, dass sich so jemand nicht damit zufriedengab, als ordinärer Baulöwe durchs Leben zu tingeln. Überhaupt: Jorgensen sah sich eher als Aristokrat der feinsten Denkungsarten denn als derben Betonmischer. Er hatte das humanistische Gymnasium besucht und anschließend diverse geisteswissenschaftliche Fakultäten, die seinen Entdeckerdrang allerdings nicht befriedigen konnten, ganz zu schweigen von der männlichen Abenteuerlust, die jedem genialischen Charakter eignet. Der Mann war wie Hemingway ganz ohne Sour. Von seinem Faible für Umweltschutz war dabei noch gar nicht die Rede, auch von seiner reizenden Familie nicht und der erstaunlichen Fähigkeit, eine Frau ganz ohne Berührungen zum … aber lassen wir das.

Alles, was er in dieser Welt je zu tun getrachtet hatte, war in Erfüllung gegangen, mit einer kleinen Ausnahme vielleicht: In jungen Jahren hatte Jorgensen davon geträumt, große Filme zu machen.

Dass man da jetzt kein falsches Bild bekommt: Jorgensen hatte weiß Gott viele Talente, aber ein Künstler war er nicht. Zu seinen vielen bemerkenswerten Eigenschaften gehörte höchstens die, auch bittere Wahrheiten tapfer akzeptieren zu können, weswegen er seine Rolle eher in Mäzenatentum und Produktion sah.

»Ich bin erfolgreicher Bauunternehmer und Produzent einiger erfolgreicher Imagefilme in meiner Heimat«, sagte er etwa, wenn er in die seltene Lage geriet, sich vorstellen zu müssen, wobei die Redundanz des Wortes *erfolgreich* durchaus kein Zufall, sondern Programm war. Natürlich übertrieb Jorgensen damit die tatsächlichen Verhältnisse ins Wahnhafte. Mochten auch seine Gestaltungsmacht bei der behutsamen Entwicklung der Insel und seine gleichzeitigen Verdienste um den Naturschutz durchaus ehrenwert sein, die Filme aber hatte er lediglich finanziert. Inhaltlichen, formalen oder sonst irgendeinen Niederschlag hatte seine Beteiligung bislang nicht nach sich gezogen, weswegen (so Jorgensens Lesart) die Erzeugnisse weder eine breite TV-Auswertung erfahren, noch zum bezweckten Imagewandel der Insel geführt hatten. Tatsächlich konnte man die Videos nur unter Mühen auf YouTube finden, leichter ging das noch in der Westerländer Stadtbücherei, wo die DVDs praktisch die Hälfte des Medienbestands ausmachten.

Jetzt sollte aber alles anders werden, denn für die neue Produktion, die in wenigen Tagen starten sollte, hatte er fähige Leute von Weltrang engagiert, angefangen bei dem britisch-deutschen Filmstar Blue Henger, der sich nicht nur in einer interessanten und ereignisreichen Phase seiner Karriere befand, sondern schon so viele Erfahrungen in der Branche gesammelt hatte, dass er sich bereits jetzt das erste Säurebad eines Karrieretiefs leisten konnte. Henger hatte das Glück gehabt, vor einem halben Jahrzehnt jung in einen erfolgreichen Weihnachtsmehrteiler gecastet worden zu sein. Jetzt war er 19, und um nicht das Schicksal so vieler ehemaliger Kinderstars zu teilen, die drogenabhängig, verarmt und vergessen im Dschungelcamp landen, musste er sich neu erfinden. Das geht bekanntlich am besten, indem man das genaue Gegenteil von dem tut, womit man berühmt geworden ist.

Also hatte Henger über einschlägige Filmgazetten verlauten lassen, dass das lineare Fernsehen, dem er immerhin seine deutsche Berühmtheit zu verdanken hatte, die Seele schädige und den Tod verdiene, weswegen er fortan nur noch mit ausgewiesenen Geistesgrößen des Kunstkinos zusammenarbeiten wolle. Durch seine kürzlich erschienene Autobiografie, in der er pränatale Selbstmordgedanken angedeutet hatte, sowie diverse öffentlichkeitswirksame Drogenexzesse hatte Henger den benötigten Imagewechsel bereits im laufenden Quartal zum Gutteil vollzogen. Abgeschlossen werden sollte der Prozess durch seinen neuen Film, dem experimentellen Nazi-Porno eines dänischen Enfant terribles, in dem er einen transsexuellen KZ-Aufseher spielte, der erst morphinabhängig wird und sich dann aus unerfüllter Liebe zu einem gleichgeschlechtlichen Insassen in den Elektrozaun wirft. Überflüssig zu sagen, dass der Film wegen präpotenter Geschmacklosigkeit und Bullshit nicht einmal ins Rahmenprogramm auch nur eines einzigen Filmfestivals eingeladen worden war. Aus diesem Grund verfügte Henger jetzt auch über die nötige Vakanz, sich auf Sylt für Jorgensens Werbeveranstaltung zu prostituieren.

Warum engagiert nun Jorgensen so jemanden wie Henger als tragende Säule für die fremdenverkehrsamtliche Verherrlichung seiner Heimat? Nun, Jorgensen hatte die Vision, dass er aus seinem festgefahrenen Dasein ausbrechen müsse, er ging ja schon hart an die fünfzig, und das auch nur, wenn er dreist log. Und wie viele große Männer in der Lebenskrise war er überzeugt, dass sich zur Bekräftigung und Illustration seiner innerlichen Wandlung auch die Welt mitverändern müsse. Und da seine Welt bislang Sylt gewesen war, musste Sylt weg von seinem gerontophilen Edelfischbuden-Image und hin zu Urbanität, Untergangsbewusstsein und echter Street Credibility. Jemand musste den Horror Vacui des neuen Zeitalters hereinlassen. BERLIN!, dachte Jorgensen in Großbuchstaben.

Und auch wenn die Kulmination von Hengers Autobiografie, seinem Drogenabusus und dem unterirdischen neuen Film vielleicht etwas viel auf einmal war, wollte er doch eisern an dem Jungen festhalten, denn was ein Jorgensen einmal beschlossen hatte, war in Stein gemeißelt, mochte das noch so sehr in Konflikt zu seinem Wandlungsbohei stehen. Außerdem hatte sich Henger bei einem gemeinsamen Abendessen im Jorgensen-Haus als gut erzogener und höflicher junger Mann präsentiert, der sowohl bei seiner Frau Miriam als auch bei Konstanze Hortensia Ephraimine, der Jorgensen-Tochter, Sympathiepunkte zu sammeln vermocht hatte. Zwischen den beiden Teenagern hatte sich sogar, von der Elterngeneration zunächst unbemerkt, eine veritable Chatfreundschaft entwickelt, die nun, da Henger auf Sylt war, zärtliche Blüten trieb. Aber wir wollen den Ereignissen nicht vorgreifen. Nur so viel: Da sich die Körperchemie des Mädchens seit einiger Zeit im Kriegszustand befand, waren nicht nur zahlreiche Fälle von Schuldistanz aufgelaufen, sondern auch das ganz generelle Gesamtverhalten Effis in eine nachteilige Richtung abgeglitten, insbesondere, was die Annahmebereitschaft für mütterliche Direktiven anging. Väterlicher auch, aber da muss man so fair sein zu sagen, dass Jorgensen sich aus Erziehungsfragen ohnehin heraushielt.

Dass die Jorgensen-Eltern, wie schon angeklungen ist, gerade nicht ihre harmonischste Ehephase durchliefen, machte die Sache nicht einfacher, um nicht zu sagen, dies erzeugte überhaupt erst den verhängnisvollen Circulus vitiosus, der es unmöglich machte zu entscheiden, ob die Henne, das Ei, der Hahn oder die andere Henne für all die Probleme verantwortlich waren.

Das alles hat jetzt mit Wuppke gar nichts zu tun, aber das kommt schon noch. Wir müssen die ganze Jorgensen-Problematik gründlich durchnehmen, damit man dann später ganz anstrengungslos begreifen kann, warum die einzelnen Leute sich in all ihrem vermeintlichen Irrsinn so verhalten und nicht anders und wie genial Wuppkes passgenaue Lösungsvorschläge eigentlich sind, oder besser gesagt, sein werden.

Nur mal ein Beispiel. Jorgensen hatte ein love interest. Nicht, dass er sich von seiner Miriam trennen wollte, ganz im Gegenteil, er liebte sie noch wie am ersten Tag. Aber er hatte in diversen Beziehungsratgebern gelesen – genau genommen hatte er es nicht selber gelesen, sondern sich von seinen Bediensteten zusammenfassen lassen –, dass eine Ehe nach zwanzig gemeinsamen Jahren ein wenig Feuer benötige und eine jüngere Rivalin hier das gegenseitige Engagement, auch und gerade in sexueller Hinsicht, inspirieren könnte. Da Jorgensen etwas gegen Heimlichtuerei hatte und obendrein wusste, dass Miriam ihn schon aus finanziellen Erwägungen niemals verlassen würde, hatte er also aus seinem love interest von Anfang an keinen Hehl gemacht.

Sie hieß Claudette oder Claudine und hatte mal als Maskenbildnerin beim Film gearbeitet, weswegen Miriam sie scherzhaft das Puderluder nannte. Sie tat das nicht aus Eifersucht oder weil das Puderluder ihr Jost weggenommen hatte, sondern einfach, weil sie Claude für eine dumme Zicke hielt, und die beiden Wörter, Adjektiv wie Substantiv, waren mit Bedacht gewählt. Das wurde auch dadurch nicht besser, dass Jorgensen Claude neuerdings regelmäßig nach Hause einlud, wie er überhaupt jeden gern zu sich nach Hause einlud, das gehörte sowohl zu seinem Wesen als auch zu seinem Anwesen wesenhaft dazu.

Die Integration Claudes in den jorgensenschen Familienalltag kam aber nicht recht in die Gänge. Claude und Effi interagierten so gut wie nie, was auch damit zu tun hatte, dass Effi das Jorgensen-Haus nach Belieben betrat und verließ, vor allem Letzteres. Wenn sie mal da war, übte sie ihre subtile Kritik an Claudes Anwesenheit auf eine für subtile Kritik überraschend plakative Art. Beim Frühstück, das auf Jorgensens Initiative hin gelegentlich gemeinsam eingenommen wurde, um den Wettberwerb zu stärken, beliebte sie Claude entweder zu ignorieren oder zu beschimpfen, was natürlich die Tischatmosphäre nachteilig prägte. Jorgensen entblödete sich nicht, seiner Tochter immer wieder verschwörerisch zuzuzwinkern, weil er gehört hatte, man dürfe Pubertierende nicht mehr zu erziehen versuchen. Miriam konnte es dann meist am Tisch nicht mehr aushalten und ging in den Garten, um ihre Karateübungen zu machen, mittlerweile war sie schon bei der dritten Gehwegplatte angelangt, die sie mit nur einer Handkante durchschlagen konnte, demnächst würde sie zur Stirn übergehen wie einst Bruce Lee.

Das Entscheidende für den Haupthandlungsstrang ist aber jetzt, dass Jorgensen zum Zeitpunkt, da Wuppke ihn unbedingt erreichen musste, mit seiner Claude in angeblich dringenden Produktionsdingen verreist war. Das mit der Reise stimmte auch, aber die Produktion kam natürlich bestens ohne seine Präsenz aus, er hatte die benötigte Summe ja bereits überwiesen. Alles lag nun in den erfahrenen Händen des Produktionsleiters Roddy von Düsenberg, der durch seinen markanten Namen auch die renommierte Produktionsfirma Traumfabrik Entertainment hatte ins Boot holen können, ebenfalls mit markantem Namen. All das war nach typisch deutscher Manier ein wenig gernegroß und vorpommerisch, aber erstens sah Jorgensen das nicht so, und zweitens konnte er es sich aus der Ferne umso leichter schönreden.

Da er die Vorbereitungen also in den besten Händen wusste, hatte er seine Zeit anderweitig verplanen können, um sich mit ein paar Tagen der Entspannung gegen die kommenden Strapazen seiner Wahlkampagne zu wappnen, an deren Ende er seine Insel ganz in Besitz nehmen wollte. Mitten in einer besonders entspannenden Situation klingelte allerdings Jorgensens Telefon, und Miriam meldete, die Jorgensen-Tochter sei vor Stundenfrist in Blue Hengers Trailer aufgegriffen worden, wo sie vermutlich Pot geraucht und wer weiß was noch alles mitgemacht hatte. Miriam war begreiflicherweise sehr beunruhigt, und Jorgensen beeilte sich, unverzüglich in seine häusliche Rolle als Ordnungsmacht und Seelentröster zurückzukehren. Leider hatte aber der Flieger Verspätung.

Etwa sechs Stunden zuvor hatte Wuppke einige Telefonanrufe gemacht. Warum jetzt dieses Durcheinander in der Timeline, fragt man sich vielleicht, wo doch schon die Orientierung in dem üppigen Figurenensemble sowie der überdrehte Erzählton genug Hirnschmalz verbrennen? – Eine berechtigte Frage, und die einzig mögliche Antwort lautet: Weil es sein muss! Es macht die Geschichte heutig und bringt bei aller Finesse keinerlei Verständniseinbußen mit sich, ganz im Gegenteil: Alles wird schon sehr bald schön fluffig aufgehen wie das allerluftigste Soufflé.

Wuppke war vorübergehend bei Shahila eingezogen, die in Westerland ein möbliertes Zimmer bewohnte, ohne Strandblick zwar, aber den hätte er in seiner Kühlkammer auch nicht gehabt. Natürlich war einem Mann wie Wuppke nicht ganz wohl bei der Sache. Überstürzung in Liebesdingen, so hatte sein an unschönen Erfahrungen nicht armes Leben ihn gelehrt, konnte nur zu Unbill, im schlimmsten Fall sogar ungewollten Schwangerschaften führen. Andererseits verhüteten die beiden doppelt, auch wenn das für den Fortgang der Geschichte jetzt nur am Rande von Bedeutung ist. Wuppke rechnete jedenfalls damit, dass er, sobald er Jorgensen gefunden haben würde, seine Sylter Mission rasch zum Abschluss bringen und sich dann klammheimlich aus dem Staub machen konnte. Shahila war ja jung, und wenn es eines gab, das Wuppke in all den Jahren über sich gelernt hatte, dann, wie leicht er zu ersetzen war.

Machten solche Gedanken ihre Liebschaft nicht beliebig und oberflächlich? Durchaus, aber Wuppkes Einzug bei Shahila brachte für ihn unter anderem den Vorteil mit sich, ihn von solchen bedeutungsschweren Fragen komplett abzulenken.

Um seinem Auftraggeber Bericht zu erstatten, rief Wuppke jetzt von Shahilas Festnetzanschluss den Chinesen an.

»Mein Lieber«, meldete sich der, »wie geht's, wie steht's mit Badeheide?«

»Pass auf, Ali, ich bin da dran, aber Jorgensen ist verreist.«

»Kannst du nicht verreisen, mein Lieber, hast du zu erledigen was für mich.«

»Nicht ich, Jorgensen.«

»Was soll Scheise mit Jorg? Hab ich dich geschick zum Solt wegen Heide klarmache! Muss ich sagen, mein Lieber, ist Salid immer noch sauer auf disch, wirklisch, escht! Kann sein dass jetz Fatwa losgeh hier für disch!«

»Ali, hör mir zu. Jorgensen hat das Sagen bei der Heide, wir kommen an dem nicht vorbei. Verstehst du? Ich versuche einen Kontakt zwischen euch herzustellen, dann kannst du direkt mit ihm sprechen, aber dazu muss ich ihn erst mal finden. Verdammt noch mal, er hat eine Baufirma, er kann dir sogar die Häuser auf deine scheiß Heide setzen.«

»Sollst du nicht fluche, mein Lieber. Aber ist schön schön, kannst du zu Jorg fahr und regel das.«

»Nee, Ali, ich will da gar nicht hinfahren, aber –«

»Gutgut, mein Lieber, hab ich viel zu tun, Hauptsach Heide geh klar!«

Wuppke seufzte. Was hatte er sich von dem Gespräch versprochen? War es überhaupt ein Gespräch gewesen?

Nachdem er sich frischen Kaffee nachgegossen und weit aus dem Fenster gelehnt hatte, um eine Zigarette zu rauchen, befliss sich Wuppke, die Operation Jorgensen nun entscheidende Schritte voranzubringen, wozu er die kleinrodtsche Telefonnummer anwählte.

»Kleinrodt, alter Kumpel, wie stehen die Aktien? Hast du die Kragler schon schick ins Inselkabarett ausgeführt?«

»Seit wann duzen wir uns jetzt doch?«

Wuppke drehte das Radio leiser, wo gerade Michael Wendler die schöne Zeit in seinem Zelt auf Sylt besang. »Ich hab mir überlegt, dass es an der Zeit ist für ein wenig mehr Vertraulichkeit in unserer Arbeitsbeziehung.«

»Und wenn ich jetzt nicht mehr will?«

»Sei nicht kindisch, Kleinrodt. Sag: Wie genau kann ich diesen Jorgensen erreichen?«

»Das weiß keiner.«

»Kleinrodt, ich muss das jetzt leider so scharf formulieren, aber ich glaube nicht, dass im gegenwärtigen Stadium eurer Tändelei Frau Kragler sehr erfreut darüber wäre …«

»Die Kragler guckt mich doch mit dem Arsch sowieso

nicht an!«, brach es aus Kleinrodt hervor, Wuppke konnte noch durch den Telefondraht hindurch das Zittern und Schaudern seines leicht schwammigen Körpers erspüren.

»Wie kann denn das sein?«, Wuppke ehrlich verwundert. »Ich meine, dein Heidemonolog war oscarverdächtig, oder sagen wir mindestens Goldene Kamera!«

»Die Kragler lässt sich doch von einem Monolog nicht beeindrucken!«, klagte Kleinrodt.

Wuppke fühlte echten Leidensdruck bei ihm. »Sag, Kleinrodt: Hat sie einen andern? Sei ehrlich!«

»Ich weiß nicht«, dies den Tränen nahe, »kann sein!«

»Ganz, wie ich's mir dachte. Aus deiner Abteilung?«

»Pimpermann! Personalchef!«

Wuppke überschlug Kleinrodts amouröse Chancen gegen einen Personalchef abzüglich des peinlichen Namens, aber unter Einberechnung von Kleinrodts schwachem Charakter und unansehnlichem Körper, und kam naturgemäß immer noch auf eine sehr negative Prognose.

»Ich sag dir, was ich mache, Kleinrodt: Sobald ich Jorgensen gefunden habe, werde ich dafür sorgen, dass dieser Pflaumenaugust rausgeschmissen und du auf seinen Posten gesetzt wirst.«

»Ich will aber gar kein Personalchef …«

»Mensch, Kleinrodt, jetzt reiß dich aber mal zusammen! Paris ist auch nicht an einem Tag erbaut worden!«

»Was hat das denn mit … Rom, außerdem.«

»Wir müssen jetzt strategisch vorgehen. Wo ist Jorgensen hingefahren?«

»Ich weiß es nicht! Wir haben nur eine Mail gekriegt, dass er dringend Produktionsvorbereitungen treffen muss, wegen dem Imagefilm. Seitdem ist sein Telefon ausgeschaltet.«

»Hmmm«, machte Wuppke bedenklich. »Wegen dem Imagefilm also.«

»Hat er jedenfalls gesagt. Aber wahrscheinlich hängt er nur mit irgendeinem Bond-Girl an der Côte d'Azur rum!«

»Hüte deine Zunge, Kleinrodt! Die offizielle Sprachregelung lautet jetzt Bond-*Woman*! Ein neues Zeitalter hat begonnen, falls dir das nicht aufgefallen ist.«

»Dochdoch, ich hab da neulich einen Bericht im Fernsehen ...«

»Aber er kann ja wohl auch von Frankreich aus telefonieren, das geht doch heutzutage ganz bequem per Roaming!«

»Nicht wenn sein Diensttelefon aus ist.«

»Und privat?«

»Hat keiner die Nummer.«

»Telefonbuch?«

Kleinrodt klapperte am anderen Ende mit der Tastatur herum und sagte schließlich: »Bloß Festnetz.«

»Herrgott! Sag mir irgendwas Verwertbares, Kleinrodt!«

»Ich weiß nichts! Er hat seine Familie und seine Hunde zurückgelassen und ist weg!«

»Moment mal: Hunde?« Wuppke hatte feine Antennen für Details, die wichtig klangen, auch wenn sie sich am Ende als vollkommen belanglos herausstellen würden.

»Na ja, die kläffen wie immer, ich komm da jeden Tag dran vorbei. Drei Windhunde!«

»Die Firma dankt!«, sagte Wuppke und beendete rasch das Gespräch. »Und was die Kragler angeht: Kopf hoch!« Er wollte schon auflegen, da fiel ihm noch was ein. »Ach, Kleinrodt: Wie heißen die Hunde denn?«

Wuppkes nächster Anruf galt nun der veterinärmedizinischen Szene in Kampen, die erwartungsgemäß überschaubar war.

»Schönguten Tag, Christian Wepper der Name, Veterinäramt Nordfriesland, ich hoffe, ich störe Sie nicht, und zwar geht es um ein Amtshilfeersuchen, ich hoffe, Sie können mir da weiterhelfen. Ich müsste von Ihnen mal wissen, ob die Windhunde eines gewissen Jost Jorgensen bei Ihnen in Behandlung sind.«

»Ja, das tut mir leid, das darf ich Ihnen gar nicht …«

»Es geht um Folgendes, Frau … ?«

»Hansen.«

»Frau Hansen, was für ein bodenständiger und heimatverbundener Name, ganz anders als meiner, Sie müssen wissen, ich bin vor langen Jahren aus dem Oberpfälzischen nach Holstein gekommen, der klaren Luft wegen!«

»Hm.«

»Frau Hansen, diese Angelegenheit ist recht wichtig, das brauche ich Ihnen ja nicht zu sagen. Herr Jorgensen ist unseren Informationen zufolge gegenwärtig an der französischen Côte d'Azur unterwegs, und zwar in Begleitung seiner drei Windhunde, äh, ich muss das grad mal in meinen Unterlagen nachschlagen: *Nori, Ori* und *Dori*. – Was für klangvolle Namen das sind!«

»Ja, aus dem kleinen Hobbit sind die.«

»Der kleine Hobbit!«, rief Wuppke erfreut aus, wodurch auch Shahila unwillkürlich in ihren gedanklichen Laubsägearbeiten aufgestört wurde. »Soll der nicht demnächst verfilmt werden?«

»Ist schon längst, sogar mit dieser höheren Bildrate.«

»Weswegen ich anrufe, Frau …«

»Hansen.«

»Richtig. Ich wollte grad Wepper sagen, aber das ist ja mein eigener Name. Haha!« Siegesgewiss zwinkerte er Shahila zu.

»Herr Wepper, wir haben heute Sprechstunde, und …«

»Natürlich, natürlich. Frau Hansen: Die Windhunde des Herrn Jorgensen sind in Gefahr. In Südfrankreich sind Fälle der Fuchsstolpe gemeldet worden.«

»Sie meinen Fuchsstaupe?«

»Sehr richtig, Frau Hansen!«

»Das überrascht mich jetzt aber.«

»Und mich erst, und mich erst! – Nun sehen Sie: Wir möchten Herrn Jorgensen telefonisch über die Gefahr informieren. Leider hat er aber, wohl urlaubsbedingt, sein Telefon abgeschaltet und ist infolgedessen nicht erreichbar. Meine Hoffnung ist nun, dass Sie, Frau Hansen, mir sagen können, wo Herr Jorgensen mit seinen Windhunden abgestiegen ist.«

»Aber der Herr Jorgensen sagt doch uns nicht Bescheid, wo er mit seinen Windhunden absteigt.«

Wuppke dachte darüber kurz und im Gestus sachlicher Wahrheitsprüfung nach und sagte dann streng: »Sie bestätigen also zumindest, dass sich Herrn Jorgensens Windhunde bei Ihnen in Behandlung befinden!«

»Also … ja schon, aber … *wer* sind Sie noch mal?«

»Wopper, Veterinäramt Nordfriesland.«

»Haben Sie nicht eben *Wepper* gesagt?«

»Wenn Sie es eh wissen, warum fragen Sie dann überhaupt?« Wuppke wurde langsam ärgerlich, das Telefonat lief nicht ganz so, wie er sich das vorgestellt hatte. Auch hier wieder: Der Mensch macht mit seinem prächtigen leistungsbereiten Gehirn die tollsten Pläne, und dann kommen die Umstände und durchkreuzen sie.

»Und Sie rufen extra an, um Herrn Jorgensen zu erreichen?«, fragte Frau Hansen jetzt mit übertrieben skeptischem Unterton, so was konnte Wuppke schon gar nicht leiden.

»Ja, äh, das ist so: Unser Amtsleiter ist ein Golfpartner vom Herrn Jorgensen.«

»Ja und?«

»Frau Hansen, das mag für Ihre insularen Ohren ja alles ein wenig ungewohnt klingen, aber die beiden, also unser Amtsleiter und der Herr Jorgensen, die sind gut befreundet, die tauschen privat sogar Kleinflugzeug-Quartette. Deswegen ist es unserem Amtsleiter ganz wichtig, Herrn Jorgensen zu warnen.«

»Wie heißt denn Ihr Amtsleiter?«

»Wie mein Amtsleiter …? – Hören Sie, Frau Hansen, alles, was recht ist, aber jetzt verliere ich doch langsam ein bisschen die Geduld mit Ihnen! Während wir hier unseren netten Nachmittagsplausch abhalten, wächst an der Côte d'Azur von Minute zu Minute die Gefahr einer für Windhunde tödlichen Stolpeepidemie!«

»Staupe, immer noch.«

»Und ehrlich gesagt bin ich weder befugt noch willens, der subalternen Vorzimmergehilfin eines einfachen Inseltierarztes behördeninterne und datenschutzunterworfene Informationen preiszugeben, die möglicherweise eine kontinentale Seuchenkatastrophe und damit die nächste europäische Weltkrise heraufzubeschwören geeignet sind!«

»Wir müssen mal langsam zum Ende kommen, Herr … wie auch immer Sie heißen. Ich kann Ihnen eine Rufnummer geben, wenn Ihnen das so wichtig ist.«

»Rufnummer? Welche denn?«

»Ich weiß nicht, Herr Jorgensen hat hier eine Nummer angegeben, Festnetz allerdings. Wollen Sie die aufschreiben?«

»Besser als gar nichts«, jubilierte Wuppke.

Nächster Anruf jetzt direkt hinterher bei der nämlichen Telefonnummer, Wuppke schweißnass, er hatte den Sieg über die Sprechzimmerdame letztlich doch hart erkämpfen müssen, und irgendwie war dadurch sein Respekt vor der anstehenden Aufgabe sogar gestiegen, auch wenn die Nummer dieselbe war, die Kleinrodt ihm schon rausgesucht hatte. Es heißt ja auch: Ohne Leid kein' Freud'.

Shahila hatte die Fenster weit aufgerissen, sodass frische Westerländer Seeluft nebst den geschäftigen Lauten des Nachmittags in das lakenzerwühlte Schlafzimmer hereinwehten. Wuppke hatte ein Gefühl prallen Lebens und darin hart erkämpfter Teilerfolge, toll. Dazu Shahila, die in der Pracht ihres seidenen Morgenmantels neben ihm saß und mit den Füßen am Fensterbrett Miniatureinhörner aus den benutzten Fahrkarten der Sylter Verkehrsgesellschaft faltete wie dieser eine Typ in *Blade Runner*.

Es tutete.

»Ja, Christian Wopper, bin ich da richtig mit Jorgensen verbunden?«

»Miriam Jorgensen, worum geht's?«

»Frau Jorgensen, dass ich Sie erreiche! Undzwar müsste ich mal dringend mit Ihrem Mann sprechen.«

»Der ist mit seiner Bitch unterwegs.«

»Äh. Bitte mit wem?«

»Tschuldigung, ist mir so rausgerutscht. Mit seiner Bitch.«

»Ah ja. Und Sie sind …?«

»Seine Frau.«

»Aha. Aber die Scheidung ist durch, oder …?«

»Ich wüsste nicht, was Sie das angeht, aber wo wir gerade davon sprechen: Wenn das so weitergeht, wird's Zeit. Lässt mich hier mit dem Kind sitzen, während er auf George Clooney macht.«

»Ach. Wo denn?«

»Das müssen Sie den Herrn der Schöpfung schon persönlich fragen.«

»Würde ich ja gerne, aber …«

»Ich meine, er war es doch, der diesen Henger angeschleppt hat. Das Kind ist noch nicht mal sechzehn!«

»Meinen Sie Blue Henger? Den Schauspieler?« Wuppke fügte gedanklich die fehlenden Teile zusammen wie bei einem zusammengestürzten Jenga-Turm, der sich in Rückwärtszeitraffer wieder zu phallischer Pracht aufrichtet.

»Schauspieler würde ich jetzt nicht direkt sagen«, kam es grimmig von Miriam.

»Wie lange geht das denn schon so?«

»Was?«, fragte Miriam in einem Ton, als sei ihr eben klargeworden, dass das alles einen Unbekannten am Telefon herzlich wenig anzugehen hatte. Sogar Wuppke bemerkte das.

»Ich meinte: Haben Sie seine Mobilnummer?«

»Was denken Sie denn? Haben Sie etwa nicht die Mobilnummer von Ihrer Frau?«

»Ich habe nicht einmal eine Frau.«

»Und? Geht's Ihnen nicht viel besser so?«

»Mir fehlen da etwas die Vergleichswerte. Wegen der Nummer …«

»Die darf ich nicht rausgeben. Ich sag ihm, dass Sie angerufen haben. Wie war noch mal der Name?«

»Wuppke.«

»Haben Sie nicht vorher irgendwas von Wopper gesagt?«

»Ach ja, das war mein Deckname.«

»Ach so?!«

»Ich muss halt ganz dringend mit Ihrem Mann sprechen.«

»Also sind Sie auch nicht vom Veterinäramt?«

»Nein.«

»Und die Fuchsstolpe?«

»Staupe. Hab ich gegoogelt.«

»Aber die gibt es schon auch in Wirklichkeit?«

»Wikipedia sagt ja.«

»Und weswegen müssen Sie mit ihm sprechen?«

»Ähmm … Ich möchte ihm ein Geschäft vorschlagen, das er unmöglich ablehnen kann.«

»Ist das nicht aus diesem Mafiafilm?«

»*Der Pate* eins und zwei.«

»Aber es gibt doch drei Teile.«

»Schon, aber im dritten sagt Al Pacino das nicht mehr.«

»Wieso?«

»Dachte wohl, das ist ein bisschen zu aufdringlich als Running Gag.«

»Wenn es überhaupt ein Gag ist.«

»Sagen Sie, interessiert es Sie gar nicht, was für ein Geschäft ich Ihrem Mann vorschlagen will?«

»Ex-Mann.«

»Aber Sie haben gesagt …«

»Gefühlt wenigstens. Gefühlt ist er ein Ex. Und nein, es interessiert mich nicht. Seine Geschäfte interessieren mich kein bisschen.«

»Hauptsache, die Kohle kommt rein, hm?«

»Wie bitte?«

»Ach nichts.«

»Ich hoffe, ich habe mich da gerade verhört!«

»Ich wollte einen kleinen Witz machen, aber der ist wohl nach hinten losgegangen.«

»Ich kann nur hoffen, dass Sie mit Ihrem Humor kein Geld verdienen müssen.«

»Geld habe ich auch keins.«

An der Stelle war eine Gesprächspause eingetreten, kein Wunder, es kann ja nicht die ganze Zeit in diesem Stakkato weitergehen. Wuppke kam zu Bewusstsein, dass er zwar ein heiteres Gespräch geführt hatte, sonst aber keinen Mikrometer vorangekommen war.

»Tja, Frau Jorgensen. Um ehrlich zu sein, weiß ich gar nicht, ob ich Ihrem … Jost wirklich so ein gutes Geschäft anzubieten habe.«

Es blieb still am anderen Ende der Leitung, klar, was sollte Miriam auch anfangen mit dieser Information? Wuppke wusste ja selbst nicht, warum er einer Fremden gegenüber plötzlich so geständig wurde, als erwarte er Absolution für seine bisherigen Verfehlungen und alle, die noch folgen würden. Also schob er schnell eine Frage nach.

»Wann wird er denn übrigens wiederkommen?«

»*Mein* Jost?«, fragte sie mit spitzem Sarkasmus in den Obertonlagen.

»Entschuldigung, ich wollte erst *Ihr Mann* sagen, das wäre aber genauso falsch gewesen, nicht wahr.«

»Schon gut. Er muss morgen wieder hier sein, da fängt der Dreh an.«

»Von diesem Imagefilm? Mit Blue Henger?«

Womit wir nahtlos ein paar Stunden überspringen und damit wieder an die richtige Stelle der Zeitleiste schneiden können, toll. Das hat Drive, das hat Verve, und Esprit hat es auch.

So langsam ging es auf den Sonnenuntergang zu, und am Westerländer Strand war vor dem designierten Drehbeginn am nächsten Tag noch ein großer Pressetermin anberaumt. Da gibt es doch tatsächlich Leute, die sich für solche Dinge wie einen Werbefilm immens interessieren, weil der gewaltige Aufwand, den Dreharbeiten so mit sich bringen, in den Menschen ein Gefühl von Größe und Bedeutung hervorruft, so als seien sie für kurze Zeit Teil von etwas, das ihre klägliche Alltagsexistenz transzendiert, was natürlich Quatsch ist, und zwar alles daran. Sei's drum. Eine beträchtliche Anzahl von Schaulustigen hatte jedenfalls den Sekt bei Gosch an der Promenade sowie den Bremerhavener Shantychor in der Musikmuschel (»Es wird wieder geklatscht, geschunkelt und getanzt!«) links liegen lassen und war runter zum Strand, um ihren persönlichen Sylt-Moment zu erleben. Der Streamliner, in dem Henger für die Dauer seiner Sylt-Leihgabe untergebracht war, glitzerte silbern und verheißungsvoll in der untergehenden Sonne und würde in nächster Bälde den Star höchstselbst ausspucken. Er war übrigens nicht so lang, der Trailer, wie man ihn sich vorstellt, sondern eher das kleinste Modell, Birdhouse, was schon viel über Hengers gegenwärtigen Status in der Filmbranche aussagte.

Blue Henger selbst hatte übrigens keinen blassen Schimmer, wofür er Werbung machen sollte. Er wusste nicht einmal, in welchem Land er sich befand (Europa?), wer die junge Frau neben ihm im Bett und wie es so weit gekommen war, dass er sie nicht wach kriegte. Ebenso wie er war sie nackt, und das alles wäre nicht so wahnsinnig schlimm gewesen, wenn seine

Künstlerbetreuerin Vanessa Beerens nicht mit jedem Bollern gegen die Tür das Spalteisen seines Kopfschmerzes ein Stück tiefer in seinen Schädel getrieben hätte. Blue Henger ließ sich aus dem Bett fallen, sah in seinen Schminkspiegel und stellte fest, dass sich aus seinen Augäpfeln kleine lilafarbene Würmer wanden, was in letzter Zeit allerdings öfter vorkam und ihn deswegen nicht weiter beunruhigte. Er warf zwei Codeintabletten ein und spülte sie mit etwas Gin hinunter, dann trat er vor die Tür. Die Sonne traf ihn wie tausend Blitzlichter, ein Bündel aufgeregter Foxterrier kläffte, als habe er bei seinem Einkauf in der Hölle zu lang auf sich warten lassen, und die Welt begann, sich sehr schnell zu drehen, so schnell, dass er fürchtete, er würde von der Fliehkraft hinaus ins Weltall geschleudert, wo er einsam ersticken müsste. Dann fiel er um und kam erst viele Stunden später im Krankenhaus wieder zu sich.

Das Mädchen, das man in seinem Bett fand und notdürftig wieder zu Bewusstsein brachte, war – und das ist jetzt natürlich der Clou an der Geschichte und der Grund, dass Miriam wenig später ihren Mann nach Hause beordern würde – niemand anderes als die Jorgensen-Tochter, fünfzehn Jahre jung und mutmaßlich defloriert. So stand es jedenfalls am nächsten Tag in ungefähr jeder Zeitung zwischen Bozen und dem Bottnischen Meerbusen, mit einem Foto, das Henger mit offenem Bademantel und nichts drunter vor seinem Trailer zeigte.

4. Feinde und Verbündete verstellen oder ebnen Wuppke den Weg in den zweiten Akt

Wuppke ließ am nächsten Morgen die Zeitung sinken, bestrich einen Golden Toast mit etwas goldener Butter und ließ goldfarbenen Honig darauf tropfen. Die jüngsten Ereignisse, von denen er da las, waren ohne Frage unerhört und boten seinem Vorhaben eine ganze Reihe von schönen Perspektiven, auch wenn er noch nicht so recht wusste, was genau er eigentlich vorhatte. »Okay okay okay«, sagte Wuppke zu sich selbst und biss herzhaft vom süßen Toast ab. Er musste irgendwie herausfinden, was sich zwischen der Jorgensen-Tochter und Henger wirklich abgespielt hatte, denn dann, so seine noch recht vage Vorstellung, würde er es wissen.

Da ging das Türschloss. Wuppke war verwundert, denn Shahila war eben erst zu ihrer Schicht aufgebrochen. Noch während er sich fragte, was das eigentlich für eine Schicht sein sollte, wo doch der Animierbetrieb in der Alibabar erst am Abend losging, trat Hadi in Begleitung zweier schwergewichtiger Herren ein. Wuppke, der außer seinen Boxershorts nichts anhatte, verzichtete auf überhastete Bewegungen und ließ es geschehen, dass Hadi sich zu ihm an den laminierten Schichtholztisch setzte. Irgendwie hatte er sofort das Gefühl, dass das kein Freundschaftsbesuch war.

Hadi entzündete eine Zigarette. Die beiden Herren, wenn das die richtige Bezeichnung ist, blieben bei der Tür stehen und verschränkten die imposanten Arme vor der Brust. Die Halstätowierung des einen schien sich auf dem Oberarm des anderen fortzusetzen, ulkig. Die ganze Sache war für Wuppke schon rein von der Körpersprache her ohne Weiteres als Home-Invasion zu erkennen.

»Rauchen ist hier eigentlich ...«, begann er, griff dann aber ebenfalls nach seinem schon bereitliegenden Tabak.

Hadi lächelte verschlagen. »Was glaubst du eigentlich, wer hier die Miete zahlt, du Frittenficker?«

Wuppke war gewarnt. Lächeln und Frittenficker, das waren zwei Marker, die die Situation als ganz besonders unerfreulich kennzeichneten.

»Ich fürchte, ich verstehe nicht ganz ...«, sagte Wuppke.

»Dochdochdoch«, sagte Hadi und schnippte die Asche seiner Zigarette in den Aschenbecher, den er ohne hinzusehen von der Fensterbank geangelt hatte. Zum ersten Mal war er also nicht hier. »Du verstehst schon ganz gut. Ali sagt, du hast Abitur.«

»Das kriegt doch heutzutage jeder«, sagte Wuppke leichtsinnig.

»Ich nicht«, sagte Hadi und ließ sein Lächeln gefrieren.

»Oh. Das ist mir ... also da liegt wirklich noch viel im Argen, strukturell gese ...«

»Ich mach nur Scheiß«, sagte Hadi und knipste sein Lächeln wieder an. »Klar hab ich Abitur!«

»Das merkt man gleich!«

»Einen Anruf hat mich das gekostet. – Aber weswegen wir hier sind: Du steckst in Schwierigkeiten.«

»Ach ja?«, machte Wuppke, dem mal langsam jemand sagen sollte, dass er sich bei Hadi keinen Gefallen tat mit seiner Begriffstutzigkeit, denn Hadi hatte nicht nur sein Abitur durch einen Anruf bekommen, sondern unterschied sich auch in vielerlei anderer Hinsicht von seinem Vetter Ali. Zum Beispiel darin, dass er Wuppke nicht besonders stark respektierte.

Ohne weiteren Kommentar schob er Wuppke nun einen Zettel hinüber. Darauf stand eine noch ganz knapp vierstellige Zahl, die sich bei eingehender Betrachtung als Gesamtsumme herausstellte.

»Was ist das?«, fragte Wuppke.

»Bist doch nicht so helle, was? Unterkunft, Drinks, und nicht zu vergessen der ganze Rest«, sagte Hadi augenzwinkernd und beobachtete Wuppkes Reaktion. Die blieb aber zunächst aus, denn Wuppke hatte den Ernst der Lage noch nicht so ganz erkannt.

»Moment mal«, sagte er schließlich. »Das mit Shahila war was anderes!« Er wusste nicht, wie er die Geschichte mit Shahila sonst kitschfrei beschreiben sollte.

»Guck dir den Pimmeltänzer an!«, sagte Hadi, drehte sich zu den beiden Schwergewichten und forderte sie wortlos auf, in sein sarkastisches Gelächter einzustimmen, auf das er selbst allerdings verzichtete.

»Ich hätte gewettet, du kommst mir mit Spesen und so. Von wegen gehört alles zum Auftrag, schließlich hat dich Ali hergeschickt. Aber echte Liebe, das haut mich jetzt um. Was machen wir da?«

Vorsicht, Wuppke, rhetorische Fragen in solchen Situationen sind immer eine Falle, es gibt nur falsche oder ganz falsche Antworten, also halt einfach die Klappe.

»Pass auf, Wuppke: Liebe muss man sich leisten können. Und wie es aussieht, schuldest du mir für deine runde zehn Mille.«

Jetzt lächelte Wuppke, oder sagen wir, er zwang sich dazu. »Ist das nicht ein bisschen happig?«

»Sicher«, sagte Hadi, »aber Shahila ist jeden Euro wert. Findest du nicht? Ich meine, die ist nicht irgendeine Gammelhure. Wir haben sie jahrelang auf die besten Fortbildungen geschickt. Da gibt's Kunden, die haben richtig Kohle, die wollen nur sie. Und da glaubst du, ausgerechnet mit dir will sie's umsonst machen? Was bist du? Ryan Gosling? Oder doch eher ne einfache Arschgeburt?«

Wuppke bedachte die beiden Wahlmöglichkeiten unter besonderer Berücksichtigung der expliziten Ausdrucksweise und erschrak darüber, mit welcher Berechtigung er hier beschimpft und bloßgestellt wurde. Nur gut, dass einem mit fortschreitendem Alter kaum noch etwas peinlich ist, sonst hätte er sich geradezu geschämt. »Ich dachte …«, versuchte er in seiner Verlegenheit, aber das klang natürlich nur noch kläglicher.

»Ja, schon klar, was du dachtest. Aber ich sag dir jetzt mal was: Völlig egal, was Shahila dir erzählt hat, der Einzige, der entscheidet, ob das Taxameter läuft oder nicht, bin ich. Was, glaubst du, wird Ali sagen, wenn ich ihm erzähle, was du hier an Kohle vervögelt hast? Wer soll mir das bezahlen? Ali etwa?«

Wuppke fröstelte ein wenig, das Fenster stand sperrangelweit auf, und draußen waren Wolken aufgezogen. Er sah sich schon kopfüber an der Hausfassade hängen, die Beine jeweils gehalten von einem der Schwergewichte. Wie er diesen Gangsterscheiß hasste. Die rüde Sprache, die durchschaubaren Andeutungen, diese doofe Einschüchterungsrhetorik.

»Also – was soll ich tun?«, fragte Wuppke, um die Sache abzukürzen.

Wuppke hatte schon öfter Probleme am Hals gehabt, im Grunde war das schon seit Jahren sein ganz normaler Modus Operandi, um nicht zu sagen Vivendi. Scheinselbstständigkeit, die leidige Steuer, immer wieder Unklarheiten bezüglich seiner Abrechnungen und als Krönung das Verfahren wegen notdürftiger Tötung – Wuppke würde sich nicht unbedingt als jemanden bezeichnen, der das Pech magnetisch anzog, aber das Glück zog er sicherlich auch nicht an. Dabei hatte sein Leben so gut begonnen, chillige Kindheit und Jugend und so. Während des Studiums war viel freie Zeit entstanden, die er hauptsächlich mit verschiedenen Unterhaltungsangeboten gefüllt hatte, nicht so sehr Glam und Glitter allerdings, sondern eher direct-to-DVD. Dann hatte er gewartet, bis alles fertig ausgestattet wäre, damit er den Drehort betreten und sein eigentliches Leben performen könne. Die Vorbereitungen dazu schienen aber noch nicht ganz abgeschlossen zu sein, also wartete er weiter. Das hieß auch: Wuppke hatte seinen Ehrgeiz, der ohnehin nicht voll ausgebildet gewesen war, fast vollständig verloren. Nun kann man fragen: wozu auch immer diese Erfolgsverbissenheit? Nicht jeder Mensch hat das Zeug zum Nuklearmediziner. Aber wenigstens selbst über sich und sein Leben bestimmen, das wollte auch Wuppke. Und jetzt lag sein Schicksal ganz in den Händen dieser Geschäftemacher. Der Chinese mit seiner Heide, Hadi mit seinen zehn Mille: Wenn Selbstbestimmung das Ideal seiner Zeit war, dann lebte Wuppke gerade entweder höchst unideal, oder seine Zeit war einfach vorbei.

Was Hadi zur Wiedergutmachung seiner Schuld von ihm erwartete, bestand wieder einmal in einer Gefälligkeit. »Diese Sache bleibt unter uns«, sagte er eindringlich zu Wuppke.

»Verstanden? Ich sage Ali nichts von der linken Nummer, die du hier abgezogen hast, dafür arbeitest du für mich. Ist nur eine kleine Sache, aber wenn ich rauskriege, dass du irgendwem davon erzählst, schneiden dir die beiden Kollegen hier die Eier ab, jeder eins.«

Für Wuppke klang der Vorschlag durchaus zumutbar, immerhin implizierte er noch nicht einmal etwas Illegales. Soweit er verstanden hatte, sollte er lediglich zwei italienische Geschäftsfreunde ein wenig auf der Insel herumführen, wenngleich bei der Bezeichnung »italienische Geschäftsfreunde« natürlich Wuppkes Spinnensinn klingelte, es war ja nicht so, dass er noch nie eine Mafiaserie oder so was gesehen hatte.

»Wieso soll ich denen denn die Insel zeigen?«, fragte Wuppke und musste sich dafür ausnahmsweise mal nicht blöd stellen. Natürlich hatte er das liebliche Eiland im Laufe seines Aufenthalts schon sehr ins Herz geschlossen und so weiter, aber herumführen? Die einzige Attraktion, die Wuppke kannte, war die putzige Kegelrobbe Willi, die sich vor dem Hörnumer Hafenkiosk täglich gegen Fisch zum Affen machte, entgegen ihres männlichen Namens allerdings ein Weibchen war und durch die herzigen Fütterungen inzwischen einen Zentner Übergewicht akkumuliert hatte, sodass sie vermutlich demnächst an Fettleber eingehen würde. In puncto saturierter Ignoranz war damit zumindest über die Feriengäste alles gesagt.

»Ich komme doch gar nicht von hier«, versuchte Wuppke sich rauszureden.

»Meinst du ich?«, fragte Hadi. »Außerdem sprichst du doch bestimmt Italienisch.«

»Zufällig nicht«, entgegnete Wuppke, der zwar die Bezeichnungen einiger Pastagerichte auswendig beherrschte, ansonsten aber Italienisch fast genauso schlecht sprach wie Aramäisch.

»Englisch?«

»Englisch sicher, aber …«

»Perfekt, du hast den Job!«

Zweiter Akt
DIE PHASE
DER PRÜFUNGEN

5. Die Probleme, die Wuppke begegnen, drohen ihn zu überwältigen. Beim Überschreiten der zweiten Schwelle wird ihm das volle Ausmaß der Aufgabe bewusst

Die beiden Geschäftsfreunde stellten sich als ein blutjunges Pärchen heraus. Beide waren sogar für Wuppke, der noch niemals in Neapel gewesen war, sofort als Neapolitaner zu erkennen, er hatte keine Ahnung, woran das lag. Sie stiegen aus dem Zug und verloren sich ein wenig im Getümmel des Bahnsteigs, dann sahen sie das Schild, das Wuppke gemalt hatte mit Hadis Namen darauf. Natürlich wusste Wuppke, dass man auf diese Schilder normalerweise die Namen der Ankommenden draufschreibt, aber die kannte er ja nicht.

»Hello, my name is Carsten Wuppke, I'm here to welcome you in the name of ...«, aber an der Hohläugigkeit der jungen Frau und dem latent aggressiven Argwohn des Mannes erkannte er schnell, dass die beiden ihm nur widerwillig in die englische Mundart folgen mochten. Überhaupt wirkten sie leicht verängstigt wie zwei in die Enge gedrängte Tiere, wobei die Frau Wuppke schon rein physiognomisch an einen Biber erinnerte, der Jüngling hingegen etwas entschieden Marder- oder Wieselhaftes an sich hatte, auch ihr Geruch passte gut zum Wildtierthema nach 24 Stunden Zugfahrt mit wahrscheinlich ausgefallener Klimaanlage.

Wuppke kannte sich zum Glück ein bisschen mit Menschen aus, deren Kooperationsbereitschaft erst noch geweckt werden musste. Also fuhr er die beiden unter freundlichem Gelächle mit dem prächtigen Mercedes-SUV, den Hadi ihm für diesen (und nur diesen) Zweck ausgeliehen hatte, Richtung Hörnumer Hafen.

»On this island«, sagte Wuppke gut gelaunt, »there are only two directions, either up or down.«

Interessiert beobachtete er im Rückspiegel, wie die Nervosität der beiden sich schlagartig vervielfachte, als hätte Wuppke etwas besonders Gangstermäßiges gesagt. Er überlegte fieberhaft, was es über die Dünen rechts und links von ihm noch Unverfängliches zu sagen gäbe, schließlich entschied er sich für »You must be hungry!«

Nun hatte die Hörnumer Fressmeile hauptsächlich Fisch anzubieten. Melina, wie die junge Frau hieß, wollte allerdings vegetariana, Tomaso dagegen carne, und das führte zu gereiztem Hin und Her zwischen den beiden, bevor sie sich schließlich doch in der Mitte trafen und jeweils ein Fischbrötchen mit jungem Hering bestellten. Sie verzogen das Gesicht.

»Sushi?«, fragte Melina, die sich von beiden noch am ehesten um das verdient machte, was Leute wie Wuppke »Joining« nennen.

»No, it's slightly fermented within a salty liquid«, antwortete Wuppke kundig wie ein Matjesexperte. Tomaso war des Small Talks aber schnell überdrüssig und verlangte forsch, sofort ins Hotel gebracht zu werden, im Monbijou sei ein Zimmer reserviert.

»But don't you wish to see the funny seal Willi? It's very famous!« Wuppke annoncierte den beiden die zweifelhafte Attraktion, als seien sie Kinder, und da durfte er sich nicht wundern, dass Tomaso sich so dicht vor ihn hinstellte, dass Melina gar nicht zu übersetzen brauchte, was er sagte.

»To the hotel then«, sagte Wuppke mit um Leichtigkeit bemühter Stimme, aber auf dem Rückweg, das muss man wirklich sagen, war ihm bei allem natürlichen Frohsinn nicht wohl in seiner Haut. Tomaso verbreitete einen äußerst düsteren Odem, nicht nur olfaktorisch, sondern vor allem atmosphärisch. Sogar Melina war eingeschüchtert, wie Wuppke sehen konnte. Ständig sah sich Tomaso nach etwaigen Verfolgern um, und das wurde auch nicht besser, als sie im Foyer des Monbijou angekommen waren und Wuppke sich verabschieden wollte.

»Okay then, I wish you a pleasant …«

»You go first«, sagte Tomaso mit einer Stimme, die keinen Widerspruch duldete und in Richtung Aufzug wies. Jetzt: wie sollte Wuppke sich verhalten? Ihm war, als fehlten ihm zentrale Informationen bezüglich seines Auftrags. Auch konnte er nicht wortreich mit den beiden verhandeln, wie das sonst seine Art war. Er war buchstäblich *fish out of water*.

»You go up«, sagte Tomaso, »or you go down«, was natürlich hübsch Wuppkes Oneliner von vorher aufgriff, wenngleich die Handfeuerwaffe, die Tomaso durch kurzes Lupfen seines T-Shirts freilegte, dem Zitat durchaus eine düstere Schattierung verlieh.

Wuppke hätte einfach weggehen sollen, denn mal ehrlich, was sollte Tomaso schon tun: ihn hier im belebten Hotelfoyer vor all den Touristen niederschießen? – Aber wer schon jemals mit einer Feuerwaffe bedroht worden ist, kann vielleicht die Einschüchterung ermessen, die von ihr ausgeht, und so fühlte sich Wuppke, indem er beiden zum fraglichen

Zimmer voranging, wie im Fahrstuhl zum Schafott: Der beengte Raum, der Geruch von Angst und Untergang, und dann stieg im letzten Augenblick auch noch eine sonnenverbrannte Touristin zu, danke fürs Warten, der das dehydrierte Lächeln, als die Aufzugtür sich schloss und die miese Stimmung hier drinnen voll zur Geltung kam, mit jedem Meter aufwärts mehr aus dem Gesicht fiel. Wuppke hätte sich gern jemandem anvertraut, aber zu diesen erzpiefigen Urlaubssyltern würde er nie ein Vertrauensverhältnis entwickeln, da ließ er sich lieber erschießen.

Ein langer, funzelig beleuchteter, menschenleerer Flur.

Wuppke hörte erstmals in seinem Leben den eigenen Herzschlag in den Ohren.

Im Zimmer angekommen, hängte Tomaso das »Nicht stören«-Schild an die Tür, warf seine Reisetasche aufs Bett und öffnete sie. Aus einem Verbandskissen, wie es in Autos zum Zwecke der Notfallversorgung mitgeführt wird, holte er ein fest mit Textilklebeband umwickeltes Päckchen, und auch wenn Wuppke nicht wissen konnte, dass es Kokain enthielt, dachte er sofort an Kokain, weiter reichte seine Expertise in illegalen Rauschmitteln ohnehin nicht. Es war das erste Mal, dass er eine solche Menge davon, ein gutes Kilo, vor sich hatte. Ein wenig hilflos sah er von Melina zu Tomaso und wieder zurück zu Melina, bemühte sich aber, es nach unbeeindrucktem Gleichmut aussehen zu lassen.

Und jetzt, Wuppke hatte das in den erwähnten Serien schon etliche Male gesehen, ließ Tomaso ein Springmesser aufschnappen, stach in das Päckchen und hielt Wuppke die bepuderte Spitze hin. Wer will schon beurteilen, ob die Serien sich das von den Ganoven abgucken oder die Ganoven von den Serien? Wenn Wuppke es sich aber recht besah, schien es wirklich die zweckmäßigste Art zu sein, das Pulver in kleiner Menge von einer Seite der Plastikfolie auf die andere zu befördern, ohne das ganze Gafferband abzumachen, das ja bekanntlich sensationelle Klebeeigenschaften hat.

Weiter konnte er sich jetzt mit diesen Überlegungen nicht beschäftigen, denn er musste die Verkostungsofferte des Tomaso freundlich, aber bestimmt zurückweisen. *Ich werde hier bestimmt nicht zum Kokser werden*, sprach Wuppke im Geiste zu sich. Zugegeben, es war durchaus reizvoll, jetzt, wo er schon einmal in der Halbwelt unterwegs war, alle Benimmregeln links liegen und die fünfe gerade sein zu lassen und sich, gerade in dieser aufregenden Situation, ein wenig zu stimulieren. Aber nein. Was brauchte er jetzt noch Stimulation, wo Shahila ihn extraintestinal verdaut hatte wie ein Seestern eine Miesmuschel. Wie er sich kannte, würde er am Ende noch auf Speed, Crystal Meth und einfachen Lösungsmitteln aus der Haushaltsabteilung hängen bleiben, und dann wäre er richtig am Arsch.

Also keine Verkostung jetzt, Tomaso natürlich perplex, so was war er nicht gewöhnt. Er zuckte die Achseln und machte dafür mit Daumen und Zeigefinger die international verständliche *pagare*-Geste, und da war wiederum Wuppke perplex, als er nämlich begriff, dass Hadi ihn verdeckt zu einem veritablen Drogendeal geschickt hatte.

Unter allerlei verschwitzten Ausflüchten und Entschuldigungen kramte Wuppke sein Telefon hervor, dessen Prepaidkarte, wir erinnern uns, vor seiner Abreise nach dem Friesischen leer gewesen war, und wo soll er sie aufgeladen haben, und wovon? Wuppke telefoniert jetzt aber dennoch, und wenn das einen Bruch in der Logik bedeutet, dann geschieht das ausschließlich im Interesse des Kunden, wird doch auf diese Weise der Spannungsbogen schön straff gehalten: Das italienische Pärchen hochnervös, Wuppke in Bedrängnis, möglicherweise sogar in einer tödlichen Falle. Wer wollte da nicht schleunigst erfahren, ob und wie sich Wuppke aus dieser brenzligen Kalamität würde befreien können, Telefonkarte hin oder her?

»Der Wagen ist aus der Werkstatt zurück«, sagte er nun bedeutungsvoll und im Wissen zu Hadi, dass man in diesen Kreisen das Kind niemals beim Namen nennt, schon gar nicht am Telefon.

»Pass mal auf, Wuppke«, dies gleichsam zähnefletschend von Hadi, »der Wagen war neu, und …«

»Nein, nein«, unterbrach ihn Wuppke bedächtig und bemühte sich, jedem Wort eine individuelle, reiche Betonung zu geben: *»Der Wagen. Ist. Aus der Werkstatt. Zurück!«*

»Ach so«, darauf Hadi nach einer Pause, aber letztlich mit guter Auffassungsgabe, »der Wagen! Aus der Werkstatt?«

»So ist es«, sagte Wuppke zufrieden. »Man möchte, dass ich eine Probefahrt damit mache, um mich von der Qualität der Arbeit zu überzeugen.«

»Probefahrt? Mit dem Wagen, der …«

»Aus der Werkstatt zurück ist.«

»Ah, jaja. Gute Idee. Dann mach mal! Oder gibt's da ein Problem?«

»Ich habe keinen Führerschein«, Wuppke mit Bestimmtheit.

Hadi, der sich immer besser in die kryptografische Fuge einfand, schlug vor, den Wagen nur auf dem Werkstattgelände zu fahren, das dürfe man auch ohne Führerschein.

»Es geht mir nicht so sehr um die Straßenverkehrsordnung, als vielmehr um meine Gesundheit«, entgegnete Wuppke, aber Hadi machte einen verächtlichen Laut.

»So eine kurze Fahrt auf dem Werkstatthof, was soll dabei schon groß schiefgehen?«

»Außerdem bin ich kein Fachmann. Ob die Kupplung schleift oder der Keilriemen, würde ich gar nicht heraushören.«

»Da ist was dran«, gab sich Hadi bedenklich, hatte aber gleich darauf einen Geistesblitz. »Dann lass doch den Mechaniker fahren! Wenn die Bremsen versagen, ist das nicht dein Problem!«

»Aber hieße das nicht, den Bock zum Gärtner zu machen?«, gab Wuppke zu bedenken.

»Wie?«

»Und eh ich's vergesse: Da wäre noch die Frage der Bezahlung.«

»Ach so!« Stille in der Leitung. Das war natürlich die Kernfrage des wuppkeschen Anrufs – verständlich, dass Hadi sich da erst bei abgedeckter Sprechmuschel beratschlagen musste. Wobei: Mit wem eigentlich beratschlagen, Wuppke hatte bis jetzt gedacht, Hadi sei zumindest hier auf Sylt der Obermufti.

Jedenfalls sagte Hadi, als die Beratschlagung beendet war, zu Wuppke: »Sag ihnen, wenn wir mit der Reparatur zufrieden sind, werden wir in Zukunft unseren gesamten Fuhrpark exklusiv von ihrer Werkstatt betreuen lassen.«

»Das heißt, die Mechaniker bekommen kein Geld?«

»Jetzt bekommen sie nichts, dafür aber später sehr viel. Vielleicht.«

»Ich fürchte, man wird das als unseriöses Geschäftsgebaren ansehen. Ich fürchte …«

»Früher hab ich mich auch dauernd gefürchtet«, unterbrach ihn Hadi kauend. »Als Kind.« Damit war das Gespräch beendet.

Wuppke steckte das Telefon weg, drehte sich zu den beiden Unterhändlern um, klatschte in die Hände und setzte sein breitestes Grinsen auf. Da sah Tomaso ihn auf eine Weise an, dass Wuppke gleich wusste, dass Tomaso wusste, was los war. Sicherheitshalber wurde Tomaso aber noch deutlicher, indem er sein Stilett knapp an Wuppke vorbei in die Wand hineinschleuderte, wo es das Plexiglas eines Dürer-Drucks durchschlug und im Kopf des ikonischen Feldhasen stecken blieb. Leise zitterte es nach wie, nun, das Näschen eines verängstigten Hasen.

In der sich schier endlos dehnenden Sekunde, die darauf folgte, überlegte Wuppke, ob es wohl ein waidmännisches Wort für das häsische Riechorgan gab. Schließlich existiert für alles, was der Hase hat oder tut, ein eigenes Wort: Er hat einen Balg mit Wolle, er hat Seher, Löffel, Läufe und eine Blume. Der helle Fleck der Blume wird Lampe genannt. Das hintere Bein des Hasen heißt Sprung. In der Rammelzeit rammeln die Hasen. In der Folge setzt die Häsin, und zwar mehrmals im Jahr. Dann macht der Hase eine Spur. Er sitzt in der Sasse und drückt sich und mümmelt, bevor er durch die Jäger oder Hunde aufgestoßen, aufgetan oder aufgestochen wird. Schließlich muss er das feste oder lockere Sitzen beenden, um ein paar Haken zu schlagen, wenn er nicht will, dass ihm das Fell über die Ohren gezogen wird.

Ein nettes kleines Glossar, wie Wuppke in anderer Situation durchaus anzuerkennen bereit gewesen wäre. Jetzt aber hob er die Hände vor den Körper und stieß beschwichtigende Laute gegen Tomaso aus. Oder besser nicht *gegen* Tomaso, so was kann leicht als Provokation gedeutet werde, sondern lediglich in seine Richtung.

»No, no, attends«, wiegelte er in leichter Sprachverwirrung ab, richtig hätte es ja »aspetti« heißen müssen.

Wer jetzt erwartet, dass eine wilde Prügelei folgte wie in den *Bourne*-Filmen, die Wuppke so mag, wo in wackeliger Handkameraoptik alles zur Waffe gemacht wird, was gerade bei der Hand ist, Vasen, Bibeln, Kopfkissen, weil die echten Berufskiller, wie die *Bourne*-Macher in investigativer Milieurecherche herausgefunden haben wollen, das eben so machen – wer jetzt also Klopperei sehen will, wird enttäuscht, einmal, weil es hier ja generell nichts zu sehen gibt, dann aber auch, weil zwar ein Handgemenge stattfand, aber nicht unter Wuppkes Beteiligung. Tatsächlich ging die Auseinandersetzung eher in Richtung Beziehungszwist, wie er auf langen Reisen bei Paaren vorkommt. Tomaso hatte nach dem Messerwurf die unvermeidliche Glock hervorgeholt und vor der Zimmertür nachgesehen, ob sich auf dem Flur Hadis Leute zu einem Hinterhalt verabredet hatten (sie hatten nicht), wonach er dann in sehr schnellem und kaum wiederzuerkennenden Italienisch, bei dem es sich natürlich um *Napulitano* handelte – jenem kampanischen Dialekt, der mit dem richtigen Italienisch so viel zu tun hat wie ein harmloser Hamster mit einem tollwütigen Wiesel –, wiederholt und unzweifelhaft abwertende Begrifflichkeiten gegen Melina schoss, wogegen diese sich ebenso sprachoffensiv zur Wehr setzte, was alldiewo darin endete, dass Tomaso ihr mit dem flachen Handrücken eine knallte und Melina die Ohrfeige stante pede erwiderte.

Dann war erst mal Ruhe im Karton. Tomaso ließ sich auf die Bettkante nieder und seinen Kopf in die dafür empfangsbereiten Handflächen sinken, um anzuzeigen, dass er nicht weiter wusste. Melina setzte sich neben ihn und legte tröstend ihren Arm um seine Schultern. Wuppke fand das zwar etwas bipolar, andererseits aber auch rührend, letztlich war er ja kein Experte für neapolitanische Liebesbezeugungen.

Er stellte sich auf den Balkon, um eine Zigarette zu drehen und quasi ein wenig Dampf aus der Situation hinaus aufs Meer zu blasen, wozu war er in einem Strandhotel. Versonnen schaute er auf den Horizont. Als ob hinter dem Horizont irgendeine Lösung für deine Probleme zu finden wäre, Wuppke!

Er zündete die Zigarette an und drehte sich wieder zum Zimmer, um nachzusehen, ob die Lage sich beruhigt hatte. Das hatte sie, aber eher zu seinen Ungunsten, denn Tomaso richtete aus dem Dunkel nun mit – so viel konnte Wuppke sehen – verzerrtem Gesicht seine Waffe auf ihn und sprach napulitanische Worte in schneller Folge dazu. Melina übersetzte in radebrechendes Englisch, dass die beiden angehalten waren, unter keinen Umständen mit dem Kokain nach Neapel zurückzukehren, weil man dort offenbar verzweifelt den Sylter Absatzmarkt zu erschließen hoffte. Auch ging aus ihrem emotionalen Beitrag hervor, dass die beiden den Erfolg bei dieser ihrer ersten großen Handelsreise unabdingbar brauchten, weil sie sich eine solide kriminelle Existenz aufbauen und ihren späteren Kindern ein ehrliches Leben mit Schulabschluss ermöglichen wollten. Wuppke lehnte am Balkongeländer und rauchte scheinbar unbeeindruckt weiter, auch wenn ihm in Wirklichkeit ganz schön die Muffe ging, klar. Er dachte über die Situation nach und wie man sie für alle Seiten zufriedenstellend lösen könnte. Dann schnippte er seine Kippe hinunter auf die Promenade, griff mit Ansage und betont langsam in seine Hosentasche und holte den Autoschlüssel heraus.

»Non ho soldi«, sagte er auf Englisch, »ma potete prendere la macchina.« Es war ein ziemlich hochpreisiges Fahrzeug, immerhin ein Daimler der absoluten Protzklasse mit Holz und Leder, vermutlich überstieg sogar der Wiederverkaufswert noch locker den Zwischenhandelspreis für reinrassiges Kokain oder wie das hieß, Wuppke kannte sich ja mit beidem nicht so aus. Außerdem wollte er diesen Unfug so schnell wie möglich beenden. Kokainhandel! Waffen! Ihm kam die Vorstellung, hier auf dem Balkon eines Sylter Strandhotels wegen einer ihm vollkommen gleichgültigen, ja irrealen Sache abgeknallt zu werden, über die Ballustrade zu fallen und kopfüber auf der Strandpromenade zu zerschmettern, grotesk abwegig vor. Er wollte es allerdings auch nicht darauf ankommen lassen, denn der Tod, so weit kannte er das aus einschlägigen Filmen, erscheint einem ja immer abwegig, bis man eines Tages selbst auf Abwege gerät und ihm dann dort in aller Selbstverständlichkeit begegnet.

6. Wuppke wird die gegengeschlechtliche Macht offenbar, in seinem Fall also die der Frauen

Wuppke stand an einer roten Ampel, hinter ihm der Austragungsort seines jüngsten Abenteuers. Die Straße war frei, also ging er los. Es gibt ja diesen Topos von Männern, hinter denen etwas explodiert, ein Auto oder ein Gebäude, meistens haben sie die Bombe sogar selbst gelegt, und deswegen zucken sie nicht mal mit der Wimper und gehen einfach weiter. Das Monbijou explodierte jetzt zwar nicht. Dafür beschwerte sich eine Sechsjährige lautstark bei ihrer Mutter, dass Wuppke einfach über die Straße ging, obwohl rot war. Auf ihrem T-Shirt stand: »Let's break some rules!«

Preisfragen jetzt: Trug Wuppke das Drogenpaket bei sich oder trug er es nicht bei sich? Wie hatte sich die Daimler-Frage geklärt? Wer würde die Hotelrechnung bezahlen?

Das Leben wird umso langweiliger, je schneller man Fragen beantwortet, die sich sowieso bald von alleine klären. Überhaupt können Antworten meist nicht einhalten, was die Fragen versprachen. Also folgen wir lieber Wuppke, wie er schnurstracks und ohne unnötig Sekunden zu vergeuden auf die Kurpromenade zusteuerte. Auf Sylt kann man ja fast jedes Ziel auf dem Strandwege erreichen, was nicht nur malerische Impressionen liefert, sondern auch gesund ist wegen der mineralhaltigen Seeluft, herrlich. Wuppke also in forschentschlossenem Vorwärtsschritt, ohne auf die Kurgäste zu achten, die mit ihren Tommy-Hilfiger-Käppis und Porsche-

Armbanduhren die Sonnenstunden der laufenden Saison genossen. Gäbe es eine Tonspur, würde man Musik drunterlegen wie etwa bei der länglichen Eingangssequenz von *Jackie Brown*, wo man praktisch ausschließlich Pam Grier dabei zusieht, wie sie endlose Laufbänder am Flughafen überwindet.

Da wurde die Musik aber schon wieder leiernd abgewürgt, weil eine Dame in einem kleinen Tickethäuschen Wuppkes Kurkarte zu sehen verlangte. Sie hatte supernovablonde Haare, und die farbliche Zwietracht zwischen dem Knallrot ihrer aufgeklebten Fingernägel und der satten Bronzenote ihres faltigen Dekolletés war beinahe vollkommen.

»Kurkarte?«, fragte Wuppke, der von der Notwendigkeit und Existenz einer Kurkarte zum ersten Mal hörte. Die Frau zog aber nur ihre gezupfte und dann mit viel Fantasie neuplatzierte Augenbraue in die Höhe.

»Heißt das, ich muss Eintritt bezahlen, um Ihre Kurpromenade entlanggehen zu dürfen?«

»Ihre Eltern haben Sie nicht umsonst auf die teuren Schulen geschickt«, sagte die Frau, ohne eine Miene zu verziehen.

Wuppke empfand ihre Unverschämtheit als generell erfrischend, aktuell aber empörend.

»Ich habe keine Kurkarte, und ich sehe auch aus Prinzip nicht ein, für Natur zu bezahlen«, erklärte er kategorisch. »Die Natur ist für alle da!«

Gelangweilt: »Unser Strand hat mit Natur doch gar nichts zu tun!«

Wuppke, der sich unmerklich Zentimeter um Zentimeter weiterschob, fragte: »Nur so aus Interesse, wie würden Sie mich hindern, wenn ich jetzt einfach so an Ihnen vorbeiginge?«

»Sie können's ja mal ausprobieren.«

Was Wuppke auch tat, denn man kann sagen, was man will: Wenn man ihm blöd kommt, dann entwickelt sogar ein Wuppke Prinzipien.

Im Schatten eines Fischwagens – auf dem Rathausvorplatz war gerade Markt – ließ sich Wuppke von Kleinrodt die jorgensensche Privatadresse einsagen sowie ein Stück Räuchermakrele nebst schönem Pils ausgeben.

Da kann man sehen: Wuppke ließ sich nicht beirren. Er war dem Chinesen eine Heide schuldig, und ob ihm persönlich das jetzt als sinnvolles oder erstrebenswertes Ziel vorkam oder nicht, er würde die Heide trotz aller Widerstände liefern – und vielleicht sogar gerade deswegen.

»Und? Gibt's denn schon was Neues?«, wollte Kleinrodt beiläufig wissen.

»Wieso?« Wuppke, mampfend.

»Weil, die Lydia macht mir die Hölle heiß.«

Ein paar Tische weiter stieß neuerlich eine Möwe herab und erwischte diesmal statt des Fischs einen Finger. Es gab ein großes Geschrei, das für die Möwe aber folgenlos blieb. Man musste hier wachsam sein wie der Saalchef des Caesars Palace, denn wenn die Vögel auch nicht sehr zielsicher waren, so hatten sie doch Killerinstinkt.

»Wer soll denn Lydia sein«, Wuppke kauend, während er mit einer gezielten Körperdrehung seine Makrele abschirmte.

»Ähm, ach«, hüstelhüstel, »das ist doch die Frau Kragler!«

»Sieh an!«, sagte Wuppke, der elliptisch Ungesagtes lesen konnte wie Großdruckbücher in einfacher Sprache. »Glückwunsch! Während ihr vergnügt herumturtelt, habe ich im Schweiße meines Angesichts …«

»Ich musste die Lydia doch nach der Adresse fragen, da

wollte sie halt wissen, was nun mit dem Aufhebungsvertrag ist.«

»Hast du dich mal gefragt, warum deine Lydia da plötzlich so hinterher ist?«, fragte Wuppke argwöhnisch.

»Nein«, sagte Kleinrodt, und da war Wuppke klar, dass er über die Frage gar nicht ernsthaft nachdachte. Er beendete sein Mahl, ließ sich von Kleinrodt noch dessen Kurkarte sowie seine beigefarbene Übergangsjacke aushändigen, damit er den Jorgensens gegenüber weniger aussah wie der verkappte Freier, Erpresser und Drogenkurier, zu dem die Umstände ihn nun leider Gottes vorübergehend hatten werden lassen.

Die Umstände? Wirklich, Wuppke? Verkennst du da nicht die teuflische Lust, die dein regelloses Tun dir bereitet? Wäschst du nicht billig deine Hände in vermeintlicher Unschuld, während du doch alles daran setzt, dich immer weiter im Strudel aus Sex und Gewalt zu verlieren?

Unfug, sagte Wuppke. Die Sache mit dem Sex sei ja nun, nachdem er sich aus Shahila hatte zurückziehen müssen, erst mal vorbei, und Gewalt? Alles, was recht sei, aber Gewalt habe er niemals angewendet, außer vielleicht am Anfang mit dem Joghurtbecher, und selbst das sei ja mehr ein Versehen gewesen, für das er noch immer reichlich Blutzoll zahle, und zwar mit üppigem Zins, das solle mal nicht vergessen werden!

Und so stand Wuppke bald bei Jorgensens vor dem Gartentor, ausgestattet nur mit seinen naturgegebenen Talenten und dem wenigen, das er auf dem Leibe trug.

Man stelle sich eine Gegend vor wie in *Die Frauen von Stepford*, der zuerst in den Siebzigern und dann noch mal 2004 mit Nicole Kidman verfilmt worden war: Das war

Kampen. Hier wurden nicht nur die Hecken und Rasenkanten mit der Nagelschere getrimmt, sondern auch die Reetdächer. Selbst die Natursteine der Natursteinmauern – und die Jorgensens hatten die größte und prächtigste von allen, mit Wildrosensträuchern obendrauf – wirkten in Größe und Anordnung handverlesen, und an den zahlreichen Fahnenmasten waren keine Fahnen aufgezogen, weil deren flatterhafte Bewegungen kollektiven Bluthochdruck verursacht hätten. Wuppke war froh, wenigstens Kleinrodts Jacke zu tragen, ansonsten hätte man ihn mit seinem Bartschatten und dem ungewaschenen Haar gleich für einen Landstreicher gehalten und die Bürgerwehr kommen lassen.

Es läutete, und nach einer kleinen Weile öffnete sich die Tür. Ein Schwall von Essensgerüchen, hauptsächlich Spargel und in Butter gebratene Hühnchenbrust, schlug Wuppke entgegen. Miriam und er standen sich jetzt von Angesicht zu Angesicht gegenüber, und Wuppke musste schon sagen. Er hatte allen Grund, sich ausgiebig zu räuspern.

»Schönguten Tag, Frau Jorgensen. Oder besser Moin, wie man ja hier sagt. Ich bin Wuppke. Ist Ihr … Herr Jorgensen schon da?«

»Ach, Sie sind das. Ich hab Sie mir ganz anders vorgestellt.«

»Ich wollte gerade dasselbe sagen, aber dann erschien es mir seltsam beleidigend.«

»Wie Ihr Witz neulich?«

»Den fanden Sie nur nicht gut, weil er so treffend war.«

Wuppke beobachtete, dass Miriam lächeln wollte, es aber ganz gut unterdrückte, was er wiederum durchschaute. Er bemerkte auch, dass sie ihn von oben bis unten musterte und dann wieder bis ganz hinauf, was ihm unangenehm war, so ungeduscht, wie er hier stand. Miriam hingegen kam ihm ganz frisch gebadet vor, zumindest roch sie nach Aloe Vera. Zwischen den oberen Vorderzähnen, also der 11 und der 21 im Zahnschema der Fédération Dentaire Internationale, trug sie eine etwa zwei Millimeter breite Lücke wie Vanessa Paradis. Da standen sie sich nun beiderseits der Türschwelle gegenüber, sie drinnen, er draußen, und betrachteten sich. Was Miriam dabei dachte, lässt sich natürlich nur vermuten. Wuppke hingegen dachte todsicher darüber nach, wie er es würde fertigbringen können, mit der Jorgensen-Tochter unter vier Augen zu sprechen.

»Ist das grüner oder weißer Spargel?«, fragte er aber zur Tarnung seiner wahren Absichten im Plauderton.

»Grüner«, sagte Miriam. »Und weißer. Das Lieblingsessen meiner Tochter. Ich muss das auch mal langsam vom Herd nehmen. Wollen Sie vielleicht reinkommen?«

»Ich hatte gehofft, dass Sie mich das fragen. Also ist Ihr Mann nicht zu Hause?«

»Ihre Schlussfolgerung verrät viel mehr über Sie als über mich«, sagte Miriam auf dem Weg zum Treppenabsatz mit kritischer Distanz. »Schuhe können Sie gleich anlassen.«

Die Jorgensens waren wirklich gemachte Leute, im Flur gab es eine Garderobe mit Hutablage, einen mehrstöckigen Schuhschrank und ein Schlüsselbrett.

»Die Jacke auch, nehme ich an«, sagte er, aber Miriam war schon damit beschäftigt, die Treppe halb hinaufzusteigen und zu rufen: »Effi, ich hab dein Lieblingsessen gekocht!«

Oben wurde die autotunelastige Musik ein wenig leiser gedreht. Eine Tür flog auf.

»Ist das Papa?«, rief es herunter.

»Nein«, rief Miriam herauf. »Ich habe dein …«

»Hab keinen Hunger!«

»Aber ich hab Hühnchen gekocht! Das isst du doch so gern!«

Darauf vollkommen entnervt: »Ich bin Vegetarier!«

»Ach ... ich dachte, nicht mehr?«

»Ich bin es eben!« Das war, wie Wuppke fand, keine Antwort, oder höchstens auf eine ungestellte Frage, aber gut, das Mädchen hatte Schlimmes durchgemacht.

»Aber der Spargel?«, fragte Miriam unerschütterlich.

»Bäh!« Die Tür wurde mit Schmackes wieder zugeworfen.

»Sie hat einiges durchgemacht«, sagte Miriam erklärend.

»Ein kluger Mensch hat mal gesagt«, begann Wuppke und wusste, dass der Vergleich sehr heikel war, konnte sich aber nicht mehr zurückhalten, »Pubertät sei wie ein Kokainrausch, nur ohne das Selbstvertrauen.«

»Also«, sagte Miriam und überging die Bemerkung küchenwärts, »was wollen Sie denn eigentlich vom Jost?«

Wuppke setzte sich auf einen Barhocker an den Frühstückstresen. Irgendwann müssen wir alle uns entscheiden, ob wir die Wahrheit sagen wollen oder lieber das, was sich besser anhört. Da aber stellte Miriam ihm ungefragt ein Glas Wasser hin und entband ihn vorläufig von dieser Entscheidungspflicht. »Sie sehen durstig aus.«

»Und hungrig?«, fragte Wuppke unschuldig. »Sehe ich auch hungrig aus?«

Miriam drehte ihm den Rücken zu, um das Spargelwasser abzuschütten. »Noch nie hat jemand auf so dreiste Weise versucht, Essen bei mir abzugreifen.«

»Wäre denn genug da?«

»Meine Mutter hat immer gesagt: *Da* ist das Essen nicht einfach, jemand hat es kochen müssen.«

»Haben Sie denn genug gekocht?«

»Ja, für meine Tochter. Und für Jost, der müsste jeden Augenblick hier sein.«

Wuppke sagte nichts. Wieder dieser musternde Blick, das Tageslicht ging kurz aus und dann wieder an, so als hätte Gott die Birne ausgewechselt, dann sagte Miriam: »Aber wer weiß, wann der sich bequemt.«

Sie saßen zusammen an einem großen, schweren Tisch im Esszimmer, der aussah, als hätte Jorgensen persönlich ihn in einem Stück aus einem tausend Jahre alten Affenbrotbaum im Yosemite-Nationalpark herausgehauen.

Miriam seufzte und stellte Wuppke einen Teller mit Effis dampfender Leibspeise hin.

»Ist mir lieber, sie isst gar nichts, statt dass sie sich eine Tonne Süssigkeiten reinzieht und dann den Finger in den Hals steckt«, erklärte Miriam so, dass man es für ihren Ernst halten musste. Wuppke, der das eine fragwürdige Rechnung fand, konzentrierte sich aufs Essen, eigentlich war er ja noch satt von der Makrele.

»Vielleicht der Schock«, mutmaßte er beiläufig zwischen zwei Bissen.

Miriam merkte auf. »Woher wissen Sie davon?«

Wuppke zuckte die Schultern, es sollte unbedarft aussehen, aber irgendwas ließ Miriam ganz offensichtlich misstrauisch werden.

»Aus der Zeitung?«, sagte Wuppke mit einer leicht verräterischen Hebung der Stimme zum Satzende hin.

»Herr Wuppke, Sie scheinen mir ja ein ganz netter Kerl zu sein, aber ich möchte langsam mal wissen, weswegen Sie hier sind.«

Sie stand auf und ging ohne Hektik, aber zügig um den Tisch herum zu einem Konvolut Papiere, die am Kopfende gestapelt waren. Obenauf lag ein Schreiben mit dem Briefkopf des Nordseekrankenhauses, Abteilung Kinder- und Jugendmedizin. Miriam faltete es nun beiläufig zusammen und ließ es hinter der Klappe einer schönen Anrichte mit jahrhundertealtem Migrationshintergrund verschwinden. Nicht, dass sie abschloss und den Schlüssel verschluckte, aber die Botschaft an Wuppke, obgleich der den Brief von alleine gar nicht bemerkt hätte, war unzweideutig.

»Können wir nicht du sagen?«, fragte Wuppke dennoch, oder deswegen. »Ich heiße Carsten.«

»Niemals«, sagte Miriam, indem sie ihre Jersey-Strickjacke vorne zuzog und die Arme davor verschränkte. So was sagt natürlich alles. »Erst will ich wissen, was hier läuft.«

Wuppke, der sein Mahl nun auf halber Strecke beendete, angelte seinen Tabak aus der Hemdtasche.

»Die Sache ist die, Frau Jorgensen: Es geht um eine verwickelte Angelegenheit.« Das leere Geschwafel kam daher, dass Wuppke nicht so recht wusste, wie anfangen, denn die Sätze, die er sich zurechtlegte, klangen alle entweder anmaßend oder kriminell. Da machte auch der Satz »Ich bin da in was reingeraten« keine Ausnahme, den er schließlich auswählte.

Miriam rückte ein wenig von ihm ab. »Ihnen ist schon klar, dass Sie hier im Haus anständiger Leute sind, oder?«

»Aber wie lange noch?«, antwortete er mehrdeutig.

»Wollen Sie Jost etwa erpressen?«

»Ginge das denn?«

»Bestimmt«, sagte Miriam. »Aber es gibt sicher leichter zu verdienendes Geld.«

»Um Geld geht es gar nicht«, sagte Wuppke. Er fühlte, mit dieser Frau konnte er offen sprechen. »Sondern um eine Heide.«

»Eine Heide? Die Braderuper etwa?«

»So ist es.«

»Ohne Scheiß jetzt?« Miriam aufrichtig von den Socken.

»Ein Geschäftsmann aus Berlin will sie kaufen«, sagte Wuppke.

»Geschäftsmann?«, sagte Miriam mit spezieller Betonung.

Wuppke machte eine uneindeutige Geste, die durch Hinzufügung der ebenfalls mehrdeutigen Interjektion »Na ja« auf wundersame Weise wieder eindeutig wurde.

»Und Sie sind dann sein ...?«

»Ich weiß nicht. Privat ... agent?«, versuchte Wuppke, es klang immerhin besser als Handlanger oder Lakai.

»Wissen Sie nicht, dass die Heide unter Naturschutz steht?«

»Doch.«

»Und dass Jost der oberste Naturschützer ist?«

»Dochdoch.«

»Und dass die Sylter, mich eingeschlossen, ihre Heide lieben und sie niemals an einen schmierigen Investor aus Berlin verhökern würden?«

»Es lag auf meinem Erwartungshorizont.«

»Also was ist das dann für ein hirnverbrannter Auftrag, den Sie da angenommen haben?«

Eine Pause entstand, dann sagte Wuppke etwas kleinlaut: »Es ist nicht einfach, Arbeit und Karriere unter einen Hut zu kriegen.«

Dann fragte Miriam mit einer Stimme, als würde sie ihre Hand auf seinen Arm legen: »Erpresst er *Sie* etwa? Dieser Geschäftsmann?«

Wuppke pflegte Fragen, die ihm zu nahe kamen, einfach zu überhören. In diesem Fall deutete er auf die Zigarette, die er sich nebenbei gedreht hatte, und fragte stumm, wo er die denn wohl rauchen könne? Miriam nahm das als Antwort auf ihre Frage und wies nach draußen.

Wuppke kannte sich mit Gärten nicht so aus, aber ihm schien, dieser hier war ungefähr das Gegenteil einer Heide: Abwechslungsreich, blumig und unbedingt erhaltenswert. Er ging ein paar Schritte um das Haus herum, da pfiff ein Pfeil nicht weit an seinem Kopf vorbei und landete im Zentrum einer Ringwertungsscheibe. Wuppke fiel die Zigarette, die er eben erst entzündet hatte, aus dem Mund, als er sich längs zu Boden warf. Aus Untersicht erblickte er die Schützin, daselbst die Jorgensen-Tochter. Sie nahm durchaus von ihm Notiz, aber auf eine jugendliche Weise, indem sie ihn nämlich ignorierte und gleich zu den Vorbereitungen für einen weiteren Schuss anhub. Wuppke, der seine Zigarette wieder aufgehoben hatte, staunte nicht schlecht über die professionelle Ausrüstung, vom Köcher über die stylishen Handschuhe bis hin zu dem Sportbogen mit all seinen antennenartigen Applikationen, die vermutlich gewährleisteten, den Pfeil per App ins Schwarze zu steuern.

»Du musst Effi sein«, sagte Wuppke, indem er aufstand. »Ich bin Wuppke.« Viele von Wuppkes Berufsgenossen favorisierten es, Minderjährigen grundsätzlich das Du und den Vornamen anzubieten, weil sie sich davon Fraternisierungseffekte versprachen. Wuppke fühlte sich dabei aber immer unbehaglich. Er wollte mit Pubertierenden gar nicht fraternisieren, sondern sie genauso auf Abstand halten wie alle anderen Menschen auch. Natürlich sagt das viel über

Wuppkes Charakter aus, und man kann sich fragen: Was hat der Mann eigentlich für ein Problem? Aber jetzt war weder die Zeit noch der Ort für solche Fragen.

Fraternisierung hin oder her, Effi ignorierte Wuppke einfach weiterhin und schoss als eine Art subtile Mahnung, ihr fernzubleiben, den zweiten Pfeil so pointiert, dass er den ersten der Länge nach spaltete, wie in *Robin Hood – König der Diebe* (USA 1991) oder auch *Robin Hood – Ein Leben für Richard Löwenherz* (USA 1991).

»Wow«, sagte Wuppke, nicht als Fraternisierungsangebot, sondern aus echtem Staunen heraus. Da funkelte Effi ihn kurz an. Eigentlich war sie ein entzückendes Mädchen, gut entwickelt, wie man so sagte, und durchaus nicht ohne Liebreiz, wie man ebenfalls sagte, wenn auch eher zur Zeit von Richard Löwenherz, heute sagt man das so natürlich nicht mehr.

Wuppke lehnte sich an das Gestänge der Schaukel neben ihm, auf der schon das Moos spross. Effi hantierte kundig an ihrem Bogen herum, und Wuppke fasste den Entschluss, alles auf eine Karte zu setzen, denn er erkannte dieses zufällige Zusammentreffen ausnahmsweise zeitig als eine einmalige Gelegenheit von der Dauer einer Zigarettenlänge, und die Zigarette war schon zur Hälfte geraucht. »Liebeskummer?«

Effi machte große Augen und war viel zu verlegen, um auf Wuppkes Frage zu antworten, stattdessen spannte sie den Bogen. Wuppke schritt gleich zur Verwertung der Vorlage, die er sich selber zugespielt hatte. »Blue vermisst dich auch.«

Und jetzt soll man nicht meinen, wie Effi im letzten

Moment der Pfeil über die Auflage rutschte und mit Schmackes über die Hecke ging. Wenn nur jemand dahinter gestanden und »Autsch!« gerufen hätte wie in *Robin Hood – Helden in Strumpfhosen* (USA 1993)! Aber so lustig funktioniert die Realität leider nicht.

Effi sah sich nach allen Seiten um, ob die Luft rein sei, und fragte Wuppke mit nur unzureichend unterdrückter Aufregung: »Hast du mit ihm gesprochen? Wo halten sie ihn gefangen?«

Wuppke, der bei beiden Fragen im Grunde passen musste, freute sich darüber, dass sein Bluff aufgegangen war, und sagte: »Ich hatte gehofft, dass du das wüsstest.«

»Meine Ma sagt mir nichts«, Effi in einem Ton, als würde sie ausspucken.

»Handyverbot? Hausarrest?«, fragte Wuppke im Besserwisserton.

Effi nickte leidvoll und suchte einen neuen Pfeil, um ihren Aggressionen eine Richtung zu geben.

Da wurde die vielversprechende Szene unterbrochen, indem nämlich eine Fanfare ertönte und Miriam aus dem Hause rief: »Telefon für einen Herrn Wuppke!«

»Wir sehen uns«, sagte Wuppke zum Abschied zu Effi. Schon war er beim Telefon, einem schönen alten Bakelitgerät mit Wählscheibe, und vernahm nicht ohne Verwunderung die aufgeregte Stimme des Horst.

»Was ist denn noch?«, fragte Wuppke kurzangebunden.

»Hast du schon was erreicht? Wegen dem Aufhebungsvertrag?«, fragte Kleinrodt verhuscht. »Die Kragler macht Druck.«

»Hat sie doch vor einer Stunde schon«, sagte Wuppke.

»Ja, aber jetzt halt noch mehr.«

»Kleinrodt, du weißt doch, was ich dir über Paris erzählt habe.«

Eine kleine Pause entstand. In der summenden Leitung war leise und ganz unendlich weit entfernt ein Schlagerrefrain zu hören, Roberto Blanco mit »Ein bisschen Spaß muss sein«.

»Paris?«, fragte Kleinrodt. »Oder Rom?«

»Hör zu: Ich arbeite daran, okay? Es wird nicht schneller gehen, wenn du immerzu anrufst. Warum macht die überhaupt auf einmal so einen Stress, deine Flamme?«

»Das … weiß ich nicht«, sagte Kleinrodt und legte hastig auf. Er wusste es aber in Wirklichkeit doch, wir springen da grad mal in eine Unterhaltung zwischen der Kragler und Kleinrodt hinein, die sich wenige Minuten zuvor zugetragen hatte.

Die Kragler saß in ihrem anthrazitfarbenen Hosenrock, der sich über ihrem Gesäß auf eine Art und Weise spannte, die Männern wie Kleinrodt großen Eindruck macht, halb auf seinem aufgeräumten Schreibtisch, beugte sich vor und gab der offenen Bürotür einen kleinen Schwung schließwärts.

»Naaa, Dobrindt?«, fragte sie mit Kleinmädchenstimme. Jeder vernünftige Mensch würde jetzt schon ahnen, dass die falsche Schlange irgendwas im Schilde führte. Kleinrodt aber gab sich arglos, oder besser gesagt, er war es auch. Seine Gefühle für die Kragler blendeten ihn. Was waren das für Gefühle? Liebe war es schon mal nicht, so viel ist sicher. Nicht, weil Kleinrodt dazu nicht fähig gewesen wäre. Nur ist die Liebe eben ein Paarflügler, der sich anmutig in den blauen Himmel erhebt, während hier nur die eine Flügelseite verzweifelt flatternd im Staub kreiste, die andere tat gar nichts.

Jetzt ist es allerdings problematisch, gegen einen Menschen von vornherein eingenommen zu sein wie gegen die Kragler. Die Medaille hat ja immer zwei Seiten, Kopf und Zahl, und die Kragler würde sicher sagen: Wenn der Dobrindt halt so doof ist und sich von mir rumkommandieren lässt, da bin doch ich nicht dran schuld. Und auch darin liegt ein Quantum Wahrheit. Das alles ist sehr schwierig, sehr komplex.

»Das dauert mir alles zu lange, Dobrindt!«, sagte die Kragler. Was sie damit meinte, dass ihr alles zu lange dauere, war, dass sie es gern gehabt hätte, dass Jorgensen sich mit einem Heideverrat schon vor der Wahl selbst aus dem Rennen warf. Denn Jorgensen war beim Volk beliebt, die Kragler hingegen kannte kein Schwein. Unterschriebe er den Aufhebungsvertrag, würde die Kragler über intrigante Kanäle, von denen sie so einige zu bespielen wusste, die Korrumpierbarkeit des Jorgensen in alle Öffentlichkeit hinausposaunen und die Wahl so gut wie in der Tasche haben.

»Man muss Jorgensen dazu bringen, den Aufhebungsvertrag zu unterschreiben, koste es, was es wolle!«, sagte die Kragler, damit auch die Fernsehzuschauer zu Hause an den Geräten ihre Absichten eindeutig aus dem Kontext erschließen konnten.

»Das wird er bestimmt einsehen«, sagte Kleinrodt, weil er der Kragler Mut machen wollte und es außerdem nicht besser wusste.

»Einen Scheiß wird er«, sagte die Kragler wütend, schleuderte ihre Highheels in Kleinrodts Richtung und ließ sich die bestrumpften Füße von seinen stummelfingrigen Händen massieren. Bei jeder Bewegung erreichte Kleinrodts Nase ein

Schwall ihres Fendi-Parfums, für den er seinen letzten Atemzug herzugeben bereit gewesen wäre.

»Jorgensen ist in dem Alter, wo Männer sich noch mal ihre Prinzipientreue beweisen müssen, sie werden dann lächerlich starrsinnig. Außerdem weiß er, dass er sich als Heimatminister inszenieren kann, da wird mir jetzt schon schlecht, wenn ich an die Wahlparolen denke, die er sich noch ausdenken wird: *Für mich zählt nur die Natur* oder *Heidschnucken statt Promischicksen.* Schrecklich!«

Kleinrodt fiel auch ein Spruch ein: *Unser Sylt soll schöner bleiben!*, und er fand ihn so gut, dass er ihn auch laut sagte.

»Ach, halt doch die Klappe, Dobrindt!«, war die entnervte Antwort.

»Aber ich heiße doch Kleinrodt!«

»Was ist denn mit diesem Wuppke? Der ist doch eh dran an dem Jorgensen. Kann der da nicht was drehen?«

»Natürlich«, sagte Kleinrodt willfährig, »Wuppke ist genau der richtige Mann dafür!«

Handwerklich wie künstlerisch gibt so eine Arschkriecherfigur wie Kleinrodt jetzt natürlich wenig her. Aber der Mann, das kann man nun glauben oder nicht, war in Bezug auf die Kragler wirklich ein profilloser Speichellecker. Er wusste sogar selber, dass er als Mensch des Anthropozäns über weitaus mehr Fähigkeiten verfügte als das, aber Kleinrodt legte es nun mal nicht darauf an, die Welt mit seinen Fähigkeiten zu beglücken oder auch nur interessant zu sein. Er wollte von der Kragler geliebt werden, mehr nicht. So Leute gibt's wirklich.

»War das Horst? Horst Kleinrodt?«, fragte Miriam, die während Wuppkes Telefonat im Türrahmen stehen geblieben war und ihn ganz offen belauscht hatte. »Was haben Sie denn mit dem zu schaffen?«

»Ja«, sagte Wuppke, »das gehört alles zu meiner Mission. Was ich übrigens fragen wollte: Kann ich mal Ihre Dusche benutzen?«

Perlende Wasserspritzer prallten dampfend von der höher werdenden Stirn unseres Helden ab und beschrieben parabelförmige Flugkurven Richtung Abfluss. Die Duschwanne war sehr aufwendig als Mosaik gestaltet, das eine Szene aus der altgriechischen Geschichtsschreibung zeigte, Wuppke tippte auf Persephone als Herrscherin des Hades, kannte sich aber natürlich mit der antiken Sagenwelt nicht so aus. Das Brimborium darum hatte er noch nie verstanden. All diese Geschichten waren doch wissenschaftlich längst als Altherrenfantasien entlarvt. Dennoch war es noch nicht lange her, dass das Bildungsbürgertum vor Wonne aufstöhnte, wenn in einem seiner Romane ein dreiköpfiger Hund auftauchte. Das nannte man dann einen subtilen Verweis. Aber Verweis worauf? Auf eine völlig spinnerte Lügenwelt voller Minotauren und Mütterficker. Wuppke fand das regelrecht unappetitlich. Wozu sollte es gut sein, in einer erfundenen Geschichte auf eine andere erfundene Geschichte zu verweisen? Wahrer wurde sie dadurch bestimmt nicht.

Aber was regte er sich hier künstlich auf, in erster Linie freute sich Wuppke natürlich darüber, endlich mal wieder nach Vanilleextrakt zu duften.

In den vielen Jahren seines Alleinwohnens hatte er sich übrigens allerhand schrullige Eigenheiten angewöhnt, die in fehlenden Mitbewohnerinnen auf kein wirksames Korrektiv treffen konnten, oder anders gesagt: Er dachte nicht darüber nach, dass er sich in einem fremden Haus befand, als er nun, in guter selbstvergessener Wuppke-Manier, die Tür öffnete und seine Hose erst im Hinausgehen verschloss.

Guter Moment jetzt für den Auftritt Jorgensens, der kam nämlich grade die Treppe hoch, seine Reisetasche noch über der Schulter, und erwischte Wuppke salopp gesagt mit dem Schwanz in der Hand.

»Donnerwetter!«, rief er aus und blieb am Treppenabsatz stehen. Man stelle sich Jorgensen als imposanten Menschen vor, mit schön durchgeformtem, straffem Bierbauch auf der einen, aber auch elegant und ätherisch auf der anderen Seite, auch wenn das jetzt eine verstörende Kombi ist. Vielleicht könnte man ihn behelfsmäßig als Mittelding zwischen Roberto Blanco und Howard Carpendale beschreiben.

»Wer bist du denn?«, fragte er Wuppke forsch.

»Äh«, machte Wuppke verlegen, »hat Ihnen denn Ihre Frau nichts gesagt?«

»Das wird ja immer besser«, sagte Jorgensen, setzte die Tasche ab und baute sich vor Wuppke auf. »Ich erwarte dich in fünf Minuten in der Bibliothek, jetzt will ich mich erst mal von der Reise frisch machen, ist das Bad benutzbar?« Er lugte über Wuppke hinweg durch die noch halb offene Tür.

»Ich war nur duschen«, sagte Wuppke dümmlich.

»Natürlich warst du das«, sagte Jorgensen und drängte sich an ihm vorbei.

Die Bibliothek war nichts anderes als das Wohnzimmer, das Wuppke bereits vom Telefonieren her kannte. Es standen auch ein paar Bücher darin, große Bildbände über Chicago und das Mekongdelta, schwere gebundene Klassiker und ein bisschen ungelesene deutsche Gegenwartsliteratur, aber das rechtfertigte eigentlich die großspurige Bezeichnung nicht. Das war durchaus charakteristisch für Jorgensen, ebenso wie der Wasserfall an der bilderlosen Kopfseite des Raums, der über einen kleinen Haufen künstlichen Gerölls von einem ebenso künstlichen Teich resorbiert wurde. Offenkundig neureicher Schnickschnack, aber hübsch.

»Also, was läuft da mit meiner Frau?«, fragte Jorgensen und zündete sich eine große Zigarre an. Wuppke fragte sich natürlich, warum man ihn vorhin zum Rauchen extra rausgeschickt hatte, war aber dennoch dankbar, denn nur so war die erhoffte Verbindung mit der Jorgensen-Tochter zustande gekommen. Manchmal verhielt sich der Zufall ja so, als würde er das Drehbuch kennen.

»Gar nichts läuft da«, sagte Wuppke unbehaglich. Was hätte er auch sonst sagen sollen: »Es ist nicht so, wie Sie denken« etwa? Warum nicht, er versuchte es.

Jorgensen schien aber gar nicht zuzuhören.

»Wo ist meine Frau überhaupt? Schon im Garten vergraben?« Dazu keckerte er wie über einen besonders guten Witz. Wuppke bekam es langsam ein bisschen mit der Angst zu tun.

»Kleiner Scherz! Ist wahrscheinlich in Effis Zimmer. Kennst du Effi? Tolles Mädchen!« Dazu knetete er seine Hände wie jemand, der innerlich ein schwieriges Thema bearbeitet. Die Zigarre zwischen den Zähnen signalisierte wiederum, dass er dabei durchaus verbissen auf Erfolg aus war. War dies das scheinbar harmlose letzte Geplänkel, bevor Jorgensen Wuppke auf einer seiner Baustellen einbetonieren und als Fundament verwenden würde?

»Herr Jorgensen, es ist mir schrecklich unangenehm, aber …«

Jorgensen winkte ab, er gehörte nicht zu denen, die andere Menschen ausreden ließen. »Schwamm drüber«, sagte er. »Was geht's mich an? Wenn Miriam wüsste, was ich nebenher alles am Laufen habe. Nein, wirklich! Gut, sie müsste es nicht gerade in meinem Haus treiben. Während ich weg bin.«

Es klang so, als würde sich dem noch etwas anschließen, aber Jorgensen brach ab und versank in eine etwas rührselige Versonnenheit. Wuppke, dem in solchen Situationen bisweilen die verrücktesten Fragen einfielen, fragte: »Heißt das, Sie wären lieber dabei gewesen?«

Das war natürlich frivol. Andererseits ahnte Wuppke, dass man den Panzer der Selbstgefälligkeit bei jemandem wie Jorgensen nur mit schwerem Gerät brechen konnte, und was heißt brechen, mit ankratzen wäre schon viel gewonnen.

Jorgensen paffte zwei konzentrische Rauchringe in die Luft, von denen der innere größer, der äußere aber kleiner wurde, bis beide sich vereinigten und zerstoben. Jorgensen lachte zeitverzögert, aber dafür schallend. »Du bist mir ja einer!«

Das Telefon klingelte. Jorgensen machte keine Anstalten, ranzugehen. »Wozu hat man einen Anrufbeantworter!«

Das Gerät sprang an und ging gleich wieder aus, sodass das goldfarbene Jorgensen-iPhone angefragt wurde. Auch diese Anfrage beantwortete er nicht.

»Kaum ist man wieder da, stürzen sich die Aasgeier auf einen«, sagte er und fixierte Wuppke. »Du weißt ja, wer ich bin, nicht wahr, Junge?«

Wuppke fand es zwar grenzwertig, sich von Jorgensen »Junge« nennen zu lassen, nickte aber knapp. »Heißt das, Sie freuen sich nicht darauf, wieder in Ihre Rolle als Baumogul zurückzukehren?«

»Wenn ich das schon höre!«, rief Jorgensen dramatisch aus. »Warum sind Sie nicht länger weggeblieben?«

»Damit du hier freie Hand mit meiner Frau hast, oder wie!« Dazu wieder das viel zu laute Lachen, das anzeigen sollte, wie sehr Jorgensen über der fast Verflossenen stand, letztlich aber dann doch das Gegenteil bewies.

»Sehr komisch«, rang sich Wuppke ab, weil Lob und Zuspruch schließlich das Gleitmittel waren, um … nun ja. »Hat es Ihnen dort nicht gefallen?«

»Du bist ja ganz schön neugierig. Wenn du es genau wissen willst, ich werde hier gebraucht, ich mach nämlich eine riesige Filmproduktion.«

»Sie meinen den Imagefilm, der jetzt abgeblasen wurde?«

»Wer sagt denn was von abgeblasen? Gar nichts ist hier abgeblasen!«

»Na ja, nach allem, was passiert ist, glaube ich kaum, dass die Leute Blue Henger gern als Aushängeschild ihrer Insel sehen möchten.«

»Noch ist es nicht meine Insel«, sagte Jorgensen. Und dann, als würde Wuppkes Einwand gar nicht zählen: »Wir haben schon tolle Kameratests für den Film gemacht. Warte!«

Er klatschte in die Hände wie ein Kalif, der die Palastwache mit dem Farnwedel zu sich beordert, bloß dass sich jetzt der Wasserfall teilte wie in Tausendundeiner Nacht und den Blick auf einen riesengroßen Bildschirm freigab. Jorgensen sprach einen Arbeitstitel und einige Zahlen ins Beiseite, und schon erschienen die gewünschten Bilder. Wuppke konnte sich aber kaum darauf konzentrieren, weil die äußeren Enden des Wasservorhangs nun deutlich den Teich verfehlten und das Fischgrätparkett unter Wasser setzten; bei genauerem Hinsehen erkannte Wuppke an den stark aufgequollenen und teils schon verrotteten Parkettstäben, dass das nicht zum ersten Mal geschah.

»Halb so wild«, sagte Jorgensen, Wuppkes Blick folgend. »Ich lass das später rausreißen. – Schau dir diese Ausstrahlung an!«

Tatsächlich war dieser Blue im Abendlicht mit den schönen Dünen im Hintergrund durchaus reizvoll anzusehen.

»Aber um einen Film zu tragen, bedarf es schon mehr als nur ein gefälliges Äußeres!«, sagte Wuppke weise.

»Er ist ein begnadeter Schauspieler, ich weiß es«, beharrte Jorgensen grimmig entschlossen.

»Sie haben also bereits weitere Projekte geplant?«

Jorgensen zögerte. »Es gibt da noch ein paar letzte offene Fragen.«

Wuppke wusste natürlich nur zu genau, welche offenen Fragen das waren. Mitfühlend starrte er auf den Blofeld-Gedenkbrunnen, der infolge fehlender Feineinstellung das Parkett ruinierte. Wuppke sah darin eine Metapher für die Misere des Jost Jorgensen und hatte Mitleid – Mitleid mit solch einem Mogul, Wuppke? Wie vermessen ist das denn? – Aber Wuppke nahm da durchaus ein Drama wahr. Er fühlte, dass man die Probleme der Reichen nicht geringschätzen dürfe, nur weil sie in der Spitze der Bedürfnispyramide wohnen. Was die letzten und auch die vorletzten Dinge angeht, haben selbst die teuren bügelfreien Businesshemden keine Taschen. Jorgensen war zwar vom Leben scheinbar gesegnet, jedoch genauso verletzlich, verängstigt und verloren wie wir alle. Und Wuppke war der Einzige, der es wusste.

»Übrigens habe ich mit den Beteiligten dieses bedauerlichen Vorfalls bereits gesprochen und herausgefunden, dass die

Sache aller Wahrscheinlichkeit nach völlig harmlos war. Zumindest für Ihre Tochter.«

Jorgensen, der sowohl den Fernseher als auch den Wasserfall wieder ausgeschaltet hatte und zu seiner Bar gegangen war, um sich einen alkoholfreien Hemingway Sour zu mixen, verschluckte sich an seinem Rauch und hätte beinahe die Zigarre in seinen Drink fallen lassen. Er drehte sich zu Wuppke um. »*Was* hast du?«

Der einschüchternde Unterton sagte Wuppke, dass er nun die Aufmerksamkeit des Baulöwen gewonnen hatte.

»Mit den Beteiligten gesprochen. Um die Gefährdungslage für Ihre Tochter zu eruieren.«

»Um die …« Jetzt stutzte Jorgensen mit dem Cocktailglas in der einen und der Zitrone in der anderen Hand und fragte dann mit zusammengebissenen Zähnen (weil irgendwie ja auch die Zigarre noch unterkommen musste): »*Wer* sind Sie noch mal?«

»Wuppke der Name, Carsten. Aus Berlin. Sehr erfreut.«

»Und was haben Sie bei meiner Tochter Gefährdungslagen zu eruieren, Carsten Wuppke aus Berlin?«

»Ihre Tochter ist in den jungen Henger verliebt, Herr Jorgensen.«

Jorgensen schmatzte die Zigarre jetzt vom einen Mundwinkel in den anderen. »Woher wollen Sie das wissen?«

»Sie hat es mir gesagt.«

Das waren natürlich alles Wirkungstreffer, und Jorgensen war von diesen Mitteilungen Wuppkes, wenngleich sie zum großen Teil erfunden waren, derart affiziert, dass er gleich noch einen Sour mixte, diesmal mit echtem Schnaps und für Wuppke mit.

»Und Blue? Sind Sie zu ihm in die Klinik?«

»Klinik?«

»Na, in die Nordseeklinik, wegen seiner …«

»Intoxikation?«, sagte Wuppke gedankenschnell. »Jaja, natürlich, ich war bei ihm. In der Klinik. Es geht ihm gut!«.

»Ich dachte, er pfeift auf dem letzten Loch?!«

»Sicher. Das war natürlich ironisch gemeint.«

Jorgensen sah ihn an und kniff die Augenlider zusammen, wie um ihn besser sehen zu können. »Sind Sie etwa ein Psychologe? Oder wie das heißt?«

»Die Psychologie berührt zwar mein Fachgebiet, aber um ehrlich zu sein, bin ich wegen etwas anderem hier.«

»Und weswegen sind Sie hier?«

»Um Ihnen ein lukratives Geschäft vorzuschlagen, Herr Jorgensen.« Wuppke machte sich gleich daran, Jorgensen in die richtige Stimmung für Geschäftsabschlüsse zu bringen. »So wie ich das sehe, Herr Jorgensen, haben die jüngsten Ereignisse Ihre Ambitionen in Gefahr gebracht, Bürgermeister dieser mit Anmut gesegneten Insel zu werden. Hengers übler Leumund wird auch Ihren beschädigen. Das könnte Sie die Wahl kosten.«

»Was interessiert Sie das denn überhaupt?«

»Nun, es bedrückt mich, wenn begnadete Menschen ihrem vermeidbaren Unglück entgegensteuern. Ihr Wahlkampf in Trümmern, Hengers Karriere ruiniert, und womöglich haben Sie vor, Ihre Tochter einer Therapie zu unterziehen, so was kann Jahre dauern und das Leben nachteilig prägen, da gibt es Studien. Ganz zu schweigen von den Kosten. Und das alles wegen einer Sache, die man womöglich als des ganzen Aufhebens für nicht wert befinden würde, träte man einen Schritt zurück und sähe sich aus einiger Entfernung ganz unvoreingenommen das ganze Bild an.«

»Die Drogen sind von Weitem betrachtet immer noch Drogen. Meine Tochter ist fünfzehn!«

»Hinter derartigen Grenzüberschreitungen steht fast immer der Bewältigungsversuch erlebter Frustrationen. Ich sage Ihnen da gewiss nichts Neues, Herr Jorgensen.«

»Was denn für Frustrationen? Haben Sie mal Effis Zimmer gesehen?«

»Effi hat in ihrer Persönlichkeitsentwicklung durch die Trennung ihrer Eltern ein beträchtliches Trauma erlitten.« Jorgensen wollte Protest einlegen, doch Wuppke hob die Hand und schloss die Augen zum Zeichen, dass er bei seiner Darlegung der unverrückbaren Tatsachen keinerlei Unterbrechung wünschte. »Die mütterliche Seite, mit der Effi in ihrem Selbstentwurf ja primär identifiziert ist, wird durch Ihre Beziehung zu einer weit jüngeren Rivalin stark abgewertet. Folglich versucht Ihre Tochter, ihre Selbstvergewisserung als heranwachsende Frau mit ähnlich aggressiven Strategien voranzutreiben, wie Sie es tun. Identifikation mit dem Aggressor! Erkennen Sie den Zusammenhang? – Nicht, dass Sie aus Bosheit handelten! Auch Sie, Herr Jorgensen, folgen ja schließlich nur Ihrem Herzen und wollen niemandem wehtun, ist es nicht so?«

Wuppke konnte jetzt sehen, wie der harte Kern des Jorgensen dahinschmolz wie die Brennstäbe in einem havarierten Kernreaktor. »Natürlich! Ich bin doch nicht aggressiv!«

»Sicher, sicher. Ihre Tochter aber wird sich doppelt bestraft fühlen, wenn Sie sich ihrer Not verschließen und ihr die Empathie verweigern. Effi braucht Ihren Rückhalt jetzt mehr denn je!«

Wuppke sah, dass Jorgensens Augen schon wässrig glommen, und setzte nach.

»Damit Effi Ihre süße Kleine bleibt, wie Sie es sich sicher sehnlich wünschen, müssen Sie akzeptieren, dass sie langsam erwachsen wird! Jost – ich darf doch Jost sagen –: Damit für Sie alles bleiben kann, wie es ist, müssen Sie sich mit Ihrer Umwelt verändern!«

Jetzt tupfte Jorgensen sich schon mit der Papierserviette eine Träne von der Wange. Wäre nicht der Tisch zwischen ihnen gewesen, er hätte sicherlich die Umarmung Wuppkes gesucht, aber erstens war Wuppke Profi und zweitens schon längst wieder mit seinem Drink beschäftigt.

»Ich sage Ihnen, was meine Vision ist, Herr Jorgensen. Sie treten morgen vor die Presse und erklären öffentlich Blues Unschuld. Das wird ihn sofort rehabilitieren. Jeder wird Ihnen glauben, schließlich sind Sie der Vater des vermeintlichen Opfers und obendrein ein bedeutender, respektierter Mann, der bald Bügermeister wird. Das wird Sie nicht nur wieder mit Ihrer Tochter versöhnen, sondern auch Blues ewige Dankbarkeit erzwingen. Natürlich setzt das voraus, dass auch Blue in allen Punkten Besserung gelobt, und zwar glaubwürdig.«

»Und wie wollen Sie ihn dazu bekommen?«

»Das überlassen Sie ruhig mir.«

»Und was verlangen Sie dafür?«

»Über mein Honorar reden wir später. Für den Augenblick ist es mir das wichtigste Herzensanliegen, Ihre Familie wieder versöhnt zu sehen.«

Das war natürlich Quatsch und bis zur absoluten Schmerzgrenze schmierig hingelogen, aber Jorgensen hörte solche Sachen gern. Außerdem war er daran gewöhnt, dass ihm alle den Kotau machten.

»Muss man heutzutage nicht vertöchtern sagen?«, scherzte

er denn auch schon wieder, um von seinen Gefühlen abzulenken.

Wuppke, obwohl er das männerbündlerische Manöver durchschaute, stimmte hochopportun in sein Gekeckere mit ein.

»Mein Vorschlag bietet für alle nur Vorteile!«, betonte Wuppke nochmals, wohlweislich vermeidend, von einem Win-win-Geschäft zu sprechen, als sei Effi eine Ware. Auch tat er den Teufel, Jorgensen gleich mit der Heide zu kommen, denn er wusste, diese Dinge brauchten eine ruhige Hand und einiges Fingerspitzengefühl.

In diesem Moment kam Miriam herein, oder besser gesagt, sie war ungehört schon vor längerer Zeit eingetreten und hatte Wuppkes Plädoyer daher auch in allen verfänglichen Aspekten mitgeschnitten. »Was geht denn hier vor?«

Sofort, wie bei einem pawlowschen Experiment, legte Jorgensen Glas und Zigarre ab, kramte in seiner Jackettasche nach einer Tube Bepanthen und begann, seine Hände einzucremen, Wuppke hatte so was noch nie gesehen. »Guck mal, Miriam, du kennst ja schon Carsten Wuppke aus Berlin.«

Miriam schien an derartige Übersprungshandlungen schon gewöhnt zu sein.

»Was redet der da von Unschuld und Dankbarkeit?«, fragte sie schneidend in Richtung ihres Mannes. »Ich spinne wohl?!«

»Ach, Miriam«, sagte Jorgensen betont wohlwollend, wobei sein Wohlwollen, wie er nicht wusste, bei Miriam stets als Jovialität ankam. »Du brauchst nicht so zu tun, als würdet Ihr Euch nicht kennen. Wuppke hat mir alles erzählt!«

Eine unangenehme Stille setzte ein, buchstäblich bis auf wenige Zentimeter schien sich die dunkel getäfelte Zimmerdecke über Wuppkes Kopf abgesenkt zu haben. Jorgensen wurde klar, in welch Fettnäpfchen er getreten, Miriam, welchen Fehler sie mit dem Einlass Wuppkes gemacht, und Wuppke, welches Chaos er in seiner Selbstüberschätzung in der Jorgensen-Familie anzurichten im Begriff war.

»*Was* haben Sie ihm erzählt?« Wenn man Miriams Frage von davor schneidend gefunden hatte, was war dann erst diese?

»Gar nichts«, sagte Wuppke in allerbester Absicht, aber das war natürlich auch die falsche Antwort.

»Und Effi? Was haben Sie Effi erzählt? Die Kleine ist vollkommen durcheinander, seit Sie mir ihr gesprochen haben.«

»Er sagt, sie hätte gesagt …«, begann Jorgensen, aber Miriam war in ihrem Furor nicht zu bremsen, und was heißt Furor, sie machte sich ja gerade erst warm.

»Du kannst dich mal schön geschlossen halten! Erst die ganze Zeit Trallafitti in Frankreich, und dann hier um unsere Tochter schachern. Ich kann das einfach nicht glauben!«

»Ich hab doch nur …«, sagte Jorgensen kläglich, ganz von allein setzte sich der Wasserfall wieder in Gang und besprenkelte den Holzboden. »Aber wir schachern doch …«

»Und so was will Bürgermeister werden! – Ich weiß nicht, was hier läuft, aber Ihr beiden werdet Effi schön da raushalten, ist das klar? Dieser Typ war total zugedröhnt, er ist eine Gefahr, nicht nur für Effi, und deswegen habe ich ihn auch gerade angezeigt.«

»Sie haben was getan?«, entfuhr es Wuppke.

»Und Sie!« Miriam nahm Wuppke ganz ohne Hintersinn und verklausulierte Sympathie, dafür mit ausgefahrenem Zeigefinger ins Visier: »Sie verlassen jetzt besser ganz schnell unser Haus!«

7. Es treten Probleme auf, die als weitere Prüfungen, wenn nicht sogar als Rückschläge gedeutet werden können

Wuppke jetzt natürlich erst mal angeschlagen. Zum Glück wusste er aus Erfahrung, dass ein Stern, der nie aufgegangen war, auch nicht sinken konnte. Aber war das nicht eine etwas trostlose Selbsteinschätzung? – Gern hätte er etwas mehr zu sich aufgesehen, aber er konnte schon froh sein, wenn ihm sein Spiegelbild auf Augenhöhe begegnete. Vielleicht war er bei seiner Charakterentwicklung nicht achtsam genug vorgegangen, dachte er nun voller Selbstzweifel. Der Unterschied zwischen der 80-Cent-Koffeinplörre vom Späti und einer schönen Tasse Handgefiltertem von einem zertifizierten Barista mit gewichstem Bart bestand doch darin, dass der Spätibesitzer einfach irgendein verschnittenes Kaffeemehl vom Netto durch die Maschine jagt, während der Barista den peruanischen Bauernkindern, die seine Bohnen liebevoll von Hand pflückten, regelmäßig Holzspielsachen mitbrachte. Solche Hingabe hatte Wuppke immer vermissen lassen. Aber jetzt wollte er sich ändern. Dazu versuchte er sich einfach vorzustellen, wie sich jemand benehmen würde, der berufsmäßig Hochlandkaffee zelebrierte.

Schnitt, und Wuppke steht in der Eingangshalle der Nordseeklinik Westerland. Dort sehen wir ihn ein wenig mit der Eingangsdame plaudern, es ist aber nichts zu verstehen. Ob

Wuppke bei der Empfangsdame mit seinem etwas schmierigen Charme wohl mehr Glück hat als bei Miriam? Überhaupt fragt man sich, was hat er vor? Immerhin hat Wuppke eben erst einen empfindlichen Rückschlag wegstecken müssen, und da arbeitet er schon unverdrossen weiter, als würde er das Wort »Rückschlag« nicht einmal vorwärts buchstabieren können. Wer soll diesen Mann stoppen?

Eine Tür schwang auf. Das Krankenzimmer war glücklicherweise leer bis auf die Hauptperson Blue Henger. Wuppke, mit angehaltenem Atem, schloss die Tür hinter sich, stellte seinen Rucksack ab, zog einen Stuhl zum Bett und setzte sich hin.

Henger war wach und nüchtern. Etwas zu nüchtern, wie Wuppke gleich bemerkte, er schwitzte stark und hatte sich bis auf die Unterhose entkleidet, um sich Arme und Beine zwar nicht blutig zu kratzen, viel fehlte aber nicht. Wuppke zog ein kleines rotes Metalldöschen mit der Aufschrift »Pulmoll Pastillen« aus der Tasche.

Blue Henger natürlich bass erstaunt über diesen unangemeldeten Auftritt des Fremdlings. »Wer sind Sie denn?«

»Mein Name ist Cornelius Wumpe, und ich bin hier, um dir zu helfen.«

»Von jemandem mit so einem Namen will ich mir nicht helfen lassen«, so Henger kategorisch.

»Da kannst du im Moment wohl nicht wählerisch sein«, wieder Wuppke, und auch das war nicht von der Hand zu weisen. »Ich will mich kurz fassen. Du steckst in Schwierigkeiten, Blue.«

»Was Sie nicht sagen.«

Wuppke kam die aufsässige Attitüde des Jünglings aufgesetzt vor, zumal er gar keine aufsässige Physiognomie hatte.

Er hatte ein liebes Gesicht. Es wirkte nicht direkt seelenvoll, aber Abitur hatte Henger schon, da war Wuppke sicher.

»Ich will eins wissen, und ich merke sofort, wenn du lügst: Was ist da in dem Trailer passiert? Mit der Kleinen?«

Henger schüttelte den Kopf wie benommen und lächelte gequält. »So klein war die gar nicht.«

»Falsche Antwort.«

»Keine Ahnung. Woher soll denn ich das wissen?«

»Du warst dabei.«

»Mann, ich war so was von zugedröhnt ... warum fragen Sie sie nicht selbst?«

»Noch mal von vorn, mein Junge.« Wuppke mochte die Anrede *mein Junge* überhaupt nicht, aber *Blue* fand er noch schlimmer. »Ich kann dir helfen, sowohl jetzt als auch später. Aber du musst mir sagen, was passiert ist. Hast du sie angefasst?«

»Na ja, angefasst werd ich sie schon haben!«

»Jetzt lass dir nicht alles aus der Nase ziehen! Hast du ihr Drogen gegeben? Um sie gefügig zu machen?«

»Gefügig war die doch sowieso.«

»Scheiße!«, entfuhr es Wuppke. Er hatte im Allgemeinen viel Geduld mit Menschen, außer wenn er ein komplexes Gedankengebäude an ihnen verwirklichen wollte, und sie rissen es mit dem Arsch wieder ein. »Jetzt gib dir ein bisschen Mühe, Henger. Ich will dir helfen!«

»Also gefickt hab ich sie nicht«, sagte Blue endlich.

Wuppke einen Augenblick mit Pokerface, dann sehr überraschend: »Das glaube ich dir nicht.«

»Also gut, dann hab ich sie eben gefickt. Na, und?«

»Sie ist fünfzehn, Henger, und ihre Eltern haben dich angezeigt wegen gewerbsmäßiger Abgabe von illegalen BtM sowie Vergewaltigung einer Minderjährigen«, hier ließ Wuppke eine Sekunde das Momentum für sich arbeiten und machte sein ernstestes Gesicht, »und wenn du jetzt nicht ganz genau tust, was ich dir sage, dann wird das hier der letzte Film sein, in dem du für den Rest deines Lebens mitspielst, und ansehen wird ihn sich niemand, außer der Staatsanwalt, der Richter und die Mehrfachlebenslänglichen im Knast, die richtig Spaß an deinem Arsch haben werden.«

Das hatte fürs Erste durchaus Wumms, gut gemacht, Wuppke. Ein bisschen ordinär in der Wortwahl vielleicht, aber mit einer gesunden Härte, die Jugend weiß das Vorsichtig-Elaborierte ohnehin nicht mehr zu schätzen. Allein: bis er den jungen Delinquenten so weit haben würde, dass er vor der Jorgensen-Familie einen Kniefall machen und vor der gesamten Medienöffentlichkeit Abbitte leisten würde, war es noch ein sehr weiter Weg, zumal Henger, als Wuppke ihm seinen Plan skizzierte, gleich verlangte, seinen Manager zu sprechen.

Der Manager war aber, als Wuppke mit seinem leeren Kartentelefon nach ihm telefonierte, nicht zu erreichen. Er war auch für Henger nicht zu erreichen gewesen, und das schon die ganze letzte Woche, und da muss man sich schon fragen, welche Rückschlüsse auf die Arbeitsbeziehung es gestattet, wenn der eigene Manager auf Anfragen seines Klienten und Schutzbefohlenen wochenlang nicht reagiert.

»Weiß ich doch nicht!«, sagte Henger patzig. »Wird halt im Urlaub sein.« Man sieht, Henger war noch ein halbes Kind, geistig noch keine siebzehn. Wenn man jetzt davon ausgeht, dass die Mädchen in allem ja immer ein, zwei Jahre weiter sind, hat man plötzlich ganz ein anderes Säure-Basen-

Verhältnis. Aber ganz davon abgesehen erneuerte Wuppke jetzt dem Henger seine Empfehlung, vor aller Welt zu annoncieren, dass er seinen Fehler einsehe und sich in eine Entzugsklinik begebe und im Übrigen nichts von der Minderjährigkeit der Jorgensen-Tochter gewusst habe.

»Da kannst du lange drauf warten«, gab Henger zur Antwort. »Das mach ich nicht!«

Wuppke jetzt mit offenem Visier.

»Ich sehe, dass du dich nicht besonders wohlfühlst. Ungehemmtes Schwitzen, Gliederschmerzen, juckende Haut... Der Suchtdruck! Zufälligerweise habe ich etwas, das deinen Zustand lindern könnte.« Er lüftete den Deckel der Dose, die er die ganze Zeit über suggestiv in den Händen gedreht hatte und in der sich natürlich mitnichten Pulmoll mit Kirschgeschmack befand.

Henger warf geweiteten Auges einen Blick ins schimmernde Innere, bevor Wuppke es seinem Blick wieder entzog.

»Was willst du dafür?«, fragte Henger sofort mit Speichelfluss.

»Jedenfalls kein Geld«, sagte Wuppke großmütig, obwohl er durchaus welches hätte gebrauchen können.

Er schob die Dose wieder in die Tasche und schickte sich an, das Zimmer andeutungsweise zu verlassen. Da geschahen aber gleichzeitig zwei Dinge: Henger sagte etwas wie das von Wuppke erwartete »Halt, warte!«, und im selben Moment öffnete sich die Tür vom Flure her. Herein kamen eine Ärztin und ein Polizist. Beide unisono zu Wuppke:

»Was machen Sie denn hier?«

Und da kann man sich jetzt mal in aller Ruhe zurücklehnen und sich auf der Zunge zergehen lassen, was der windige Wuppke für eine Geschichte in petto hatte.

»Doktor med. Cornelius Wumpe der Name, schönguten Tag, oder besser gesagt, Moin, ich bin Blues Leibarzt, aus Hamburg angereist, was hab ich einen Schrecken gekriegt, als mich der Junge angerufen hat, ich kann Ihnen sagen!«

»Ach?«, machte die Ärztin. »Leibarzt?« Wobei sie das »Leib« in »Leibarzt« extra betonte, als würde sie Wuppke von vorne bis hinten kein Wort glauben. Sie hatte sehr schmale Lippen, quasi gar keine, dafür aber einen leichten Oberlippenbart. »Das haben Sie ja gar nicht erzählt, Herr Henger, dass Sie einen Leibarzt haben.«

»Hab ich ja auch nicht«, sagte Henger, der Wuppkes Briefing offensichtlich nicht in allen Einzelheiten verstanden hatte.

»Das verstehe ich jetzt nicht«, »Der Junge ist etwas durcheinander« und »Der Typ ist nicht mein Arzt« wurde jetzt in schneller Folge von den jeweils Zuständigen gesagt. So ging das noch ein Weilchen hin und her, allerdings ohne signifikanten Durchbruch, was die Herstellung klarer Faktenlage so lange erschwerte, bis irgendwann der Polizist nicht unfreundlich sagte: »Ich check das einfach kurz, würden Sie mir mal Ihren Ausweis geben, Herr Wumpe?«

»Doktor Wumpe, wenn's Ihnen nichts ausmacht. Meinen Sie meinen Arztausweis? Von der Bundesärztekammer?«

»Wie Sie möchten.«

»Ja, also die Sache ist jetzt die, mein Ausweis liegt im Hotel, leider. Alle meine Papiere. Führerschein, Monatskarte der Hamburger Verkehrsbetriebe, Bibliotheksausweis, alles.«

»Welches Hotel?« Der Bulle immer noch höflich, aber schon mit kritischem Sachverstand.

»Monbijou. Zimmer 213. Ich war so in Eile … in Eile und in Sorge …«

»Kein Problem, ich check das kurz. W-u-m-p-e, ja?«

»Richtig. Cornelius mit Rufnamen.«

Der Bulle also raus auf den Flur, die Ärztin mit verschränkten Armen, bevor sie sich daran erinnerte, weswegen sie gekommen war. Sie drückte Henger, der die ganze Debatte nervös verfolgt hatte, sanft zurück ins Kopfkissen und leuchtete ihm mit einer kleinen Taschenlampe in die Augen.

»Was sind in Ihrer Behandlung denn so die Schwerpunktthemen?«, wollte die Ärztin beiläufig von Henger wissen.

»Substanzabusus ist natürlich ein Thema«, antwortete Wuppke patent anstelle seines Schützlings, bevor er in verändertem Tonfall fortfuhr: »Frau Doktor, das ist mir jetzt unangenehm, aber ich müsste mich wohl dringend mal zur Örtlichkeit subtrahieren.«

Die Frau Doktor richtete sich jetzt auf und leuchtete mit ihrer Taschenlampe Wuppke ins Auge. »Hat das nicht noch eine Minute Zeit?«

»Ich befürchte, ich leide unter Morbus Crohn … Sie verstehen.«

»Oh«, sagte die Ärztin mit reserviertem Mienenspiel. »Und da praktizieren Sie noch?«

»Nur noch in ausgewählten Fällen … Ich bin sofort zurück. Ah, eh ich's vergesse, Blue, ich hab dir deine Pastillen mitgebracht, ich leg sie hier auf den Nachttisch, ja? Wozu hat man denn einen Leibarzt!«

Damit Wuppke auf den Flur, wo eine Schwester dem Polizisten gerade auseinandersetzte, was das Schild mit dem durchgestrichenen Telefon bedeutet. Wuppke hatte jetzt zwei Möglichkeiten: entweder den Gang runter zum Lokus, wo er auf ein Fenster hoffte, aus dem er in den bereitstehenden Container mit Säcken voller Krankenhauswäsche springen konnte, oder die andere Richtung den Gang hinauf zum Notausgang, was natürlich viel besser war, denn wer weiß schon, ob der Lokus hier überhaupt belüftet und fluchtkompatibel war, außerdem war Wuppke nicht Tom Cruise, der jeden Stunt selber machen kann.

Problem nur: dazu musste er an dem Polizisten vorbei. Der war im Moment zwar noch mit der Schwester beschäftigt, aber wie lange noch? Jetzt zählten Sekundenbruchteile, Wuppke erkannte die Situation blitzschnell und nutzte den Moment, da der Polizist, statt Wuppkes Personalien zu checken, die übergriffigen Redeverbote der Schwester zurückwies, und fiel im gegenüberliegenden Zimmer ein, wo eine ältliche Dame mit einem eingegipsten Bein und einer Halskrause lag, umgeben von ihren Kindern und Kindeskindern. Keine Feuerleiter vorm Fenster, Mist. Wuppke lauschte also an der Tür und machte energisch »Pssst!«, als die Statisten wissen wollten, wieso. Schließlich hörte er, wie der Polizist sich telefonierenderweise in Richtung Stationsausgang entfernte, also weg vom Notausgang. Wuppke ignorierte die Anfragen und Protestbekundungen der Anwesenden, öffnete leise die Tür, spähte auf den Gang und nutzte die Reinheit der Luft, um zu verschwinden.

8. Noch mehr Probleme

So schnell kann sich die Glücksturbine also in entgegengesetzte Richtung drehen. Oder anders: wie eine Geschichte verläuft, ist dermaßen abhängig von den winzigen Flügelschlägen der menschlichen Flatterhaftigkeit, dass es an ein Wunder grenzt, wenn überhaupt jemals etwas so kommt, wie es gedacht war. Wuppke jedenfalls hatte nicht gedacht, dass sein Plan so schnell scheitern würde, und das gilt ja eigentlich für sämtliche Pläne, die er bislang verfolgt hat.

Er saß auf der Straße, genau genommen am Westerländer Strand, und dachte über die Schicksalhaftigkeit der Zeitläufte nach. Mit Shahila hatte er gebrochen, die Heide lag in weiter Ferne, und bei Hadi würde er sich besser erst mal nicht blicken lassen, nachdem der Rucksack mit dem Päckchen nun obendrein im Krankenhauszimmer hatte zurückbleiben müssen. Alles in allem konnte man das durchaus für einen ausgewachsenen Schlamassel halten, in dem Wuppke da steckte. Auf der Bildebene wurde das untermalt vom vergeblichen Kampf eines fischbäuchigen Familienvaters mit einer Wurfstrandmuschel. Er bekam das Ding zwar auf der Vertikalachse bis zu einem gewissen Punkt zusammengerafft, versagte dann aber unter den Augen seiner gestrengen Kinder, vier und sechs, dabei, das biegsame Gestänge in einen Zustand zirkulärer Deckungsgleichheit zu versetzen, um das Ensemble abschließend in die vorgesehene Hülle gleiten lassen zu können. Seine Frau, die das unter ihrem großen Sonnenhut und über den dösenden Säugling in seinem Tragetuch hinweg beobachtete, nahm immer wieder Blickkontakt zu Wuppke auf, von dem sie den kämpfenden Gatten beobachtet wusste, und lächelte ihm verschämt oder entschuldigend zu, um der Situation das Verzweifelte zu nehmen. Wuppke hätte ihr gerne gesagt, dass er keinerlei Häme, dafür tiefe Zärtlichkeit für ihren unfähigen Mann empfand und auf niemanden herabsah, der eine Wurfstrandmuschel nicht zusammengefaltet bekam, denn er selbst besaß weder eine Wurfstrandmuschel noch hatte er jemanden, für den er sie hätte aufwerfen können. Am allerwenigsten aber hatte Wuppke einen Grund, jemals auf irgendjemanden herabzusehen.

Aber der Tag war noch jung, und was nicht war, konnte ja noch werden. Wuppke ging also in einen Multibedarfsladen, kaufte sich Tabak und lud mit seinem letzten Geld endlich seine Karte auf.

Man sieht, Wuppke tritt gleich wieder in Aktion, er ist ein echter Macher, ja: er wäre nicht Wuppke, würde er den Kopf in den Sand stecken. Wollte er mit seinem Vorhaben, von Jorgensen die Heidekonzession zu bekommen, doch noch erfolgreich sein, musste er jetzt sorgfältig und mit Bedacht vorgehen. Das konnte er gut. Die Sonne beschien ihm flach das Gesicht, in der schäumenden Dünung warf eine barbusige Frau ihr Haar zurück wie auf einem Airbrushbild der 80er Jahre, und Gottschild rief an.

»Gottschild«, sagte Wuppke statt einer Begrüßung. »Ich kann leider grad ganz schlecht.«

»Ich habe nachgedacht«, sagte Gottschild bekümmert. »Ich glaube, ich höre auf.«

»Wie jetzt, aufhören?«

»Es ist ein ganz verlogenes Gewerbe.«

»Welches Gewerbe denn?«

»Bewährungshilfe. Ich meine, schon das Wort: Bei der Bewährung helfen. Die meisten wollen sich doch gar nicht helfen lassen, geschweige denn bewähren, stattdessen planen sie das nächste Ding, und mir erzählen sie, was ich hören will. Man wird nach Strich und Faden belogen, von morgens bis abends.«

»Kann es sein, dass du eine Sinnkrise hast?«

»Das ist keine Sinnkrise«, sagte Gottschild bitter. »Sinn hat es doch nie gehabt! Bin ich eigentlich der einzige Idiot, dem Regeln noch etwas bedeuten?«

»Na ja, hör zu, wie gesagt: es passt grade ganz …«

»Du bist gar nicht in Berlin, stimmt's? Und die Bewerbungen hast du auch nicht abgeschickt.«

Verdammt, Gottschild hatte einen sechsten Sinn für so was.

»Aber ich hatte es vor, Ehrenwort! Die liegen zu Hause neben dem Drucker!«

»Dein Drucker ist doch kaputt, denke ich.«

»Sie können doch trotzdem daneben liegen!«

In Wirklichkeit, und Gottschild wusste das tief in seinem Inneren, besaß Wuppke gar keinen Drucker.

»Ich habe dir vertraut«, sagte Gottschild und fügte, um die Melodramatik seiner Worte etwas abzumildern, gutmütig hinzu: »Mensch, Wuppke!«

»Ich schick sie ab, sobald ich wieder zu Hause bin. Wirklich!«

»Wie du meinst. Dann werde ich aber längst raus sein.«

»Ganz lieb!«, sagte Wuppke ein wenig unpassend und legte schnell auf.

Man mochte Gottschilds Anruf jetzt für Zufall halten, aber an Zufälle glaubte Wuppke nicht. Das Gespräch hatte ihn tief ins Bällebad seiner vielfältigen Gefühle gestoßen. Eben noch war er trotz aller Bedrängnis voller Tatendrang gewesen, jetzt kam er sich vor wie ein Lügner und Lump. Denn wer denkt, Wuppke sei gleichgültig, opportunistisch und kümmere sich nur um seinen eigenen Vorteil, ohne auch die im Herzen zu tragen, die all ihre Hoffnungen auf ihn setzen, der hat von Wuppke noch nicht viel begriffen.

(Auch wenn es für einen winzigen Augenblick ein klein wenig danach ausgesehen hat, dass Wuppke ein gewissenloser Schweinehund ist.)

(Speziell an der Stelle, wo Wuppke alle in seinem Umfeld manipuliert und gegeneinander auszuspielen versucht hat.)

(Und angesichts der Tatsache, dass er bedenkenlos Fakten verdreht und Geschichten erfindet, und das alles nur, um dem Chinesen endlich seine blöde Heide zu beschaffen, damit er überteuerte Ferienwohnungen daraufsetzen kann, um sein Drogengeld zu waschen.)

Dass die Jorgensen-Tochter, das unschuldige Ding, vielleicht traumatische Erfahrungen mit dem Junkiewrack Henger gemacht hat, dass sie jetzt unter butterstullendicken Psychoproblemen leidet und Miriam ihm deswegen nicht einmal mehr die Hand geben wollte – das alles berührte Wuppke zwar und nahm ihn auch richtiggehend mit, aber …

Aber was?

Man weiß es nicht. Wuppke macht aus seinem Herzen eine Mördergrube, da kann man sich auf den Kopf stellen. Er ist ein zäher alter Knochen. Man kommt ihm nicht so leicht bei. Sein Verhalten deutete aber immerhin auf Selbszweifel und Reue hin, dort unten am Strand: Kopf auf den Händen, die Augen geschlossen, während die steigende Flut leise an seine Schuhe schwappte. Wuppke hatte sich noch nie Illusionen über die depravierte Beschaffenheit der menschlichen Natur gemacht, und das schloss ausdrücklich seine eigene ein. Man konnte sich zwar bemühen, ein besserer Mensch zu werden, und das war auch eine sinnvolle Lebensaufgabe, doch meist blieb es bei Absichtserklärungen, so ist das halt.

Aber keine Sorge: Du bist noch längst nicht am Boden angekommen, da warten noch ganz andere Prüfungen auf dich. Also los jetzt, Wuppke, nicht lang zaudern, hoch den Hintern! Es liegt noch viel Arbeit vor dir!

Schauplatz: Eine exklusive Bar auf der berühmten Whiskymeile, Abendstimmung, hier und dort wurden schon ein paar Lampions entzündet. Hochpreisige Sportwagen rollten durchs Bild, fast hätte man meinen können, man sei wieder in Neukölln, wobei das Klientel hier natürlich ein ganz anderes war.

Wuppke hatte sich auf der Terrasse des *Gogärtchens* niedergelassen und konzentriert an seinem Plan gearbeitet. Er brauchte dazu weder Flipchart noch Edding, ihm reichte sein Mobiltelefon und ein schönes Pils. Er schrieb an den Instagram-Account von effi_arrow: »Ich kann die Sache mit Blue für dich in Ordnung bringen, aber dafür musst du netter zu deinen Eltern sein und ihnen die Wahrheit erzählen. Wuppke.«

Wuppke ließ die Botschaft ein wenig einwirken, während er an seinem in der Binnentasche der beigefarbenen Bürokratenjacke befindlichen Bier nippte. In weiser Voraussicht hatte er nämlich die Getränkepreisvorstellungen hiesiger Gastronomen als aberwitzig antizipiert, und an der gespreizten Wortstellung kann man schon sehen, dass Wuppke sich für die kommenden Kommunikationsherausforderungen warmlief.

Im Gogärtchen hatte in den Sechzigerjahren des letzten Jahrhunderts der Bobfahrer, Fotograf, Kunstsammler, Astrologe und Playboy Gunter Sachs vor den Kameras der Promipostillen gepost, und Jorgensen, als er endlich auf der Szene erschien, begriff sich offenkundig als dessen legitimer Nachfolger. Er trug ein weißes Hemd, das saum- und kragenwärts unter einem altrosafarbenen Hoodie hervorlugte, dazu lindgrüne Chinohosen und Segelschuhe in Beige. In dieser Aufmachung schien er sich mindestens fünfzehn Jahre jünger zu fühlen, und tatsächlich ging die Rechnung so eben auf. Wuppke spielte das in die Karten, würde ihm der Mogul in dieser Verfassung doch Getränk um Getränk spendieren und sich mit seiner saumseligen Protzerei schließlich arglos im Netz der von Wuppke sublim gesponnenen Ränke verfangen.

»Herr Jorgensen, hier drüben sitze ich!«, winkte Wuppke.

Jorgensen hörte aber gar nicht zu, genauer gesagt war er noch nicht einmal ganz die Stufen hoch. Jeder kannte Jorgensen, daher musste er auf dem Weg über die Terrasse beständig *Moin* und *Mönsch Egon!* und dialektale Vertraulichkeiten wie *de Lütt is aber heut'n büschn gnaddelig* zur gelifteten Kurprominenz sagen, was er sichtlich genoss. Wuppke war fast ein bisschen neidisch angesichts dieses arkadischen Vorabendmiteinanders.

»Und du wartest aufn Autogramm, oder was?«, fragte Jorgensen, als er endlich Wuppkes sitzender Gestalt ansichtig wurde.

»Nein«, erklärte diese, »ich bin's doch, Wuppke.«

Jorgensen ruckelte mit einer raumgreifenden Drehbewegung des Handgelenks seine Breitling zurecht, setzte sich auf das gepolsterte Terrassenmöbel Wuppke gegenüber und legte mackerhaft den Ellbogen auf die Rückenlehne, wobei er der Frau am Nachbartisch augenzwinkernd die Olive aus der Champagnerflöte stibitzte und schmatzend einsog.

»Eigentlich dürfte ich gar nicht mit Ihnen sprechen!«, sagte er statt einer ordentlichen Begrüßung zu Wuppke. »Sie sind hinter der Heide her!«

Wuppke lockerte seinen imaginären Schlipsknoten. »Ich versichere Ihnen, dass ich unser Gespräch vertraulich behandle, dies ist ein geschützter Raum.« Dass es gar kein geschützter Raum, sondern in Wirklichkeit eine offene Terrasse war, überging Wuppke nonchalant.

»Sie haben sich gedacht, Sie kriechen mir ein bisschen in den Arsch, und ich gebe die Heide frei«, sagte Jorgensen. »Sind Sie ein Idiot, oder was?«

Da machte Wuppkes Telefon *pling*. »definiere wahrheit« stand da ohne jegliche Interpunktion und Orthografie, Jugendliche stellen auf diese Weise ja gern ihre Nonkonformität zur Schau.

Wuppke schrieb zurück: »Na, du könntest deinem Vater zum Beispiel gleich jetzt eine Nachricht schreiben, dass du doch immer seine süße Kleine bleiben wirst, das wird ihn sehr beruhigen.«

»Komme ich ungelegen?«, fragte Jorgensen, der natürlich nicht gewohnt war, dass sein Gegenüber unterm Tisch twittert und ihn die ganze Zeit dabei zusehen lässt.

»Gleich!«, sagte Wuppke, denn die Antwort war postwendend eingetroffen: »hä echt jetzt«

»Mit der Wahrheit lügt man am besten!«, schrieb Wuppke

bedeutungsvoll, legte das Telefon beiseite und wandte sich ganz seinem Gesprächspartner zu.

»Herr Jorgensen! Gestatten Sie mir, Ihnen eine Frage zu stellen. Welche Art von Filmen würden Sie gern drehen, wenn man Sie nur ließe?«

»Also erstens frage ich da gar nicht groß um Erlaubnis, sondern drehe einfach, was ich will!«

»Selbstverständlich.« Wuppke bedeutete dem Sommelier, nun für die Getränkebestellung bereit zu sein, und fragte Jorgensen generös: »Möchten Sie übrigens auch etwas trinken? Vielleicht einen schönen Rosé?«

Jorgensen pulte sich hinter vorgehaltener Hand die Olive aus den Zahnzwischenräumen. »Was ich mich allerdings schon frage, ist, warum ich hier meine Zeit mit Ihnen vergeude.«

»Dann lassen Sie mich gleich zur Sache kommen, Herr Jorgensen. Ich weiß aus zuverlässiger Quelle, dass eine Verschwörung gegen Sie im Gange ist. Man will Sie durch das Scheitern Ihres Imagefilms als Prahlhans und Vollversager darstellen, der nicht einmal seine eigene Familie im Griff hat. Wenn Sie mich fragen, schwingt da sogar ein verdeckter Angriff gegen Ihre sexuelle Potenz mit.«

Jorgensen atmete pfeifend aus, als hätte man ihm mit Schmackes ins Skrotum getreten. »Was sagen Sie da? Ist das wahr?«

»Ich sage immer die Wahrheit. Selbst wenn ich lüge.«

»Ich kann mir nicht vorstellen, wer so etwas Hässliches über mich sagen sollte.«

»Ich werde natürlich keine Namen nennen, aber außer Ihnen möchten noch andere Menschen Bürgermeister werden. Manche sogar Bürgermeisterinnen.«

Jorgensen lächelte schief und kratzte hohlwangig den frischen Bartschatten. »Miriam sagt, Sie sind ein Schlitzohr.«

»Ich bin sicher, Ihre Frau sagt auch immer die Wahrheit. Aber vertrauen Sie niemals Ihrem eigenen Gespür für Menschen?«

»Dochnatürlich!«

Nun machte es bei Jorgensen *pling*, genauer gesagt ertönte der etwas penetrante Refrain des David-»The Hoff«-Hasselhoff-Schlagers »Looking for Freedom« als Telekom-Tune. Natürlich ignorierte Jorgensen das Telefon.

»Wollen Sie nicht nachsehen, wer Ihnen da schreibt? Vielleicht ist es etwas Dringendes?«

Jorgensen sah nach, lächelte selbstgewiss und steckte das Telefon wieder weg.

»Ich sag Ihnen gleich, die Heide kriegen Sie nicht!«, sagte er dann bestimmt. »Nicht, dass ich mir was draus machen würde, aber ich hab mir ja den Vorsitz im Naturschutzverein nicht umsonst geangelt.«

Wuppke fand diese Bemerkung aufschlussreich und verstand sie dahingehend, dass sich Jorgensen von seinem Ehrenamt hohe Sekundärgewinne versprach. Tatsächlich steckte aber noch weitaus mehr dahinter, wovon Wuppke jetzt aber noch nichts wissen konnte, und natürlich wird auch nichts verraten, sonst ist ja die ganze Spannung futsch.

»Das ist in Ordnung für mich«, sagte Wuppke also einstweilen, ohne auch nur mit der Wimper zu zucken. Das hatte er in seinem vormaligen Beruf ausreichend üben können, mittlerweile gäbe er einen begnadeten Pokerspieler ab, wenn er denn des Pokerns mächtig gewesen wäre.

Jorgensen gerierte sich abweisend, trank als Zeichen seiner

Besänftigung aber dennoch vom Original Kampener zu 19 Euro, der automatisch vor ihm erschienen war.

»Die Kinder sind unschuldig, Herr Jorgensen: Ich weiß es, und Sie wissen es ebenfalls. Ich nehme übrigens auch so einen«, dies zum schon entfernten Kellner.

»Erzählen Sie das mal Miriam«, sagte Jorgensen mit unverhohlenem Respekt. »Sie will Rache.«

Wuppke hätte jetzt gern einen bedeutungsvollen Schluck genommen, aber seine Bestellung war noch nicht eingetroffen, und an seinen Bierflaschenhals traute er sich nicht heran.

»Ich glaube, Miriam geht es bei all dem weniger um Effi. Mit ihrer Rache an Blue möchte sie vielmehr Sie dafür bestrafen, dass Sie Ihre gemeinsame Ehe so leichtfertig …«

»Schluss damit!«, polterte Jorgensen und kippte seinen Kampener mit einer ruckartigen Bewegung des Kopfs, wodurch das edle Getränk verschüttging und Jorgensen niesen machte. »Miriam ist hier nicht das Thema. Ist sonst noch was?«

Wuppke wusste gut genug über Widerstände Bescheid, um gewarnt zu sein: Jorgensen war offenkundig an Miriam noch in einem höheren Maße emotional gebunden, als er zugeben mochte. Wuppkes Feinsensorik war gefragt. Es galt, Jorgensens genuine Begehrlichkeiten wieder in den Fokus zu nehmen, ohne bezüglich Miriam allzu tief in ihn zu dringen.

»Nehmen wir mal an, die beiden Kinder sehen ihre Verfehlung ein und verpflichten sich, ihrem Interesse aneinander künftig gemäß FSK 16 nachzugehen. Das müsste doch auch eine Miriam ungemein beruhigen, meinen Sie nicht?«

Wuppke konnte deutlich spüren, dass sein Argument beträchtlichen, aber noch immer nicht ausreichenden Überzeugungsdruck auf Jorgensen entfaltete.

»Die Miriam, da können Sie Gift drauf nehmen, ist erst dann zufrieden, wenn Blue auf die Knie fällt und die Effi heulend um Verzeihung bittet.«

»Betrachten Sie die Angelegenheit als erledigt«, sagte Wuppke selbstsicher.

»Dazu kriegen Sie Blue niemals«, sagte Jorgensen. »Ich kenne den Jungen, der ist stur, der ist rebellisch, ein Spinner, keine Frage, aber ich war genauso als junger Mann, hab mir von niemandem reinreden lassen. Den Blue werden Sie nicht beschwatzen, und damit ist das Thema vom Tisch!«

»Und wenn nicht?«

»Brauchen wir gar nicht drüber zu reden!«, versuchte Jorgensen das Thema nun kategorisch zu begraben.

Es entstand eine kleine Pause, die Wuppke schnell füllen musste, denn jemand wie Jorgensen blieb nicht lange am Tisch sitzen, wenn nicht gesprochen, was bedeutete, ihm zugehört wurde. Die Glut war am Erkalten, daher fächelte ihr Wuppke frischen Sauerstoff zu.

»Ihre beeindruckende Karriere als einer der größten Bauunternehmer der Welt scheint Sie ja nicht gerade auszufüllen?«

Ob Jorgensen Wuppkes geheucheltes Interesse durchschaute oder nicht, ist schwer zu sagen, jedenfalls lehnte er sich wieder zurück und sagte großspurig:

»So ist es, mein Junge, so ist es! Häuser bauen, seine Marktmacht nutzen, die Konkurrenz vernichten: Toll! Aber ich frage mich immer: wo bleibt da die Kunst? Der Mensch hat doch auch eine kreative Ader, oder nicht? Wo soll ich die ausleben? Beim Häkeln?«

»Häkeln Sie denn?«

»Hahaha! Ich muss schon sagen, du gibst ganz schön Gas, Wuppke! Prostata!«

Er hob sein leeres Glas gegen Wuppkes, das allerdings noch immer nicht eingetroffen war.

»Ich will etwas Großes für die Insel erschaffen. Ein gewaltiges Monument, das mich und meine Amtszeit unvergesslich machen wird. Vielleicht eine riesige Statue über der Hafeneinfahrt. Aber dazu braucht man politische Macht.«

»Und eine Menge Bronze.«

Wuppke dachte insgeheim, dass man außerdem noch eine Reihe weiterer Ressourcen benötigte, unter anderem Größenwahn, Narzissmus und Verschwendungssinn, behielt diese Einschätzung aber für sich und gab sich weiter neugierig.

»Gibt es denn auf Sylt überhaupt einen Hafen, der den Koloss von Rhodos beherbergen könnte?«

Jorgensen lachte verächtlich. »List! Da kriegt man gut und gerne drei Jollen unter!«

»Also sehen Sie Bedarf für einen größeren Hafen?«

»Natürlich! Dann könnten auch die Oligarchen kommen! Hundert-Meter-Yachten! Kreuzfahrtschiffe! Bedeutende Menschen aus der ganzen Welt könnten Sylt entdecken!«

»Und warum wird keiner gebaut?«

»Frag mal die Naturschützer.«

»Aber sind nicht Sie der oberste Naturschützer Sylts?«

Jorgensen sog geräuschvoll Luft ein. »Du musst wissen, mein Junge, die politischen Verstrickungen auf einer so kleinen Insel sind, wie soll ich das sagen: verstrickt.«

Wuppke nickte verständig. »Aber ein so gewiefter Stratege wie Sie sollte doch leichtes Spiel damit haben, die vorhandenen Kräfte optimal zu lenken?«

»Und ob, und ob! Darin bin ich sogar ein Meister. Die Sache ist nur die …« Jorgensen wollte den Eindruck vermeiden, als druckse er herum. »Dieser Naturschutzverein, dessen Chairman ich bin, steht sehr in der Öffentlichkeit. Der ist ja für die ganze Sylter Natur zuständig, nicht bloß für die Heide.«

»Was gibt's denn da noch?«

»Das Weltnaturerbe Wattenmeer, hauptsächlich. Die Dünenlandschaft. Auch der Strand …«

»Also kurz gesagt: Sand?«

Jorgensen hatte einen weiteren Kampener vor sich und rührte nun mit dem Strohhalm darin herum. »Ich habe in dem Verein eine mehr … repräsentative Funktion, nicht wahr. Also zum Beispiel bei Treffen mit wichtigen Staatschefs und all das. Ich garantiere kraft meiner integren und allbekannten Persönlichkeit, dass der Naturschutz sich erfolgreich gegen raffgierige Kapitalisten wie mich durchsetzen kann.« Darauf keckerte er wieder und hob seinen Becher zum Prost. Wuppke, der noch immer auf seinen Cocktail wartete, zauberte nun seine Bierflasche hervor, um wenigstens mit anstoßen zu können. Getrunken wurde.

»Interessante Konstellation«, sagte Wuppke. »Und wer hat dann die Geschäftsführung inne?«

»Ich!«, sagte Jorgensen zu schnell. »Ich habe das Sagen, alles geht über meinen Schreibtisch, bei uns herrscht absolute Monarchie!«

»Na, dann ist doch alles bestens.«

»Nur: Ich hab ja gar nicht die Zeit, mich um diesen ganzen Quatsch zu kümmern. Ob da jetzt eine Uferschnepfe im Rantumbecken ein Ei legen will oder nicht, das ist doch mir egal!« Er malte dazu mit einem Finger Kreise auf den Tisch und wischte sie dann mit energiereicher Geste weg.

»Und wer macht also die operative Zuarbeit?« Wuppke ahnte schon, dass nach dem Gedruckse jetzt durchaus ein Klopper zu erwarten war. Und Jorgensen in einer seltsamen Mischung aus Bedauern und Stolz: »Na, die Miriam!«

Im Anschluss an diese für Wuppke höchst interessante Verlautbarung verlöteten die beiden noch ein wenig ihre Männerfreundschaft, wobei aber nur noch angeberhaftes oder ganz läppisches Zeug gesprochen wurde, meist beides. Da verpasst man nichts, ehrlich gesagt war es sogar latent peinlich. Jorgensen sah in Wuppke den ungebundenen Hallodri, der er manchmal gern wäre, und Wuppke in Jorgensen den wohlhabenden Geck, der dieser tatsächlich war. Außerdem hatte er, wie vorausgesehen, die gesamte Zeche bezahlt, in diesen Dingen war Wuppke sehr leicht zu beeindrucken.

Unbemerkt waren einige Kubikzentimeter Regen gefallen, die Luft roch bitumig und dennoch geklärt, der Himmel wetterleuchtete vom fernen Ozean her, als Wuppke auf die Straße trat. Auf der Whiskymeile herrschte ein herrlich spätabendliches, dabei lauwarm-feuchtfröhliches Kommen und Gehen. Damen in leichten Sommerkleidern, Herren in halb offenen Leinenhemden und Slippern, alles ganz anbetungswürdig, fast wie an der Croisette. Wuppke stand allein zwischen all den Abendmenschen, die phantomartig um ihn hergeisterten wie Doppelbelichtungen oder sogar Geister, und genoss eine verdiente Zigarette. Das Mystery-Element war natürlich dem Alkohol geschuldet, Wuppke hatte ordentlich getankt und fühlte sich angenehm döselig. So hatte er das trügerische Gefühl, seine Probleme bald lösen und ein gutes Restleben führen zu können.

Er bemerkte nicht, wie ein scheibengetönter Mercedes-SUV in einer schäumenden Pfütze neben ihm zum Stehen kam und seiner schönen Perspektive die Sicht verstellte. Vorne und hinten stiegen die ihm inzwischen wohlbekannten schwergewichtigen Herren aus, hakten sich bei Wuppke unter und schoben ihn unauffällig auf den Rücksitz. Wuppke merkte auch in seinem döseligen Zustand gleich, dass dies eine besorgniserregende Klimax darstellte, obwohl er aufgrund der Döseligkeit wiederum nicht so besorgt war, wie er guten Grund gehabt hätte zu sein.

Die Sache gab zur Sorge nämlich reichlichen Anlass. Wuppke landete zwar nicht gleich mit einem Betonblock an den Füßen am Rande eines Hafenbeckens, aber die stumme Fahrt ohne erklärtes Ziel verhieß schon mal nichts Gutes. Vollends düstere Töne wurden angeschlagen, als die Schwergewichte, im Hörnumer Hafen angekommen, Wuppke zum Heck des Wagens führten. Er erkannte ihn erst jetzt als denjenigen, den er dem italienischen Pärchen eigenmächtig als Aufwandsentschädigung überlassen hatte. Die beiden befanden sich sogar noch darin, allerdings gefesselt und geknebelt im Kofferraum, von wo aus sie versuchten, Wuppke irgendwelche Zeichen zu geben, vielleicht verfluchten sie ihn auch in Verkennung der objektiven Kräfteverhältnisse. Da wurde die Kofferraumklappe aber auch schon wieder geschlossen und Wuppke in die Hafenmeisterei an eine Werkbank geführt. Die Schwergewichte hielten seine Arme, und jetzt endlich trat Hadi mit einem Hammer und der unvermeidlichen Frage auf: »Machen wir's kurz, Wuppke. Wo ist der Stoff?«

Aus dem Stoff macht die Geschichte ihre Helden, und auch für die Antagonisten ist er oft der Raison d'Être.

Man kann sich gar nicht vorstellen, was für eine unangenehme Situation das jetzt für Wuppke war, zumal er sie in zahlreichen Unterhaltungserzeugnissen schon miterlebt und sich immer gesagt hatte: *Wie gut, dass ich nur Sozialarbeiter bin und mir so was nicht passieren kann.* Natürlich hatte er sich trotzdem und öfter als einmal gefragt, wie er sich in solcher Zwangs- und Notlage verhalten würde, sollte er doch hineingeraten: Wortreiche Erklärungen und Ausflüchte anbieten, eisern schweigen, kopflos jammern und flehen, vielleicht sogar einnässen?

Wuppke ging allerdings noch trügerisch davon aus, dass die Angelegenheit schnell aus der Welt geschafft sein würde, weil er sich ja nichts vorzuwerfen hatte. Aber dann fiel ihm ein, dass er den Stoff im Krankenhauszimmer Blue Hengers zurücklassen musste, und jetzt gewann ganz allmählich die bestürzende Erkenntnis darüber Konturen, wie das für Hadi aussehen musste und wie es, so gesehen, demzufolge auch für ihn aussah.

»Hör zu, Hadi«, hub er an, um Hadi an seiner aufrichtigen Bestürzung teilhaben zu lassen.

»Den Einstieg kenn ich schon«, unterbrach ihn aber der erfahrene Schwerkriminelle. »Da kommt meistens nur noch Gelaber. Pass auf, Wuppke, ich brech dir die Hand mit dem Ding hier.« Dabei wog er den Hammer in seiner Schlaghand, um das Gewicht des Werkzeugs zu verdeutlichen. Es war ein eckiger Schmiedehammer von der Größe Mjölnirs, der magischen Waffe des mächtigen Thor.

Musikvorschlag dazu vielleicht: *Do you really want to hurt me?*

»In der Nordseeklinik!«, rief Wuppke in vorauseilendem

Gehorsam, denn er wusste: Jetzt zählten Fakten und Prägnanz.

Draußen grollte ein Gewitter, neuerlicher Regen klatschte an die Scheibe. Hadi rückte ihm jetzt so nah auf die Pelle, dass sein intensiv nach Hirschdrüse riechendes Rasierwasser Wuppke den Verstand vernebelte.

»Wenn du mich verarschen willst …«

»Ehrlich!«, sagte Wuppke. »Kann ich jetzt mal telefonieren?«

Hadi lachte böse. »Natürlich nicht!«

»Aber man hat doch immer einen Anruf frei!«, sagte Wuppke mit ehrlich klingender Empörung, worauf Hadi mit ehrlich klingender Belustigung lachte. Wuppke erläuterte sinngemäß, dass und unter welchen Umständen der Rucksack mit dem Paket im hengerschen Krankenzimmer verblieben war und dass er nun alles daransetzen wolle, ihn telefonisch zur Abholung vorbereiten zu lassen.

»Und wer soll ihn abholen?«, fragte Hadi skeptisch.

»Na«, sagte Wuppke, »ich kann mich da nicht mehr sehen lassen. Die hätten mich beim letzten Mal fast erwischt.«

»Beim Wichsen, oder was?«

Das kam so unerwartet ordinär, dass Wuppke lachen musste, ein nicht unbeträchtlicher Teil seiner Sozialisation hatte nämlich auf Fussballplätzen stattgefunden. Die beiden Schwergewichte lachten auch. Hadi aber ließ den Hammer krachend auf die Werkbank niedersausen. Er war wirklich schwer, dieser Hammer, in dem grobporigen Hartholz hinterließ er eine tiefe Delle, und im übertragenen Sinn entstand diese Delle natürlich auch in Wuppkes empfindlicher Seele.

Wuppke erzählte, dass sein Besuch im Krankenhaus von größter Priorität gewesen sei, schließlich habe er für Ali eine Mission zu erfüllen.

»Kann sein«, sagte Hadi gleichgültig und zündete sich die längst fällige Zigarette an. Wuppke hatte ebenfalls große Lust zu rauchen, aber wenn er sich jetzt von Hadi eine Zigarette zwischen die Lippen klemmen ließe, würde das für ungutes Karma sorgen. »Erst mal hast du eine Mission für mich zu erfüllen«, sagte Hadi. »Du besorgst mir den Stoff von diesem Hänger. Noch heute Nacht.«

»Das ist unmöglich«, sagte Wuppke, dessen Döseligkeit längst wie weggeweht war. »Die haben doch jetzt gar keine Besuchszeit mehr!«

»Klingt nicht so, als ob das mein Problem wäre!«, sagte Hadi, und diese Einschätzung war durchaus nicht von der Hand zu weisen. »Du hast Zeit bis in der Früh um acht Uhr. Blut-Svente und Messer-Jocke hier werden dich begleiten.«

Wuppke staunte, dass jemand wie Hadi die Piraten Blut-Svente und Messer-Jocke kannte. (Was aber, fragte er sich erschrocken, meinte er denn mit »jemand wie Hadi«? War diese Wortwahl nicht verräterisch ethnochauvinistisch? Deutete sie nicht an, dass Hadi, nur weil er libanesische Vorfahren hatte, irgendwie ungeeignet oder sogar unwürdig sei, sich von schwedischem Kulturgut mitprägen zu lassen?) Daher stellte Wuppke, während er hinausgeführt wurde, nicht diese Frage, sondern eine andere, nämlich:

»Was ist mit Melina und Tomaso? Lässt du sie gehen? Sie haben nichts mit der Sache zu tun!« Das war zwar durchaus großherzig gemeint von Wuppke, aber stimmen tat es natürlich nicht, die beiden hatten sich ihre Malaise zum Gutteil selbst zu verdanken. Wer mit dem Feuer spielt, verbrennt sich irgendwann die Finger, das ist so sicher wie der Amtsmissbrauch in der Kirche.

»Was ich mit denen mache, hängt ganz von dir ab!«, riet ihm Hadi, dessen beruflicher Erfolg sich seinem Talent verdankte, in Situationen wie diesen stark zu reagieren.

Draußen polterte das enthemmte Gewitter.

Dass das jetzt übrigens nicht so rüberkommt, als seien die beiden Schwergewichte Blut-Svente und Messer-Jocke nur austauschbare Handlanger und Träger kultureller Stereotype. Das stimmt absolut nicht. Die beiden waren sogar sehr liebe und handlungsrelevante Menschen. Yussouff G. zum Beispiel, auch Josef genannt, hatte mal als Busfahrer gearbeitet und war dann in bessere Einkommenskreise aufgestiegen. Er hatte einen kleinen Sohn und eine Tochter mit Downsyndrom, die bei seiner deutschen Ex-Frau lebten, mit der er sich allerdings nicht sonderlich gut verstand.

Das mit den Kindern ist auch kein bloßes Rührseligkeitsdetail, damit man denkt, der Josef, der hat ja auch ein ganz schönes Päckchen zu tragen, und dann emotional ganz berührt ist, wenn er später das Zeitliche segnet. *Dass* er überhaupt das Zeitliche segnet, während andere am Leben bleiben, ist auch mitnichten latentem Rassismus geschuldet, so wie es in US-Filmen über lange Jahrzehnte die amerikanischen Ureinwohner und dann die Schwarzen waren, die zuerst abtreten mussten, und auch der Verweis auf ihre Handlungsentbehrlichkeit kann hier nichts entschuldigen, denn die war ja politisch gewollt. – Nein, Josef hatte halt eine behinderte Tochter, das ist so. Kümmerte er sich wenigstens rührend um sie? Das kann man nicht behaupten, wie gesagt, die Tochter war bei der Ex, und an die wollte er so wenig wie möglich denken, da spielte auch eine Unterhaltsthematik in das angespannte Verhältnis mit hinein, wie das halt so ist, wenn der Vater angeblich Stütze bezieht, aber in einem Straßenpanzer mit Goldfelgen durch die Gegend zockelt. – Hin und wieder war Josef allerdings so traurig über den Zustand seiner Tochter, dass es einen überraschen würde angesichts seiner Schwergewichtigkeit und dem etwas holzschnittartigen Äußeren. Wobei die Wissenschaft ja mittlerweile herausgefunden hat, dass da gar kein Zusammenhang besteht und das wieder nur blöde Vorurteile sind.

Na ja, und Walid, was war mit dem los? Er war als Kind immer als Letzter und Langsamster auf den Wilhelmsburger Bäumen gewesen, hatte dann aber mit Kampfsport angefangen und war dadurch ein ziemlicher Brecher geworden. Wunderschöne Oberarmpartien auch bei ihm, das muss man sagen, mit schicken Ornamenten und arabischen Schriftzeichen geschmückt, wobei das eine vom anderen für den gemeinen Westeuropäer ja schwer zu unterscheiden ist. An den Wochenenden trommelte er beim FC St. Pauli im Stadion, aber nur bei den Heimspielen, für die Auswärtsspiele hatte er wegen seiner beruflichen Verpflichtungen keine Zeit, außer natürlich bei Spielen gegen den HSV. Außerdem hatte er eine recht oberflächliche Beziehung zu seiner Freundin Razia, die zwölf Jahre jünger war als er und intellektuell noch nachreifen musste, wozu sie freilich noch reichlich Zeit haben sollte, ohne Walid allerdings. Dafür würde sie auch nicht mehr eifersüchtig sein müssen auf Walids Beziehung zu seiner übergewichtigen Mutter, die die gemeinsame Etagenwohnung in Eimsbüttel nicht mehr verließ. Walid weihte sie nämlich in alles ein, was ihn beschäftigte, und sie wiederum beriet ihn so vorurteilsfrei und voll bedingungsloser Liebe, dass man ganz eifersüchtig werden könnte. Klar, dass Razia von dieser Möglichkeit auch Gebrauch machte, und so liegt unterm Strich auch etwas Tröstliches darin, dass alles so kommt, wie das Schicksal, oder eine andere Kraft, es fügen wird.

Wuppke betrat die Nordseeklinik im Morgengrauen in einer Polizeiuniform.

Die Uniform hatte er in weiser Vorwegnahme ihrer späteren Nützlichkeit bei einer Massenkarambolage auf der A24 ergattert. In einer früheren Version dieser Geschichte, die im Zusatzmaterial zu finden sein wird, war er nämlich mit Salids Roller nach Sylt gefahren. Obwohl die Montage recht flott geraten war – Wuppke, wie er auf dem Standstreifen der Autobahn vor sich hin knattert, ein Nickerchen auf der grünen Wiese macht, beim Hemdauswaschen im SANIFAIR und immer wieder Salzbrezelnkaufen und Wasserauffüllen – fiel sie letztlich aus Kostengründen der Schere zum Opfer, weswegen der Pay-off jetzt nur so halb aufgeht.

Sie passte Wuppke allerdings nicht besonders gut, die Uniform, das muss man schon sagen. Die Ärmel waren zu lang und die Hosenbeine zu weit, als gehörte das Ensemble einem Menschenaffen. Außerdem hatte er weder das passende Hemd noch die einschlägigen Gadgets wie etwa Funkgerät, Schlagstock oder gar eine Pistole dabei. Das Gesamtergebnis war so wenig überzeugend, dass es an Parodie grenzte. Allerdings spekulierte Wuppke darauf, dass der Publikumsverkehr im Krankenhaus zu dieser frühen Morgenstunde wie auch die Urteilskraft der müden Pflegerinnen und Pfleger so kurz vor dem Schichtwechsel ausreichend niederschwellig sein würden.

In der Theorie klang das auch alles ganz stimmig, nur denkt man vorher nie daran, wie es sich konkret anfühlt, wenn man durchs Foyer geht und schon vom Lebensmittellieferanten scheel angesehen wird, so als wollte er einem gleich die Fresse polieren, weil die Verkleidung wirklich so schlecht war, dass sich einfach jeder in seiner Intelligenz beleidigt fühlen musste.

Wuppke eilte aber einfach weiter, stieg durchs Treppenhaus in Hengers Etage hinauf und lugte in den morgendlich ruhigen Gang hinein. Wobei, so ruhig war der Gang auch wieder nicht, denn um sechs in der Früh läuft die Morgenroutine in einem Krankenhaus bekanntlich auf Hochtouren: Blutentnahme, Frühstück, und die Bettpfannen müssen auch mal geleert werden. Damit nicht genug, erblickte er an Hengers Zimmertür einen Polizisten (in tadellos sitzender Uniform), der aufgekratzt mit den Krankenpflegerinnen schäkerte und Kaffee dazu trank. Es sah nicht so aus, als würde er sich demnächst verziehen.

Und wenn Henger das Päckchen gar nicht mehr hatte? Wenn es gefunden worden war und nun in irgendeinem verborgenen Giftschrank des Krankenhauses auf offizielle Abholung wartete oder, noch schlimmer, darauf, von feisten Chefärzten zum Privatkonsum in deren dekadente Vorstadtvillen verbracht zu werden?

Die Aussicht, Hadis Stoff wiederzubekommen und damit wieder ein voll funktionsfähiges Rädchen im Getriebe seines normalen Lebens zu werden, hatte sich jetzt dramatisch verschlechtert oder, um es noch deutlicher zu sagen: Wuppke stand ganz kurz davor, endgültig zu scheitern. Draußen vor dem Gebäude warteten Josef und Waldi (wie Wuppke Walid zerstreut nannte), und wenn er mit leeren Händen herauskäme, würde sich die achte Morgenstunde für Wuppke als die letzte in dieser noch so jungen Woche erweisen.

Es ist wohl nur allzu menschlich in diesem Moment der Furcht und Verzweiflung, dass Wuppke kurz über seinen Tod nachdachte. Wenn er stürbe, dachte er, wäre das sicher schlimm für die, die ihn liebten; allerdings war der Personenkreis dieser Menschen glücklicherweise sehr klein. Für ihn selber dagegen wäre es gar nicht schlimm, denn er würde ja nicht mehr mitbekommen, was er alles verpasste. Das einzige, was ihn wirklich wurmte, war der Gedanke, dass er der Welt nicht irgendetwas Wertvolles hinterlassen würde, etwa einen unerschütterlichen Optimismus, den vorbildlichen Glauben an das unbedingt Gute im Menschen, oder wenigstens eine hochpreisige Uhr. Denn er hatte die Schweizer Uhrmacherkunst immer bewundert, tausende mechanische Teile, die in perfekter Harmonie zusammenwirken, um etwas Höheres zu erschaffen, das mehr ist als die Teile lebloser Materie, aus denen es besteht, etwas fast übernatürlich Lebendiges: *Zeit.*

Aber nun verrinnt deine Zeit, Wuppke, und was sollen das für gewundene Gedanken sein, mit denen du sie ausfüllst?

Er besaß keine teure Uhr, die er hätte hinterlassen, und auch niemanden, der sie hätte tragen können. Und so würde, wenn er aufhörte zu existieren, auch jede Erinnerung an ihn aufhören zu existieren. Es würde sein, als wäre er nie da gewesen.

Wuppke? Hallo?

Das war vielleicht nicht direkt deprimierend, aber ein Trost war es sicher auch nicht.

Was wird denn jetzt?

Er wollte nicht sterben.

Musst du ja auch nicht, Wuppke, ganz ruhig, es wird alles wunderbar werden mir dir und deinem Leben, aber jetzt komm mal langsam in die Gänge, ja?

Zuerst die Uniform. Es war ausgeschlossen, dass er irgendetwas erreichte, solange er diese lächerliche Kostümierung trug. Was er darunter anhatte, war allerdings genauso ungeeignet: ein ausgeleiertes T-Shirt und eine Strandhose vom Grabbeltisch bei KiK. Er hatte noch knapp zwei Stunden. Wenn man sich ein bisschen zusammenreißt, Wuppke, ist das genug Zeit für einen ausgefeilten und raffinierten *Heist* im Stil von *Mission: Impossible 1* bis 6 oder auch *Ocean's 11* bis *13*, nur halt mit viel kleinerem Cast und ohne Budget.

Es gibt diesen anderen Film, den Wuppke mal mitten in der Nacht auf ProSieben gesehen hatte, *Heat* mit Al Pacino als Meisterpolizist und Robert de Niro als Meisterganove, ein Meisterwerk des Genres. Auf dem Höhepunkt des Films möchte de Niro gern noch einen Verräter aus den eigenen Reihen ausschalten, bevor er das Kriminellenleben ein für alle Mal hinter sich lässt. Der Verräter hat sich in einem Hotel versteckt, und Al Pacino ist de Niro dorthin auf den Fersen. Noch spannungsgeladener wird die Szene dadurch, dass im Wagen vor dem Hotel de Niros love interest sitzt, mit der er gleich im Anschluss an seine Racheaktion einen längeren Urlaub machen will. Wie gelingt es de Niro, zum Zimmer des Verräters zu gelangen? – Zunächst sucht er sich in der hoteleigenen Wäscherei die Uniform eines Wachmanns (in passender Größe) heraus und bringt per Telefonat mit der Rezeption, in dem er sich als Zimmerservice ausgibt, die Zimmernummer des Verräters in Erfahrung. Mit gesenktem Kopf, weil er das Hotel videoüberwacht weiß und Al Pacino literally hinter jeder Ecke stehen könnte, macht er sich auf den Weg in die betreffende Etage und blockiert, dort angekommen, die Aufzugtür mit einem Papierkorb, um seinen Fluchtweg zu sichern. Dann löst er an einem Feuermelder den Feueralarm aus.

Die Hotelgäste wie auch das Personal verlassen geordnet, aber ohne Zeit zu verlieren das Hotel, während de Niro an die gesuchte Zimmertür klopft und diese, während der Verräter durch den Türspion sieht, mit der Entschlossenheit des Gerechten eintritt. Der Überrumpelte taumelt unter den Hieben der Maglite-Pro-Taschenlampe, mit der de Niro ihn traktiert, rückwärts und landet sitzend auf dem Sofa, also genau da, wo ihn de Niro, nun mit seiner Schusswaffe in Vorhalte, haben will.

»Sieh mich an!«, sagt er, weil er möchte, dass der Verräter seinem Richter, und damit auch seiner Missetat, ultimativ ins Auge sieht.

»Sieh mich an!«, wiederholt er.

Henger lüpfte seine Schlafbrille und blinzelte.

»Hmwasnlos?«

»Es brennt«, sagte Wuppke. »Aber wir bleiben schön hier drinnen und unterhalten uns ein bisschen.«

Tatsächlich war laut und deutlich der Feueralarm zu hören, erste Rufe auf dem Flur wiesen Richtung Ausgang.

»Ernsthaft jetzt?«

»Ja, jetzt. Wo ist mein Rucksack?«

»Keine Ahnung, wovon du redest, Mann!«

Für einen solchen Fall fehlte Wuppke jetzt natürlich die Macht der Maglite, wenn er sie auch niemals so eingesetzt hätte wie Robert de Niro, denn Wuppke war zwar entschlossen, aber dieser ganze Rachekomplex ging ihm ab, und er neigte sowieso nicht zu physischer Brutalität. Stattdessen schaltete er die Nachttischlampe auf der Bettkommode an und leuchtete Henger damit ins Gesicht.

»Wo ist mein Rucksack?«

»Bist du bescheuert? Mach die Funzel aus!«

Anstatt der Anfrage zu entsprechen, durchsuchte Wuppke ungeachtet des drängenden Alarms den Nachttisch, den Spülkasten im Bad und den Spind. Darin fand er auch tatsächlich seinen Rucksack, er enthielt aber nichts weiter als seine kleine Wechselwäsche, sein Mückenspray und das Faltblatt zum Küstenschutz. Päckchen: Fehlanzeige.

»Privatssphäre«, krakeelte Henger. Wuppke leuchtete mit der Lampe unters Bett. Da war das Päckchen auch nicht. Er hatte jetzt zwei Möglichkeiten: Die Situation

a) eskalieren

oder

b) deeskalieren.

Er wählte Option b), indem er sich einen Stuhl heranzog und trotz des gewaltigen Drucks, der auf ihm lastete (man stelle sich nur den Feueralarm vor und das Durcheinander auf dem Flur, jederzeit könnte jemand hereinkommen und sie zum Verlassen des Gebäudes auffordern, ohne dass er sich schon in den Besitz des MacGuffin gebracht hätte etc.) in aller Ruhe eine Zigarette drehte.

»Hier ist Rauchen verboten«, sagte Henger in tumber Affirmation.

»Die Feuerwehr ist auf dem Weg«, beruhigte Wuppke ihn. »Hör mich an, Blue. Du willst doch gar nicht hier sein. Du willst deinem Starstatus in all seiner Grenzenlosigkeit frönen.«

»Woher willst du denn wissen, was ich will?«

»Wenn du mir das Päckchen zurückgibst, werde ich dich großzügig an seinem Inhalt beteiligen.«

»Wolltest du mich nicht vor Kurzem erst zwingen, einen Entzug zu machen?«

Wuppke dachte kurz darüber nach. Ganz so unrecht hatte das Bürschchen nicht. »Das waren andere Zeiten. Denk dir nur: Ich kann veranlassen, dass die Jorgensens die Anzeige fallen lassen. Du hast dein Ansehen wieder, und den Film mit Jorgensen kannst du auch machen. Na?«

»Auf den Film scheiß ich! Dieser Jorgensen hat von Tuten und Blasen keine Ahnung.«

»Das bleibt ganz dir überlassen. Aber dein Ansehen …«

»Auf mein Ansehen scheiß ich auch! Schon das Wort kotzt mich an!«

»Ich verstehe deine Wut, Blue. Aber glaub mir, es macht einen Unterschied, ob man dich für einen unangepassten, drogenabhängigen Rebellen oder für einen unangepassten, drogenabhängigen Pädophilen hält. So wichtig dir auch dein schlechter Ruf sein mag, so schlecht soll er auch nicht sein, stimmt's?«

»Ich hab gar nichts gemacht!«

»Mag ja sein, aber du brauchst glaubwürdige Fürsprecher, damit die Menschen dir das abnehmen. Lass dir helfen, Blue. Wirf dein Leben nicht weg. Wir alle brauchen von Zeit zu Zeit ein bisschen Hilfe von unseren Freunden. Meist stehen wir uns nur selbst dabei im Weg. Auch ich …«

»Jetzt laber mich nicht voll. Ich hab dein Koks. Anders würd ich den scheiß Entzug gar nicht durchstehen.«

Wuppke atmete hörbar auf. »Es freut mich, dass wir uns endlich paritätisch begegnen«, sagte er zufrieden. »Und wo, wenn ich fragen darf, hast du es versteckt?«

»Im Klokasten.«

Wuppke spürte, wie sein Körper sich ganz ohne sein Zutun stark unter Spannung setzte, ein schwacher Kriechstrom der Panik ließ die Nacken- und auch sonstige Härchen sich aufrichten. »Da hab ich gerade nachgesehen.«

»Es ist da drin!«

»Du hast aber schon bemerkt«, sagte Wuppke, indem er aufstand, in Richtung Badezimmer ging und nur gegen einen gewissen Widerstand überhaupt weitersprechen konnte, »dass da ein Loch in der Plastikfolie war?«

»Ein Loch?«, sagte Henger. »Was für ein …«

Nur ein wirklich fähiger Schauspieler wäre in der Lage, den Übergang von Unglauben über Bestürzung bis hin zu blankem Entsetzen in seinen Facetten so lebendig und greifbar werden zu lassen, dass man all diese Affekte fühlen kann, auch wenn man unbeteiligter Zuschauer und gar nicht von der Tragweite der Katastrophe betroffen ist. Henger war kein solcher Schauspieler, aber er musste es auch nicht spielen. Und Wuppke war weder Zuschauer noch unbeteiligt.

Fast gleichzeitig erreichten die beiden den Spülkasten. Wuppke riss den Deckel herunter. Die Plastikfolie hatte sich unter dem Schwimmer verklemmt, sie sah aus wie eine abgestreifte Alienhaut auf der Nostromo. Natürlich war sie leer.

Die Zeit schien ganz stillzustehen, sodass beide verarbeiten konnten, was diese Wendung jeweils bedeutete. Blues Schock beschränkte sich zunächst auf die zu erwartenden Entzugsbeschwerden, bis Wuppke sagte: »Das wird Hadi nicht erfreuen.«

»Wem gehört der Stoff eigentlich?«, fragte Blue gleichzeitig wie zum Beweis seines miesen Timings.

»Leuten, die du nicht kennenlernen willst«, sagte Wuppke.

»Echt übel. Was wirst du denen erzählen?«

»Ich werde gar nichts erzählen.« Wuppke öffnete die Tür einen Spalt und lünkerte nach draußen. Kohorten von Patienten wurden, noch im Schlafkittel oder am Tropf, eilig hinausexpediert, manche gar liegend und in ihren Betten wehklagend, nicht wenige mochten wohl an einen Raketenangriff denken. Ein erster Feuerwehrmann inspizierte den Gang in Vollbekleidung und Atemschutzmontur.

»Ich werde mich jetzt dünnemachen«, sagte Wuppke über die Schulter. »Und dir würde ich raten, dasselbe zu tun.«

Blue, der sich einen Seidenmorgenrock in Leopardenoptik übergezogen hatte und noch immer seine Schlafbrille aus rosafarbenem Flokati auf der Stirn trug, erstarrte im Momentum unwillkürlichen Begreifens. »Was meinst du damit?«

»Na ja«, sagte Wuppke, um sich die lange Erklärung zu sparen, dergemäß Blue nicht nur knietief, sondern bis zum Hals in der Scheiße mit drinsteckte.

»Die *wissen* von mir?«, fragte er denn auch in oktavierter Stimmlage. Das Blut wich ihm aus dem ohnehin blassen Gesicht, und mit einem Mal sah er noch tuberkulöser aus als zuvor. »Was hast du denen denn …? *Scheiße!«*, kreischte er, ohne eine Antwort abzuwarten. »Wie konntest du mir das antun?« Kopflos und in wilder Hektik stopfte er Kleidungsstücke aus dem Spind in den Rucksack, den Wuppke ihm aber sofort abnahm, es war ja schließlich seiner.

Da er Erklärungen gern einsparte, wo die Fakten ohnehin für sich sprachen, öffnete er wortlos die Tür. Der Gang war jetzt leer. Er bedeutete Henger, ihm zu folgen, sofern er leben wolle; dann schlich er auf Zehenspitzen den nun schon bekannten Weg zum Treppenhaus entlang.

Unten herrschte Chaos. Vier Löschzüge waren angerückt, dazu Notarztwagen und ein Einsatzfahrzeug des THW, und gemeinsam mit den weiß gewandeten Insassen wirkte der Menschenauflauf wie ein Sanatoriumssommerfest mit übertriebenen Sicherheitsvorkehrungen.

»Wow«, sagte Henger dicht hinter ihm. »Das warst du?«

Wuppke wusste, früher oder später würde er sich für seinen Missbrauch von Notrufen und der Beeinträchtigung von Unfallverhütungs- und Nothilfemitteln (§ 145 StGB) zu verantworten haben, nicht unbedingt im Rahmen der geforderten Freiheitsstrafe, aber doch durch eine geharnischte Selbstkritik moralisch-ethischer Natur. Wuppke hat hier mal eben psychisch und körperlich besonders schutzbedürftige Menschen zugunsten seiner eigenen profanen Agenda destabilisiert und vermutlich das eine oder andere Belastungstrauma verschuldet, möglicherweise mit Todesfolge in der Zukunft, oder grammatisch korrekt wird er es dann vielleicht verschuldet haben. Damit hätte Wuppkes Skrupellosigkeit eine ganz neue Dimension erreicht.

Allerdings würde Wuppke dazu wohl sagen: Das ist ja alles Konjunktiv und eben kein Futur II, also was soll ich mich damit belasten, wo ich im Moment ganz andere Sorgen habe.

In der Tat war das nicht zu bestreiten, denn inmitten des Gewimmels auf dem Vorplatz sah Wuppke plötzlich Blut-Sventje und Messer-Jocke, die sich entgegen der Laufrichtung der Fliehenden Zutritt zum Foyer des Gebäudes verschafften und zu beiden Seiten ausschwärmten, was Wuppke und Blue insofern Zeit verschaffte, als sie auf dem mittleren Gang unterwegs waren und auf diesem jetzt die Suche nach einem Hintereingang antraten.

9. Zentraler Wendepunkt. Wuppke beginnt zu ahnen, dass das, was er will, nicht das ist, was er braucht

Bei den Jorgensens hatte man sich gegen acht zum Frühstück zusammengesetzt. Das heißt, nicht nur Effi, sondern auch Claude saßen mit am Tisch. Jorgensen versuchte, angestrengt ein zwangloses Familiengespräch ans Laufen zu kriegen, aber seine Tochter trug Kopfhörer, Miriam war mit allerlei Alibitätigkeiten beschäftigt, und Claude hielt einen Monolog über ihre Erfahrungen als freischaffende Maskenbildnerin, die Jorgensen durch übertrieben interessierte Nachfragen künstlich befeuerte.

»Und was kriegt man da so raus, am Monatsende?«, fragte er etwa, weil ihn alles andere noch weniger interessierte.

Miriam tranchierte frisches Landbrot und fühlte sich unwohl dabei, hier die Kaltmamsell zu spielen, aber mit am Tisch zu sitzen wäre ihr noch unangenehmer gewesen. Claude hatte für sie etwas von einem Woody-Allen-Charakter, Annie Hall vielleicht, mit der Eigenschaft, ihre Unsicherheit über die zwischenmenschliche Marktlage durch Dauerwerbesendungen in eigener Sache zu kompensieren.

»Apropos«, sagte da Jorgensen wie aus heiterem Himmel, »eigentlich müsstet ihr zwei euch jetzt mal unterhalten, sonst bestehen wir den Bechdel-Test nicht.«

Ganz offensichtlich war der Vorschlag so kalkuliert, dass alle nachfragen sollten, was denn der Bechdel-Test sei, damit im Anschluss ein lebhaftes Tischgespräch entstehe, aber Miriam fiel auf die Masche schon lange nicht mehr herein. Jorgensen konnte aber sowieso nicht lange an sich halten und liebte es, seinen Frauen die Welt zu erklären.

»Es ist eigentlich ganz leicht, es muss nicht mal ein besonders tiefsinniges Thema sein, nur um mich darf es nicht gehen.«

»Das würde sich sowieso ausschließen«, sagte Miriam im Ton einer allbekannten Wahrheit.

»Bechdel, das ist doch diese Schwedin?«, sagte Claude. Es wäre nun ein Leichtes für Miriam gewesen, Claude auseinanderzusetzen, dass Bechdel keineswegs Schwedin, sondern US-Amerikanerin sei und lediglich das schwedische Fernsehen den Test als eine Art Goldstandard für ihre Schwedenkrimis eingeführt hatte, womit derselbe dann auch schon bestanden und Josts Plan aufgegangen wäre. Aber Miriam wollte den Köder nicht schlucken, sondern lieber zusehen, wie Jost ihn selbst hinunterwürgen musste.

»Da sieht man mal, wie bescheiden die Frauen sind, nichtwahr?«, fragte er rhetorisch und sah abwechselnd Claude, Miriam und Effi an, von denen keine den Blick erwiderte. »Nur ein einziger Satz über das Wetter, oder übers Kochen, auch wenn im ganzen Film sonst nur Männer mitspielen! Ich meine, wenn man so einfach die Weltherrschaft erlangen kann, will ich auch eine Frau sein!«

Miriam stellte den Brotkorb auf den Tisch, den Claude, vermutlich mehr aus Verlegenheit, gleich ergriff. Daraufhin befreite Effi eines ihrer Ohren von seiner Ohrmuschel und sagte für alle weithin hörbar:

»Kann mal jemand der Nutte sagen, dass sie das Brot hier nicht bezahlt?«

Man könnte nun großen Aufwand darauf verwenden, die impliziten Botschaften dieser Mitteilung zu entschlüsseln, aber für den Hausgebrauch dürften auch die expliziten ausreichen.

»Sprich nicht so über deine Nenntante«, sagte Jorgensen darauf mit geradezu verbissener Heiterkeit, während Effi ihr Ohr wieder mit Musik bedeckte. Die drei Erwachsenen hingegen blieben mit ihrem Gesprächsbeitrag sowie unbelegten Gebäckbrocken allein zurück.

»Das Mädchen ist ganz durcheinander, seit …«, versuchte Jorgensen zur Entschärfung der Situation.

»Seit du kein einziges Mal mit ihr darüber gesprochen hast, was dein Kumpel Henger ihr angetan hat?«

»Das wollte ich gerade«, Jorgensen entrüstest, »aber sie hat ja die ganze Zeit diese Dinger auf den Ohren!«

Miriam ließ ihn nicht gerne ausreden. »Einfühlsame Menschen hätten vielleicht darüber nachgedacht, ob das hier überhaupt der richtige Rahmen ist.« Dabei machte sie eine allgemeine Geste in Claudes Richtung.

»Ah, verstehe, ich bin nicht erwünscht«, sagte Claude. »Was heißt denn überhaupt *mein Kumpel*?«, wollte Jorgensen mit leichter Verspätung wissen.

»Ist er etwa *mein* Kumpel?«, fragte Miriam zurück, bevor Claude noch mal das Gleiche sagte wie vorher, um vielleicht von irgendwoher doch noch den ersehnten Widerspruch zu bekommen.

»Fängst du jetzt wieder damit an!«, sagte Jorgensen. Das tat er immer, wenn er nicht weiter wusste beziehungsweise vergessen hatte, worum es eigentlich ging, was bei Themen minderer Dringlichkeit, zu dem für ihn alles Familiäre zählte, grundsätzlich sofort der Fall war.

»Und du«, sagte Miriam an Claude gewandt, »du hast doch mitbekommen, was passiert ist!«

»Jost hat es mir erzählt«, sagte sie vorsichtig. »Es war wirklich ein Schock für mich, ich habe Effi immer …«

»Sie ist ja nicht gestorben«, unterbrach Miriam sie schroff und wunderte sich selbst über ihre drastische Wortwahl, die bei Claude allerdings sofort den gewünschten Effekt erzielte.

»Ich habe verstanden«, sagte Claude und stand auf, »ich bin hier nicht erwünscht.« Bevor sie allerdings Anstalten machen konnte, wirklich das Haus zu verlassen, klingelte es an der Tür, und damit froren ihre Bewegungen erst mal ein.

Vielleicht nutzen wir die Unterbrechung, um uns kurz mal in die Schuhe der einzelnen Leute zu stellen und die Sache aus ihrer Perspektive zu betrachten, denn, mal ehrlich: So eine Situation macht niemandem Spaß. Das fängt schon mit Jorgensen an, obwohl ihn die atmosphärischen Turbulenzen noch am wenigsten anfochten, einfach weil er das am weitesten ausgeprägte Selbstwertgefühl und damit einhergehend das geringste Reflexionsvermögen von allen mitbringt. So was bleibt auch für die Empathie nicht ohne Folgen. Anders gesagt: Für Jorgensen war alles plusminus dufte. Schon Claude allerdings spürte deutliches Unbehagen, sie war ja, wie sie selber bereits erkannt hatte, von der Mehrheit nicht erwünscht, und auch ihr schwante langsam, dass sie von Jorgensen, Frankreichurlaub hin oder her, für eine abgeschmackte Inszenierung benutzt wurde. Andererseits wollte sie den ungünstigen Eindruck, den Effi und Miriam offenkundig von ihr hatten, nicht so stehen lassen. Dies allerdings wollten Effi und Miriam nur zu gerne, und zwar ein für alle

Mal. Auch ohne Ton konnte Effi nämlich sehen, wie demütigend es für ihre Mutter war, hier solch einem Spießrutenlauf ausgesetzt zu werden, was ihre Wut, die ja schon allein wegen ihrer Hormone auch ohne diese kranke Scheiße groß genug gewesen wäre, olympische Ausmaße annehmen ließ. Und Miriam?

Ja, Miriam. Man darf sich schon fragen, was da los war. Sie wollte keine Szene, aber tatsächlich war sie in diesem Moment entschlossen, Jost ihre Trennungsabsicht mitzuteilen.

Sie hatte auf dem Weg zu diesem Entschluss nicht wenige Coaching-Stunden verbraucht und jüngst sogar an einer sogenannten »Heldenreise« teilgenommen, einem Gruppenseminar, das die bessere Verortung im eigenen Leben und letztgültige Beantwortung sämtlicher Existenzfragen versprach. Leider war aber auf halber Strecke die Seminarleiterin an Diarrhö erkrankt, sodass die Reise quasi auf einem Autobahnrastplatz zwangspausierte und Miriam mit einigen emotionalen Fragezeichen so gut wie handlungsunfähig zurückgelassen hatte. Ungünstigerweise hatte die erste Phase der Heldenreise nämlich von all den schönen und sinnstiftenden Momenten gehandelt, die sie mit Jost im Verlauf ihrer nun schon über zwanzigjährigen Verbundenheit erlebt hatte. Tolle Erlebnisse waren dabei, nicht nur Schauwerte wie damals in Ontario, wo die beiden sich zusammen in ein großes Fass aus ausgesuchten Eichenhölzern hatten nageln und die Niagarafälle hinunterstürzen lassen. Ihre Liebe hatte dieses und noch andere Abenteuer ganz unbeschadet überstanden, und ihr gemeinsames Engagement für die Natur ihrer Heimat hatte sie vollends zusammengeschweißt, auch wenn gerade an dieser Stelle die Naht in letzter Zeit porös geworden war.

Man könnte diese ganze Gefühlsgemengelage jetzt noch

weiter aufdröseln, wer sich wem gegenüber schuldig fühlt und aus welchen Gründen, und damit Menschenkenntnis und Sensibilität unter Beweis stellen und all das, und im entsprechenden Genre mag das ja auch durchaus seine Berechtigung haben. Hier ist aber nur wichtig, dass Miriam in ebendem Moment, da sie die schwerste Entscheidung ihres Lebens kundtun wollte, vom Klingeln unterbrochen wurde.

Sie ging nachsehen, wer störte.

Standen da Wuppke und Henger in Schlabber-T-Shirts und Shorts vor der Tür wie Vincent und Jules, sogar die Uhrzeit stimmte ungefähr. Wuppke grinste wie jemand, der vor den Scherben eines Schaufensters steht und seinen Fußball hinterm Rücken versteckt.

»Wir waren gerade joggen«, sagte er jetzt frech, »und da dachte ich, wir schauen einfach mal ...«

Da hatte sich aber die Tür schon wieder geschlossen, und Miriam kehrte an den Tisch ihrer Mitmenschen zurück.

»Wer war das?«, wollte Jost wissen, während Claude noch immer da stand wie zum Umtausch vorgesehen.

»Niemand.«

Allerdings klingelte dieser Niemand noch mal, und diesmal ging Jorgensen zur Tür.

»Scheiße«, sagte er, »was macht ihr denn hier?«

»Schönguten Morgen, Herr, ähm, Jost, erinnern Sie sich noch an unser gestriges Gespräch? Ich dachte mir, lassen Sie uns doch gleich Nägel mit Köpfen machen. Man soll das Eisen schmieden, solange es noch ...«

Da hatte Jorgensen die beiden schon an den T-Shirts hineingezerrt und die Tür geschlossen. »Mein Gott, Wuppke, wenn den jemand hier sieht!«

»Ich sagte ja schon«, sagte Wuppke, »es wäre unbedingt von Vorteil, wenn Sie mit ihm gesehen würden, oder er mit Ihnen, wie man's nimmt. Ich rieche übrigens frisch gebrühten Filterkaffee. Würde es Ihnen etwas ausmachen, mir eine Tasse davon anzureichen?«

»Mir auch«, schloss sich Henger an.

»Ihr wartet hier«, sagte Jorgensen und ließ die beiden im prächtig ausgestatteten jorgensenschen Flur zurück, sodass Wuppke Gelegenheit fand, Henger in Ruhe die Funktionen von Hutablage, Schuhschrank und Schlüsselbrett zu erklären.

Jorgensen stieß jetzt bei Claude auf Unverständnis, als er sie in Vorbereitung auf das Kommende möglichst samtweich durch die Terrassentür hinaus zu ihren Windhunden komplimentieren wollte, die in den flachen Morgenschatten vor sich hindösten. Es waren übrigens edle Wettkampftiere der Sorte Greyhound, die Claude deutschlandweit hinter Hasenattrappen herhetzen ließ, heute war aber Sommerpause.

»Es tut mir sehr leid, mein Distelzweiglein, aber unvorhergesehene Umstände zwingen mich, unser Frühstück vorzeitig …«

»Wir haben noch nicht mal angefangen!«, sagte Claude erbost, ging aber bereits selbstständig in die gewünschte Richtung, als Wuppke und Henger im Raum erschienen.

»Wegen dem Kaffee«, sagte Wuppke, »das hat Zeit, machen Sie sich nur keine Umstände!« Obwohl indiskutabel schlecht gekleidet und eben erst von einer anstrengenden Verfolgungsjagd kommend, hatte Wuppke schon wieder das Heft des Handelns in der Hand und blätterte gleich ungefragt die ersten Seiten an, die bekanntlich ins Thema einführen.

»Frau Jorgensen, ich weiß, dass unser Eindringen hier eine Zumutung für Sie ist, aber …«

Weiter war Miriam nicht gewillt zuzuhören und ordnete oberhalb üblicher Zimmerlautstärke an, dass Wuppke und Henger unverzüglich das Haus zu verlassen hätten, während einerseits Jorgensen begütigend »Aber, aber« sagte und andererseits Effi ihre Kopfhörer abgenommen hatte, als sie des Hengers ansichtig ward. Ebenso laut wie vorwurfsvoll sagte sie »Mama!«, was in diesem Kontext nur bedeuten konnte, dass sie mit dem Hausverweis nicht einverstanden war.

Das entstandene Entscheidungsvakuum nutzte Wuppke geistesgegenwärtig und kundig, indem er sagte: »Frau Jorgensen, Herr Jorgensen: Blue ist zu Ihnen gekommen, um Ihnen zu erklären, wie leid ihm alles tut und wie sehr es ihn erschüttert hat, dass sein Verhalten Ihnen den Eindruck vermitteln musste, als hege er nicht die nobelsten Gefühle für Ihre minderjährige Tochter und als habe er nicht aus den unschuldigsten Motiven gehandelt!«

»Mama!«, kam es abermals von Effi, womit diesmal gemeint war: »Da hörst du's, alles ist so, wie ich es dir schon die ganze Zeit zu erklären versucht habe, nur leider vergeblich, weil du mir nämlich aus Voreingenommenheit gegenüber Blue, hinter der letztlich nur deine Enttäuschung über Papas Bindungsversagen steckt, nie zuhörst, und Papa auch nicht, weil er die ganze Zeit nur an schmutzigen Sex mit dieser blöden Schlampe denkt!«

»Ich will das nicht hören«, sagte Miriam und wedelte mit beiden Händen vor ihren Ohren herum, als hätte sie sich entweder Hände oder Ohren verbrannt.

»Effi, Frau Jorgensen, Herr Jorgensen«, jetzt war Henger an der Reihe, es wurde auch Zeit, schließlich hing alles entscheidend von seiner überzeugenden Performance ab, »bitte erlauben Sie mir zu sprechen!«

Das war zwar eigentlich viel zu förmlich für Blue, aber Wuppke hatte ihm während ihrer Flucht durch die Dünen ein paar Standards eingeschärft, die sich immer gut machen, wenn man sich aus unseligen Bedrängnissen herauszuquatschen hat, dazu ist nämlich die absolute Grundvoraussetzung, dass die Form gewahrt bleibt. Sodann gilt es, folgende Punkte abzuarbeiten, nämlich erstens: Die Schuld pauschal und vollumfänglich anerkennen. Zweitens: In knappen Worten Empathiefähigkeit beweisen, indem man beschreibt, wie schrecklich sich die erlittene Unbill für die Opfer anfühlen muss. Drittens: Keine vorschnelle Besserung versprechen, sondern die gezeigte Verhaltensweise zum Teil des eigenen Wesens umdeuten und darlegen, wie dieses künftig zum Wohle der Menschheit kernsaniert werden soll. Viertens: Keine Vergebung verlangen, sondern das Geständnis als uneigennützigen Tribut an die Wahrheit markieren. Fünftens: Verabschiedung.

In Hengers Interpretation lautete der dazugehörige Text: »Ich weiß, ich hab Scheiße gebaut, ich hab einfach nicht dran gedacht, dass Effi erst fünfzehn ist, weil sie wirkt so erwachsen, wir haben uns sofort total super verstanden, Sie haben sich bestimmt krass Sorgen gemacht, echt kacke, jetzt seh ich aber ein, dass ich das mit den Drogen, also dass ich da echt Probleme hab, ich glaub eine Therapie oder so was würde mir helfen, also tschüss, Effi, ich hoffe, ich hab dir nicht wehgetan und du findest jemanden, der besser zu dir passt und alles!«

In den meisten Fällen ist es dann so, dass einer der Adressaten, zum Beispiel Jorgensen, hinterhergelaufen kommt und so etwas wie »He, Blue, warte doch mal« ruft, in diesem Fall sogar noch unterstützt von Effi, sodass Blue also wie von Wuppke vorausgesagt an der Tür wieder haltmachte, und diese Gelegenheit nutzte Miriam, um hemdsärmlig zu sagen: »Das ganze Gesabbel hilft Effi aber wenig, wenn du sie geschwängert hast!«

Darauf Effi wieder mit größtmöglicher Entrüstung: »Mama!«

Wuppke aber, der auf einen derartigen Nachtritt nur gewartet hatte, stupste Henger an, denn die beiden hatten ihre Hausaufgaben gemacht und auch zu diesem Anwurf etwas vorbereitet.

»Los doch, Blue, nur Mut! Du musst jetzt ein für alle Mal reinen Tisch machen!«

»Ich sag das nicht!«, war zunächst des Hengers störrische Antwort, Wuppke musste ihn noch mal verschiedentlich motivieren, worauf der Jüngling ihn hässlich beschimpfte, aber Wuppke nahm das nicht persönlich und konterte routiniert: »Komm schon, Blue, hab Vertrauen, diese Menschen haben ein Recht auf die Wahrheit!«

Miriam wartete, auch Jorgensen und Effi waren gespannt, was da jetzt noch kommen sollte, im Haus war es so still, dass man das Unterdruckgeblubbere in den Wasserleitungen hören konnte.

Dann sagte Blue widerstrebend: »Da müssen Sie sich keine Sorgen machen, Frau Jorgensen, weil ... ich hab doch dieses Problem mit vorzeitigem Samenerguss.«

Die Jorgensens verzogen ein bisschen angewidert das Gesicht, so genau hatten sie es dann doch nicht wissen wollen. Claude, die den rechtzeitigen Absprung nicht geschafft hatte und sich das Spektakel nun bis zum Ende ansah, kicherte albern, und Effi sagte zwar nicht »Mama!«, sondern zur Abwechslung mal »Blue!«, meinte aber natürlich trotzdem ihre

Mutter, weil deren Renitenz Blue erst dazu gebracht hatte, diese voll peinliche Sache zuzugeben.

Wuppke nahm bald Jorgensen beiseite, nach all diesen systemrelevanten Richtigstellungen war das ja jetzt ein ganz ein anderer Schnack zwischen den beiden. Er informierte den baldigen Inselkönig, dass er dem freudigen Verlauf der Ereignisse vorzugreifen sich erlaubt und bereits die Inselpresse verständigt habe, die in diesem Augenblick mit quietschenden Bremsen vor Ort eintraf.

»Wuppke, sind Sie jetzt eigentlich vollkommen durchgedreht?«, fragte Jorgensen, der ansonsten nicht leicht zu beeindrucken, geschweige denn zu erschüttern war.

Für Wuppke war es natürlich ein Gebot der Höflichkeit, die Frage im Rahmen seiner Möglichkeiten zu beantworten.

»Ich habe mir lediglich erlaubt, Ihnen den Weg zu ebnen«, sagte er weihevoll, während Effi und Miriam damit beschäftigt waren, Blue etwas Anständiges zum Anziehen herauszusuchen. »Sie werden Bürgermeister werden, Herr Jorgensen, des bin ich gewiss. Was die Heide angeht …«

»Ich hatte mich zum Thema Heide doch schon unmissverständlich geäußert«, sagte Jorgensen, was zwar nicht von der Hand zu weisen, für Wuppke allerdings nicht akzeptabel war, weswegen er es doch von der Hand wies. »Ich habe mir ausgedacht, dass es einen sehr eleganten Weg für Sie gibt, das Geschäft ohne Gesichtsverlust abzuwickeln und auch Miriam dabei ein gutes Gefühl zu geben.«

»Ich will davon nichts wissen! Ist ja toll, dass Sie das mit Blue geradegebogen haben, ich werde mich dafür bei Gelegenheit unkenntlich zeigen!«

Wuppke lächelte nachsichtig und fuhr unbeirrt fort. »Ich kenne da einen willfährigen, Verzeihung: fähigen Mann in der Inselverwaltung, Horst Kleinrodt der Name. Machen Sie ihn zum Heidevorstand und Strohmann. Ein angehender Bürgermeister hat schließlich Wichtigeres zu tun als kleingeistige Landschaftsgärtnerei, angefangen beim Wahlkampf, von dem die Zukunft der Insel abhängt. Jeder wird dafür Verständnis haben!«

»Das kann ich nicht machen!«

»Ein paar Wochen lang lassen Sie Gras über die Sache wachsen, dann segnet Kleinrodt den Verkauf der Heide klammheimlich ab, und wenn doch etwas an die Öffentlichkeit dringen sollte, können Sie in der Presse seinen Verrat anprangern und sowohl ihn als auch die Kragler, die ihn fernsteuert, medial steinigen.«

»Die Kragler, dieses durchtriebene Weib?« Da verengte sich Jorgensens Blick, und gleichzeitig begannen seine Augen zu leuchten, ein Naturereignis. So präpariert, konsolidierte Wuppke das Geschäft, indem er Jorgensen eine weitere verlockende Aussicht ausmalte. »Über Briefkastenfirmen könnten Sie sich darüber hinaus an der Entwicklung des gewonnenen Baulands beteiligen!«

Jorgensen schüttelte zwar den Kopf, aber er meinte nicht Verneinung, sondern staunenden Unglauben. »Wuppke, Wuppke. Sie sind ja noch abgefeimter als ich!«

»Ich bin einfach müde«, sagte Wuppke, was tiefsinniger klang, als es gemeint war, denn Wuppke hatte in der Tat die ganze Nacht nicht geschlafen und nach überstandenen Strapazen nun nicht einmal einen Ort, auf den er sich freuen konnte.

Indessen stellten Techniker mit flinken Händen Mikrofon- und Kamerastative auf, die Hecken wurden heruntergestutzt, um die malerischen Dünen und Reetdächer der Nachbarschaft noch mit ins Bild zu kriegen, und Jorgensen, der auf diese oder eine ähnliche Gelegenheit nur gewartet hatte, entrollte ein großes Maxi-Size-Plakat mit Blues sowie Sylts Konterfei und dem Titelschriftzug ihres gemeinsamen Films *Götterdämmerung auf Sylt*.

Während diese vielgestaltigen Vorbereitungen liefen, hielt sich Wuppke in einem stillen Winkel des Anwesens verborgen und drehte sich eine verdiente Zigarette. Er wollte einen Moment für sich allein haben in dieser Stunde dunklen Triumphs. Drinnen hatte er sogar noch ein warmes Pfützchen Kaffee gefunden, und die Sonne verdampfte den letzten Morgentau vom akkurat gestutzten Golfrasen des Jorgensen-Gartens. Ein Moment, so perfekt, dass er nur durch einen Anruf Gottschilds zerstört werden konnte.

»Hallo, Martin«, sagte Gottschild mit flacher Stimme.

»Hast du's dir noch mal überlegt?«, fragte Wuppke in Anspielung auf Gottschilds angekündigte Demission.

»Dass ich aufhöre? Nein«, sagte Gottschild. »Mein Entschluss steht fest. Aber was dich angeht, Martin …«

Wuppke wollte angesicht der Pressekonferenz, die jeden Augenblick losging, den Raum, in dem sich Gottschild verbal ausbreiten konnte, etwas begrenzen, also sagte er: »Hör mal, Gottschild, es tut mir ja leid, dass ich schon wieder so kurz angebunden bin, aber …«

»Gerade du, Martin! Du hast noch am meisten Grips von all diesen Leuten! Kannst du dir vorstellen, wie frustrierend das für mich ist, wenn …«

»Jetzt hör mal, Gottschild. Du weißt doch überhaupt nicht, was ich gerade tue. Kann doch sein, ich mache einfach Ferien. Sagen wir auf Sylt. Ich sitze in der Sylter Welle im Whirlpool. Kann doch sein! Was soll daran verkehrt sein?«

Gottschild dachte darüber nach. »Das ist gut, Martin, du sollst ja auch Ferien machen, das ist wichtig. Aber du hättest vorher die Bewerbungen rausschicken sollen.«

»Nimm's mir nicht übel, Gottschild, aber ich glaube nicht mehr an Bewerbungen.«

»Siehst du?«

Gottschild hub nun zu einem großen, ja beinahe epischen Monolog an, der hier nicht in allen Einzelheiten wiedergegeben werden kann. Es war aber ein rhetorisches Glanzstück, eine Art Rede an die Nation, zum Volkstrauertag etwa, oder zur Abwendung der drohenden Niederlage in einem wichtigen Krieg. Gottschilds Stimme tief, die Intonation ruhig, die Pausen nicht zu kurz. Es ging um die Wichtigkeit der kleinen Dinge und dass man den Verlockungen der dunklen Seite der Macht widerstehen müsse.

Wuppke hörte auch durchaus mit einem Ohr zu, mit dem anderen musste er aber ein bisschen auf die Pressekonferenz achten, denn Jorgensen hatte sich nun mit seiner kleinen Familie auf eine improvisierte Bühne begeben, auf die er in diesem Moment den aus seinem Fundus eingekleideten Henger zog, den Claude mit etwas Theaterschminke sogar von den Anzeichen seiner Entzugsbeschwerden befreit hatte. Wuppke wunderte sich, dass Miriam diesen ganzen Zirkus mitmachte; allerdings war es nicht das erste Mal, dass er sich über Eheleute wunderte. Die Mikros waren aufgepflanzt, die Bleistifte gespitzt, und Jorgensen setzte zu einer Rede an, die in gewisser Weise kontrapunktisch zu Gottschilds verlief.

»Heute ist ein wichtiger und großer Tag für meine Familie«, sagte Jorgensen ganz im Brustton paternaler Rollendurchdrungenheit. »Erst einmal will ich Danke sagen für den vielen Zuspruch, den ich von euch Sylterinnen und Syltern, aber auch aus aller Welt bekommen habe und der mir und meiner Familie viel Kraft und Rückhalt in dieser schwierigen Zeit gegeben hat. Ich darf euch heute sagen, dass es eine Aussprache gegeben hat zwischen Blue Henger, meiner Tochter, meiner Frau und mir. Wir haben die Situation von allen Seiten beleuchtet und uns entschieden, die bislang sehr fruchtbare, nein, streichen Sie fruchtbare, die sehr positive Zusammenarbeit mit Blue fortzusetzen. Blue hat sich nach dem Vorfall in einer Weise verhalten, die für uns vorbildlich war und glaubhaft die Reue vermittelt hat, die Blue fühlt. Blue?«

Hier trat Jorgensen beiseite und überließ Blue das Mikrofon, es wirkte perfekt einstudiert. Blitzlichter blitzten, obwohl es ja helllichter Tag war, die benutzten Blitzwürfel übersäten bald den gesamten Rasen, auch wenn ja solche Würfel längst nicht mehr benutzt werden, verrückt.

Blue wiederholte sinngemäß das Gleiche, was er auch schon den Jorgensen-Eltern gesagt hatte, deswegen hörte Wuppke jetzt erst mal wieder bei Gottschild rein.

»Dir mag es ja vorkommen, als liefe alles wie am Schnürchen, aber sehr bald schon wirst du feststellen, Martin, dass du einer Illusion aufgesessen bist.«

Wuppke, der sich dem Ende seines Abenteuers näherte und deswegen milde Gefühle hatte angesichts Gottschilds Übereifer, wollte seinem Bewährungshelfer etwas Versöhnliches mitgeben, also sagte er den gnadenlos kitschigen Satz: »Ich komme nach Hause, Gottschild. Hörst du? Ich komme heim.«

Da war Gottschild sprachlos.

»Und danke für alles, was du für mich getan hast, Gottschild. Danke, dass du an mich geglaubt und mich nie aufgegeben hast!«

Wuppke wollte noch weitermachen, aber da kippte plötzlich die Stimmung auf der Bühne. Nachdem zunächst alles in eitel Sonnenschein und Geigengefiedel getaucht gewesen war, zog sich nun der Himmel zu, und die Bratschen setzten ein.

Es fragte nämlich eine junge Reporterin mit Diversitätshintergrund, das natürliche Feindbild eines jeden arrivierten Baumoguls christlicher Glaubensprägung, investigativ:

»Ist es wahr, Herr Jorgensen, dass Sie mit den Betreibern der Alibabar, die auch im Verdacht stehen, Prostitution und Drogenhandel auf die Insel gebracht zu haben, den Plan verfolgen, den Schutzstatus der Braderuper Heide aufzuheben und sie zur Bebauung freizugeben?«

Wenn man jetzt sehen könnte, wie Jorgensen seine sonst so anmutig beherrschten Gesichtszüge entglitten, dann hätte man andeutungsweise eine Vorstellung davon, welch San-Andreas-Graben der Entzweiung sich unvermittelt zwischen Jorgensen und Wuppke auftat, gerade jetzt, wo doch alles schon klar schien.

Ein leises Rückkopplungspfeifen durchbrach die Stille. Die Schwalben hatten ihr Gezwitscher eingestellt und flogen so tief wie bei einer Flugschau mit Todesopfern.

Jorgensen fing sich jedoch und ließ sich von Henger das Mikro zurückgeben. Er klopfte zweimal darauf. Dann sprach er unerschütterlich, als hätte er es geprobt:

»Von der Zusammenarbeit, die Sie da andeuten, weiß ich nichts. Ich würde solchen kriminellen Subjekten niemals gestatten, sich an unserer geliebten Heide zu vergreifen, nicht als Chairman des Naturschutzvereins, nicht als Bauunternehmer, und ganz gewiss nicht als neuer Bürgermeister von Sylt. Lassen Sie mich ganz unmissverständlich klarstellen, meine lieben Sylter Bürgerinnen und Bürger: Feindlichen Investoren, am Ende sogar ausländischen, die unserer Insel den Lebenssaft aussaugen wollen, sage ich den Kampf bis aufs Blut an. Ich werde sie aufspüren, ich werde sie aus ihren Verstecken zerren, und ich werde sie mit Schimpf und Schande von unserer Insel jagen, das schwöre ich hoch und heilig, meine Damundherren!«

Selbst die Reporterinnen und Reporter waren von Jorgensens Entschlossenheit so ergriffen, dass sie sich vom Überschwang seiner Worte ganz mitreißen ließen, euphorisch ihre Schreibblöcke und Telefone in die Luft warfen und dabei »Hurra« riefen. Man fragt sich schon, wo da die kritische Distanz bleibt, aber andererseits kann man daran sehen, dass auch Profis nur Menschen sind.

»Solange ich Bürgermeister dieser Insel bin«, rief Jorgensen, von seiner eigenen Ansprache berauscht, »stehen die Heide und überhaupt Sylt unter meinem persönlichen Schutz, nicht weniger als meine eigene Tochter!« Wie zum Beweis ergriff er Effis Hand und riss sie in die Höhe, als habe sie bei einem Wettkampf obsiegt. Und über das frenetische Gejubel hinweg skandierte er: »Für mich zählt nur die Natur!« sowie »Heidschnucken statt Promischicksen!«

Und der Graben öffnete sich grollend immer weiter, und Wuppke, der sein Bestes gegeben hatte, um seine Sylter Mission zu einem gedeihlichen Abschluss zu bringen, musste mit ansehen, wie all seine Arbeit, all seine Mühsal, ja wie alles Gute, das er hier vollbracht hatte, hinabgerissen wurde und in der Schwärze des gleichgültigen Schlundes verschwand.

10. Ein böser Junge taucht auf

Wuppke erwachte im Morgengrauen am Strand. Er hatte zwei Strandkörbe muschelartig zusammengeschoben, sodass sie eine kleine Wohnung bildeten, darin aber naturgemäß trotzdem nur mäßig geschlafen, teilweise aus Platzgründen, nicht zuletzt aber auch, weil die Fenster nicht dicht schlossen und ihm der feuchtkühle Westwind empfindlich ins Gebein gefahren war. Er trug auch ungenügende Kleidung, wir erinnern uns: Von den Jorgensens war er in Strandhose und T-Shirt losgegangen, ohne sich wie Henger neu einkleiden zu lassen, und hatte sich stattdessen beim KiK in der Friedrichstraße von seinem letzten Geld eine Jeans für unter zehn Euro sowie ein Longsleeve mit der Aufschrift »ALLES GUT!« für vier gekauft. Unter uns gesagt: die angegebenen Preise sind zwar korrekt, aber Wuppke hat die Sachen mit einem von seinen Tricks unentgeltlich an sich gebracht, da er überhaupt kein letztes Geld mehr hatte. Der Trick selber war natürlich wieder verblüffend und unterhaltsam und alles, passt jetzt hier aber stimmungsmäßig nicht hin, man kann sich das dann im Zusatzmaterial ansehen.

Vom versandeten Gehäuse freigegeben, reckte er nun seine verkrümmten Glieder und fuhr mit der pelzigen Zunge über den Gaumen. Er sah sich um. Kein Mensch war zu sehen, sogar das Wasser hatte sich weit von ihm zurückgezogen. Klar, dass Wuppke sich da verlassen fühlte und sehnlich an jene dachte, die ihn liebten oder in der Vergangenheit einmal geliebt hatten oder es wenigstens hätten tun sollen.

Da aber wurde er abgelenkt, weil in der morgengräulichen Strandflucht eine kleine Gestalt erschien und sich gemächlich vergrößerte. Sehr gemächlich. Was daran lag, dass sie etwas Schweres vor sich herschob, das sich aus der Nähe als Eiswagen entpuppte. Ein Skateboard war darauf befestigt, und geschoben wurde er von einem Jüngling von vielleicht sechzehn Jahren mit langen, ungepflegten Haaren und einem Gesichtsausdruck, als hätte er alle Zeitalter gesehen und seitdem kein Auge zugetan. Auf Wuppkes Höhe hielt er an und betätigte die Glocke. »Eis«, rief er halblaut. »Leckeres Eis!«

Wuppke, ohne die genaue Uhrzeit zu kennen, fand es ein wenig früh für Eis, sah aber gegenwärtig keine anderen Frühstücksoptionen, also orderte er ein Nogger, der gesunden Haselnussstückchen wegen.

Der Junge führte die Bestellung aus und kassierte routiniert zwei Euro. Dann machte er Anstalten, weiterzuziehen, als Wuppke im Plauderton fragte: »Und, wie gehen die Geschäfte so?«

Der Junge kratzte sich am Kopf. »Ist noch nicht viel los«, sagte er ernst und nickte seinen Worten versonnen hinterher, als wüsste er in ihnen eine überzeitliche Wahrheit verborgen.

»Ist denn heute keine Schule?«, erkundigte sich Wuppke rein aus Interesse.

Der Junge, ehrlich überrascht, fragte zurück: »Sind nicht Ferien?«

Und Wuppke wieder: »Solltest nicht du das wissen?«

»Na«, sagte der Junge ratlos und starrte ins Leere.

Im selben Moment, als Wuppke zu der unfehlbaren Überzeugung gelangte, dass bewusstseinsverändernde Drogen im Spiel waren, ließ sich der Junge im Sand nieder, lehnte sich mit dem Rücken an sein Gefährt und fing an, einen Joint zu bauen.

»Ich bin schon lange hier«, erzählte er im Ton eines alten Weisen und sah Wuppke gleichzeitig abwesend und forschend an. »Ich war schon hier, als der ganze Strand noch weg war«, ergänzte er.

»Also bevor Gott das Land vom Wasser geschieden hat?« Wuppke hatte ja manchmal den Schalk im Nacken, und auch wenn er sich mit der Bibel nicht so auskannte: für die Genesis reichte es gerade noch.

»Hä?«, fragte der Junge.

»Warum sollte der Strand denn weg gewesen sein?«, formulierte Wuppke die Frage um. Darauf setzte der Junge ihm auseinander, dass die Gezeiten jährlich tausende Tonnen Sand als Opfergabe vom Weststrand forderten, der ihrem Anbranden schutzlos ausgeliefert sei.

»Hätte ich nicht noch ein anderes Standbein, würde das mittelfristig meine Existenz bedrohen«, schloss er ohne erkennbare Gefühlsregung seinen Exkurs.

»Und wohl auch die der Insel«, ergänzte Wuppke nachdenklich und holte, scheinbar ganz ohne sein bewusstes Zutun, das Faltblatt aus seinem Rucksack, das ihm Sharon bei seinem Eintritt auf die Insel mit auf den Weg gegeben hatte. Dort war der Weststrand Sylts abgebildet, außerdem das Spülschiff einer dänischen Firma und der Hinweis, wo die Rohrleitung dieser Tage den abgesaugten Sand an Land spuckten.

Wuppke unternahm einen kleinen Spaziergang nordwärts, wo die Aufspülungsarbeiten in vollem Gange waren. Er ließ sich von einem Arbeiter, der mit einer Planierraupe den aufgespülten Sand verteilte, ein paar Zahlen nennen.

»Eins komma zwei Millionen Kubikmeter« zum einen,

»sechs komma fünf Millionen Euro« zum anderen. Allerdings – und dies hätte er bereits von Sharon erfahren können, wenn er denn zuzuhören sich bemüßigt hätte – lief infolge der Spendenmüdigkeit der Sylter Touristen das Mandat der Dänen zum Jahresende aus, womit die Fortführung der Küstenrettung fraglich wurde.

»Interessant«, rief Wuppke über den Lärm der Planierraupe hinweg. »Hochinteressant!«

Was sollten nun diese hintersinnigen Interessensbekundungen? Da muss man doch annehmen, dass Wuppke schon wieder etwas im Schilde führte. Denn wenn er auch im Kampf um seine Unabhängigkeit durch Jorgensens öffentliches Heidebekenntnis empfindlich zurückgeworfen ward, so mir nichts dir nichts mochte sich Wuppke dieser Niederlage nicht fügen. Verschiedentlich war ja schon von seinen Lebensmissgeschicken und Existenzfehlerfolgen die Rede gewesen, angesichts welcher Erlebnisse ein Mensch nur die Optionen hat, entweder ganz aufzugeben, oder aber niemals aufzugeben. Letzteres war zwar sehr aufwendig und kraftraubend, doch Wuppke wusste von Berufs wegen, dass man weitaus weniger unter der Vergeblichkeit des Lebens litt, wenn man sie mit reger Geschäftigkeit übertünchte.

Es mag abrupt erscheinen, aber die nächste Szene spielt nicht auf Sylt, sondern in einem ICE zwischen München und Hamburg. Nicht einmal Wuppke kommt drin vor. Ein sechsjähriger Junge, Lino, schlich mit einer Pistole im Anschlag in Richtung des Bordrestaurants, das natürlich, wie er nicht wissen konnte, wie immer außer Betrieb war. Das war aber egal, denn für ihn war der Weg das Ziel. In seiner bubenhaften Fantasie war er ein flüchtiger Gangster, der sich von Gesetzeshütern verfolgt wähnte. Hinter Großraumsitzlehnen und Abteilvorhängen suchte er Deckung vor den eingebildeten Widersachern und feuerte, wann immer er freies Schussfeld hatte, auf ihre realen Inkarnationen, nämlich die unschuldigen Fahrgäste, kleine Gummigeschosse ab.

Dass dies keiner dieser Amokläufe war, die gerade so sehr in Mode sind, merkten die Opfer daran, dass die Geschosse zwar beim Anprall zwiebelten, der Tod aber ausblieb. Überflüssig zu sagen, dass keiner der Getroffenen übermäßig amüsiert war vom Zeitvertreib des kleinen Scheißers und alle nach seiner Mutter Ausschau hielten, um sie höflich und mit aller gebührenden Sachlichkeit in den Senkel zu stellen.

Die Mutter aber saß ein paar Waggons weiter und ahnte von allem erst mal nichts. Sie war schwer beschäftigt, und das ist keine Redensart. Camilla, wie wir sie nennen wollen, weil sie es mit ihren gefälschten Papieren auch selber tat, war auf dem Weg nach Sylt, um ihr Leben wieder in Ordnung zu bringen. Schwer war ihre Beschäftigung, weil sie darüber nachsann, was mit ihrem Bruder Tomaso geschehen sein mochte, der sich seit drei Tagen nicht gemeldet hatte und dessen Aufenthaltsort, wenn man dem Family Link von Google glauben durfte, sich in dieser Zeit nicht verändert hatte, was seltsam und eigentlich undenkbar und jedenfalls noch niemals vorgekommen war, denn ihr Bruder hatte umfangreiche Aufmerksamkeitsdefizite verbunden mit Hyperaktivität, und Camilla hielt es für ausgeschlossen, dass sich das ausgerechnet jetzt gebessert haben sollte. Tomaso hatte sich von ihrem Mann Alessandro, der seit 48 Stunden im berüchtigten Camorra-Knast Poggioreale in Neapel einsaß, zu einem Kokaindeal anstiften lassen, dessen Gefährlichkeit sich nun in der Tatsache erwies, dass Camilla niemandem aus ihrer oder Alessandros Familie davon erzählen konnte, weil man sie sonst mit einem Betonblock an den Beinen in den Vesuv werfen würde.

Diese kriminellen Strukturen sind ja sehr schwer zu durchschauen oder gar zu entwirren, aber unterm Strich war es wohl so, dass Alessandro versucht hatte, ein bisschen was extra zu verdienen, weil er mit den Aufstiegsmöglichkeiten innerhalb der Organisation nicht ganz so zufrieden gewesen war. Ein bisschen kennen wir diese Arbeitseinstellung ja schon von Hadi, bei dem die Sache ähnlich schiefgegangen ist, und da sind wir jetzt genau beim Thema, denn Camilla brauchte dringend das Paket zurück oder, noch besser, den Erlös daraus, denn sie musste zu Hause Rechnungen bezahlen, bei Gangstern gibt es ja keine Lohnfortzahlung im Krankheitsfall. Außerdem stand der kleine Lino kurz vor der Einschulung. Kürzlich hatte sich Camilla im Internet mal angesehen, was für die Einsteigermodelle von Scout an Preisen aufgerufen wurde, da kann man nur mit den Ohren schlackern und dazu leise durch die Zähne pfeifen.

Camilla hatte keinerlei persönliche Erfahrungen mit dieser Art von Geschäften, ihr Mann hatte immer alles von ihr fernzuhalten versucht, um sein archaisches Rollenmodell aufrechtzuerhalten, zusammen mit der Illusion, ihr kleines Familienglück könnte unbefleckt bleiben von den üblen Verbrechen, die für ihr Auskommen sorgten. Aber natürlich hatte sie genug mitbekommen, um zu wissen, dass die meisten seiner Geschäftsideen nur mit Waffengewalt durchzusetzen waren. Darauf war auch sie nun eingestellt, wozu sie vorsichtshalber das wichtigste Arbeitsgerät ihres Mannes im Handgepäck mitführte, sogar mit Schalldämpfer. Freilich war sie ja nur eine ganz normale Hausfrau und Mutter, in Angelegenheiten von Mord und Totschlag also vollkommen ahnungslos. Alles, was sie etwa über eine Glock 17 wusste, war, wie man sie zusammenbaute, lud, entsicherte, zielgenau abfeuerte, dabei Schmauchspuren vermied, sie nach der Benutzung wieder auseinandernahm und rückstandslos zu entsorgen hatte.

Als Camilla und Lino über den Vorplatz gingen wie ehedem unser Wuppke, begegneten sie Walid, einem der schwergewichtigen Herren. Der kannte aber weder Camilla, noch kannte sie ihn, weswegen man von einer wirklichen Begegnung gar nicht sprechen kann. Was hatte jetzt überhaupt Walid am Bahnhof herumzulungern? War er bei Famila um die Ecke einkaufen gewesen? Hatte er sich am Bahnhofskiosk Zigaretten gekauft? Was?

Zur Auflösung des Rätsels müssen wir uns kurz ansehen, wie Hadi auf Wuppkes und Blues Flucht aus der Nordseeklinik reagiert hat. Um es vorwegzunehmen: Hadi hat darauf erwartungsgemäß nicht so gut reagiert. Er war betrübt, und betrübt ist noch nicht einmal ein ausreichend starkes Wort für seine Gemütslage. Genau genommen ist es ein ganz falsches Wort. Aus einschlägigen Verbrecherfilmen ist ja bekannt, wie ausfallend Kriminelle werden können, wenn etwas nicht nach ihren Wünschen läuft. Es wäre falsch zu sagen, dass sie sich im Ton vergreifen, denn sie greifen ja im Gegenteil absichtlich danach, um ihrer Wut Ausdruck zu geben und zugleich ihre Untergebenen noch weiter zu erniedrigen. So war es auch mit Walid und Josef geschehen, als sie mit leeren Händen von der Nordseeklinik zurückgekehrt waren und das Verschwinden ihres Arrestanten mit den

Worten »Er ist verduftet, Boss!« annoncierten. (Sie sagten in Wirklichkeit weder »verduftet« noch »Boss«, aber wäre es nicht beruhigend, in einer Welt zu leben, in der Ganoven das Erbe dieser schönen Wörter noch hochhielten?)

Da war Hadi ausgerastet, wie man so sagt. Er hatte ja den Hammer aus der Hafenmeisterei leider nicht mehr am Mann, deswegen musste er vor lauter Wut eine Flasche zweitausenddreier Syrah kaputtschmeißen, immerhin eine Traube von voluminösem Körper und edler Holznote. »Ich kann mich gar nicht entscheiden, wer von euch Schwachköpfen meinem Arsch am ähnlichsten sieht!«, sagte er in enger Anlehnung an die grimmige Gangsterkomödie *Last Boy Scout* mit Bruce Willis in der Titelrolle. Hadi war auch deswegen so aufgebracht, weil er noch eben in Ruhe ein fabelhaftes Mittagessen genossen hatte, zu dem unter stilvollem Gewummere eine neue Tänzerin vorgesprochen hatte. Es ist ein Mysterium des Genres, warum Gangster beim Essen immer irgendwelche halb nackten Tabletänzerinnen casten müssen, und warum ihre Handlanger sie mit schlechten Nachrichten immer genau bei diesen beiden Tätigkeiten stören. Klar, dass Hadi da der Arsch platzte. Er verglich Walid und Josef mit Stoffwechselendprodukten und warf die Flasche nach ihnen, die im ungeöffneten Zustand an die dreihundert Euro wert war. Dann ärgerte er sich noch mehr, weil er nicht nur ein paar der weißen Ledersitzmöbel, sondern auch sein eigenes spack sitzendes weißes Poloshirt mit Rotwein besudelt hatte, was man jetzt als symbolische Vorausdeutung durchaus schon mal im Hinterstübchen abspeichern möchte. Schön ist das, wenn der Autor so klasse mitdenkt.

Hadis Ausbruch war insofern interessant, da sowohl Walid als auch Josef ihren Vorgesetzten in der Vergangenheit eher als poshen, in sich ruhenden, geradezu smarten Geschäftsmann erlebt hatten, dem es gegen die Würde ging, sich aufgebracht zu zeigen. Jetzt lernten sie aber eine neue Seite an ihm kennen. Er schrie sogar den oft gehörten Standardsatz: »Ich will, dass ihr den Kerl findet, oder ich jage euch einen Bleistift durchs Herz!« Dann hieß er seine Untergebenen wegtreten und die Tänzerinanwärterin das Mobiliar reinigen.

»Das sind Rotweinflecken, die gehen eh nicht raus!«, sagte diese aber, weil sie schließlich als Tänzerin und nicht als Reinigungsfachkraft angeheuert hatte. Hadi scheuchte sie mit einer Handbewegung fort und schaute auf sein Königreich. Die Musik war erstorben, die Stühle standen auf den Tischen, alles wirkte noch vorbetrieblich, und Hadi hatte ganz kurz das Gefühl, dass ihm die Dinge aus dem Ruder liefen, denn die Sache mit dem Koks war unterhalb der AGBs mit dem Chinesen gelaufen, und Wuppke war mit dem Chinesen befreundet. Hadi musste jetzt die nächsten Schritte seiner Gegenspieler gedanklich vorwegnehmen, was ihm nicht allzu schwerfiel, weil die Möglichkeiten ja schon vom Plot her limitiert sind. So kam er schnell darauf, Josef in dem Hotel zu stationieren, wo die beiden Italiener ein Zimmer gebucht hatten, Walid aber zum Bahnhof zu schicken für den Fall, dass Wuppke verduften wollte.

Und dort ging nun also Camilla an Walid vorüber, der nicht ahnen konnte, dass Camilla drauf und dran war, seinen Kollegen Josef zu treffen, eine Begegnung, die, wie wir gleich sehen werden, weitaus weniger folgenlos verlaufen wird.

Camilla steuerte, ohne ihre Zeit mit der Inselretterin Sharon oder auch nur einem ehrfurchtsvollen Atemzug der legendären Sylter Seeluft zu vergeuden, ein Taxi und dieses dann das Hotel Monbijou an, wo Alessandro das Zimmer 213 vor seiner Verhaftung vorsorglich für mehrere Tage gebucht hatte. Vielleicht waren ja Tomaso und Melina krank geworden und lagen seit Tagen im Bett, zu schwach, um auch nur ans Telefon zu gehen – dieser Art waren die Gedanken, mit denen sich Camilla zu beruhigen suchte, während das Taxi die Sylter Hauptstraße entlangglitt. Tomaso und Melina waren aber, so viel sei schon mal verraten, nicht krank, sondern dabei, sich innerlich von ihrem Dasein auf dieser Welt (und wer konnte schon wissen, ob es noch eine andere gab) zu verabschieden: Ihr nasses Grab auf dem Grund des Lister Tiefs war gewissermaßen bereits geschaufelt.

Camilla hieß Lino in der Lobby des Hotels Platz nehmen und schärfte ihm ein, auf niemanden zu schießen. Dazu zweierlei. Sie hatte diese Anweisung durchaus schon früher gegeben, aber andererseits immer wieder konterkariert, indem sie Lino das Geballere hatte durchgehen lassen. Das hatte wiederum den tieferen Sinn, dass Lino alles, was auf dieser gefährlichen Reise womöglich geschehen würde, als ein einziges europaweites Räuber-und-Gendarm-Spiel auffassen sollte, auf dass seine kindliche Seele keinerlei Schaden würde nehmen müssen.

Camilla stieg also alleine hoch in den zweiten Stock und klopfte an die Zimmertür.

Drinnen saß Josef und knabberte Kürbiskerne. Klar, was soll er auch machen, Rauchen ging ja nicht. Die Schalen hatten sich auf dem Teppichboden schon zu einem kleinen

Häufchen aufgeschichtet. Josef war nämlich nervös, denn er hatte eine dringliche Sache, die Hadi ihm bei seinem Wutausbruch in der Alibabar aufgetragen hatte, noch nicht erledigt. Besser gesagt, hatte Hadi sie nicht ihm, sondern Walid aufgetragen, aber Walid hatte so lange auf Josef eingeredet, bis dieser bereit gewesen war, um die Durchführung der Aufgabe zu knobeln. Ganz richtig gesagt, haben sie auch nicht geknobelt, sondern Schere, Stein, Papier gespielt, wo Josef einfach nicht gut drin war, weil er die Spielregeln noch immer nicht zur Gänze durchdrungen hatte. Und jetzt brütete er die ganze Zeit, die er hier gesessen und auf Wuppke gewartet hatte, darüber nach, was er von diesem Auftrag zu halten habe und ob er überhaupt in der Lage sein würde, ihn den Wünschen und Vorstellungen seines Vorgesetzten gemäß auszuführen. Wenn Hadi jetzt anriefe und danach fragte, ob es schon geschehen sei, hätte Josef womöglich lügen müssen, und das tat er nicht gern. Erstens aus Prinzip, zweitens aber auch aus der Befürchtung, dass die Lüge an Hadis Menschenkenntnis zerschellen und ihn dieser zwar von seinem Auftrag entbinden würde, dies aber zu einem verdammt hohen Preis, nämlich dem seines Lebens oder zumindest seiner Gesundheit. So war das im Verbrechermilieu, da wurde aus der Hüfte geschossen, und die Fragen wurden grundsätzlich erst hinterher gestellt, wenn sie nicht sogar ganz ausblieben.

Dafür hatte man allerdings gute bis sehr gute Verdienstmöglichkeiten.

Wenngleich die vielen Bargeldeinzahlungen bei der Bank natürlich nach immer neuen Erklärungen verlangten.

Die er allerdings leicht liefern konnte, weil er in der Shishabar, die er nebenher betrieb, sein bester Kunde war.

Wofür er am Ende natürlich wiederum Einkommenssteuer bezahlen und das Zusammenschmelzen seiner Einkünfte auf das Normalmaß eines mittleren Verwaltungsangestellten hinnehmen musste.

Allerdings, und das war der alles entscheidende Punkt, war er kein mittlerer Verwaltungsangestellter. Nach Abzug aller Steuern führte er nämlich ein viel, viel interessanteres Leben als ein mittlerer Verwaltungsangestellter, mit flexiblen Arbeitszeiten, hoher Eigenverantwortlichkeit und tiefen Einblicken in neue Geschäftsbereiche, zum Beispiel Auftragsmord.

Josef stand auf und verteilte den Haufen zu seinen Füßen, indem er mit gezogener Waffe leise zur Tür schritt, sie mit einem Ruck aufzog und Camilla die Mündung auf die Stirn setzte. Flugs zog er sie herein und schloss die Tür wieder.

»Wer bist du?«, fragte er.

Und jetzt, Überraschung: Camilla sprach Deutsch. Ziemlich gut sogar. Sie hatte nämlich vier Semester Betriebswirtschaft in Köln studiert, wo ihr Onkel eine florierende Geldwäscherei betrieb. Dass sie Deutsch sprach, ist für die Dialoge natürlich ein Glücksfall, weil man die Untertitel weglassen und alles dadurch noch raffinierter und spritziger gestalten kann.

»Und wer bist du?«, fragte Camilla erschrocken zurück.

»Ich hab zuerst gefragt«, sagte Josef.

Vielleicht war es für die Dialoge doch nicht unbedingt ein Glücksfall. Mal sehen.

»Ich suche meinen Bruder«, sagte Camilla. »Tomaso.«

Da wusste Josef natürlich gleich, dass Vorsicht die Mutter der Porzellankiste war.

»Dreh dich um«, sagte er in rüdem Ton, der keinen Widerspruch zuließ, und: »Hände hinter den Kopf!«

Camilla gehorchte, und Josef begrapschte sie jetzt auf eine Weise, dass es zwar so aussehen sollte, als suchte er nach Waffen, aber Camilla trug eine enge Röhrenjeans und ein hautenges Top, da war doch klar, dass Josef nur seine Machtposition ausnutzte zwecks persönlichen Lustgewinns, als hätte er von den Belästigungsdebatten der letzten Jahre nicht das Geringste mitgenommen. Wir werden gleich sehen, was er von seiner Ignoranz hat.

»Bist du sauber?«, fragte er dazu auch noch dümmlich.

Camilla wollte sich eigentlich nur ungern dazu herablassen, den peinlichen Vorgang durch einen Kommentar unnötig in die Länge zu ziehen, aber so ein Kommentar ist ja manchmal schneller ausgesprochen, als man sich auf die Lippe beißen kann.

»Eine Dusche wäre schön, wenn du schon fragst. Ich hab über zwanzig Stunden im Zug gesessen. Vielleicht sagst du mir schnell, wo mein Bruder ist, und wir ...«

»Warum bist du nicht geflogen?« fragte Josef argwöhnisch. Wie gesagt, Berufsanfänger war er nicht.

»Wieso ich ... nein, ich meinte ... du hast doch gefragt, ob ich sauber bin, oder nicht?« Das Gerede war jetzt natürlich reine Ablenkung, denn Camilla war sich schon klar darüber, dass sie sich besser auf die Zunge gebissen hätte – aus welchem anderen Grund sollte man freiwillig mit der Deutschen Bahn reisen als dem, Sicherheitskontrollen zu umgehen?

»Flugangst«, sagte Camilla aber gerade noch rechtzeitig. »Ich hab Flugangst.«

»Dein Bruder ist nicht hier«, sagte Josef misstrauisch, steckte seine Waffe aber trotzdem wieder in den Hosenbund.

»Wo ist er?«

»Keine Ahnung«, sagte Josef und machte mit seiner Kürbiskernsache weiter, um anzuzeigen, dass ihn die ganze Fragerei schon ein bisschen zu langweilen begann.

Da klopfte es an der Tür, und gleichzeitig hörte Camilla Linos Stimme, wie er vom Flur her auf Italienisch fragte: »Mama? Bist du da drinnen?«

»Das ist mein Sohn«, sagte sie zu Josef. »Kann ich aufmachen? Bitte?«

Josef griff prophylaktisch wieder zu seiner Knarre und sagte drohend: »Aber keine Tricks!«

Natürlich nicht, es war ja tatsächlich nur Lino, den man unten in der Lobby nicht mehr hatte haben wollen, weswegen er mit Camillas Handgepäck heraufgekommen war. Sie ließ ihn herein und hielt ihn zu stiller Beschäftigung auf dem Fußboden an, bis die Erwachsenen sich fertig unterhalten hatten.

Josef entspannte sich und nahm die Hand wieder weg vom Gewehr.

»Er war hier«, sagte Camilla nun wieder auf Deutsch zu Josef. »Ich weiß es.«

Josef verschränkte die Arme vor seinem Körper, und da muss man jetzt kein FBI-Profiler sein, um zu verstehen, dass er zu dem ganzen Themenkomplex am liebsten gar nichts mehr sagen wollte.

»Ich muss ihn finden«, sagte Camilla und hoffte, dass es nicht zu verzweifelt klang, was tatsächlich aber der Fall war. Überraschenderweise regte sich dadurch die Menschlichkeit in Josef, und er sagte in Übereinstimmung mit der Wahrheit: »Ein Freiberufler war mit deinem Bruder unterwegs. Carsten Wuppke.«

Camilla hatte den Namen noch nie gehört. Aber noch bevor sie Weiteres dazu in Erfahrung bringen konnte, nahm sie aus den Augenwinkeln wahr, dass Lino sich vom Boden erhoben hatte und mit irgendetwas auf Josef zielte. Sie wirbelte herum, denn auch wenn es bloß seine Spielzeugpistole war, würde Josef, der bereits nach seiner Waffe griff, den Unterschied womöglich erst bemerken, nachdem er seinerseits geschossen hatte, auf ihren Sohn, ihr sechsjähriges, unschuldiges Kind, das dachte, alles sei bloß ein Spiel.

Aber es war nicht die Spielzeugpistole, die Lino in der Hand hielt, sondern die Glock Kaliber neun Millimeter mit Schalldämpfer, die sich in Camillas gefälschtem Dolce& Gabbana-Damenrucksack befunden hatte. Ein leises »Plopp« ertönte, und ein Loch mit dem Durchmesser eines Zigarettenfilters erschien in Josefs Stirn, während sein Kopf zurückschnellte und sein Körper kraftlos zusammensackte, als habe man ihm den Stecker herausgezogen.

»Colpito!«, rief Lino begeistert und drückte, vom Rückstoß der leichten Waffe völlig unbeeindruckt, gleich noch mal ab. Zufälligerweise traf auch dieser Schuss genau ins Schwarze, nämlich in eine von Josefs Herzkammern, was gar nicht nötig gewesen wäre, weil bereits der Kopfschuss ihn getötet hatte. Josefs Seele entwich geräuschvoll, möglicherweise war es aber auch bloß gestauter Darmwind, worüber wiederum Lino vergnügt lachte. Er hätte sicher noch ein paarmal gefeuert, wenn nicht Camilla aufgeschrien und Lino endlich die Waffe aus der Hand gerissen hätte.

Da aber, im Bruchteil einer Sekunde, erinnerte sie sich ihrer eigenen Worte: *Alles, was auf dieser Reise geschieht, ist nur ein Spiel.* Mit dem großem Herzen, das allein den Müttern dieser Welt eignet, sah nun Camilla – der Augenblick war so subliminal kurz, das alles, was in ihm gedacht wurde, kaum Sprache, sondern höchstens Bild sein konnte –, sah

Camilla also die schrecklichsten Konsequenzen voraus, sollte sie Lino durch ihren Schreck verraten, dass sie gelogen und er tatsächlich einen Menschen getötet hatte. Er würde sich nicht nur von seiner Mutter betrogen fühlen, sondern bis an sein Lebensende Schuldgefühle mit sich herumtragen. Er würde die Schule schmeißen, in die niedersten Ebenen der Camorra hinab- und, noch viel schlimmer, in die höheren aufsteigen, um einsam und verlassen zu fünfmal lebenslänglich verurteilt zu werden, wenn sie jetzt einen Fehler machte: Das glückliche Leben ihres Sohnes hing von der Entscheidung einer Millisekunde ab.

Camilla rang sich ein gekünsteltes Lachen ab und sagte: »Bravo! Famoser Schuss, mein Junge!«

Blut klebte auf der Scheibe, und Blut sickerte natürlich auch aus dem toten Herzbeutel des Josef heraus, nicht wenig sogar, um nicht zu sagen: literweise.

»Der steht so schnell nicht mehr auf«, sagte Camilla mit einer Gequältheit, die Lino zum Glück nicht bemerkte: Er strahlte, der kleine Sonnenschein!

Für ihr Vorhaben, auf der Insel unauffällige Nachforschungen anzustellen und nach Möglichkeit sowohl ihren Bruder als auch das Geld mit nach Hause zu nehmen, war der Zwischenfall natürlich nicht unbedingt von Vorteil. Eine Katastrophe geradezu. Camilla versuchte, sich nichts anmerken zu lassen, auch wenn ihre Gedanken sich überschlugen. Zunächst mal musste das Blut von der Scheibe gewischt werden. Das war vermöge der Feuchttücher, die sie Linos Vorliebe für Schokoladeneis wegen immer bei sich führte, noch einigermaßen schnell erledigt. Wohin aber sollte sie nur die Leiche verschwinden lassen? Man muss sich vorstellen, so ein Josef bringt locker zwei Zentner auf die Waage, vermutlich noch mehr, wie die Plauze verriet, die unter seinem hochgerutschten T-Shirt zutage trat. Sie würde dieses Gewicht keine zehn Zentimeter weit bewegen können. Kurzentschlossen versuchte sie dennoch, den gerade noch Lebenden und jetzt Toten unters Bett zu rollen.

»Komm, hilf mal«, sagte sie lächelnd zu Lino. »Der Mann muss sich mal ausschlafen!«

»Warum legen wir ihn nicht ins Bett?«

»Weil … er ist zu schwer.« Es tat gut, die Wahrheit zu sagen.

Zu zweit schoben und zerrten sie die Leiche unter das Bett, was allerdings nur halb gelang, weil der schon erwähnte Bauch im Weg war.

Da klopfte es abermals an die Zimmertür.

Nur wenig wäre Wuppke abwegiger erschienen, als hinter der geschlossenen Hotelzimmertür eine Mutter mit ihrem sechsjährigen Sohn damit beschäftigt zu finden, die Leiche des ihm leidlich bekannten Josef unters Bett zu bugsieren. Wuppke stellte sich überhaupt wenig vor. Er klopfte einfach.

Jetzt mal ganz langsam. Was um alles in der Welt machte Wuppke überhaupt vor ausgerechnet diesem Hotelzimmer? Konnte er sich nicht denken, dass es entweder längst weitervermietet war oder von Menschen bewohnt wurde, die ihm übel gesonnen waren? Ist es denn möglich, dass Wuppke wirklich so naiv war zu glauben, das Zimmer könnte für ihn nach einer langen, unbequemen Nacht zwischen zwei Strandkörben eine warme Dusche und ein sauberes Bett bereithalten? Und war Wuppke wirklich so ratlos, verzweifelt und allein, dass ihm kein anderer Ort auf Sylt einfiel, wohin er hätte gehen können?

Na ja. Da müsste man jetzt über Wuppke spekulieren. Er sagt ja nie was! Lässt sich nicht helfen, weiß alles besser, und wenn er den Mund aufmacht, kommt selten die Wahrheit heraus. Kann sein, dass Wuppke sich für cleverer hielt, als er es war, indem er dachte: Ich weiß, wie Leute riechen, die in ihren Klamotten geschlafen haben, auch wenn man seinen eigenen Geruch nicht wahrnimmt. Hier wird bestimmt niemand nach mir suchen! Allerdings gehen all diese Spekulationen nur zu Lasten der Immersion.

Dass die Idee nicht seine Beste gewesen war, ging ihm spätestens auf, als die Tür sacht wie von Geisterhand aufschwang. Nichts und niemand war zu sehen außer dem bekannten Zimmer. Es wirkte unverändert, bis auf das Messer in dem Hasenbild, das jetzt verschwunden war, und die Frau, die hinter der Tür gestanden hatte und ihm eine Kleinkaliberwaffe mit Schalldämpfer an den Kopf hielt.

Wuppke rutschte natürlich das Herz in die Hose, trotzdem dachte er gleich: Man soll niemals den Körper des Opfers mit der Waffe berühren!, so als sei er der pensionierte Nahkampftrainer eines klandestinen Killerkommandos. Es waren dies aber gar keine Insider-, sondern einfach Genrekenntnisse, die Wuppke obendrein nichts weiter einbrachten, denn wie hätte er einen Nutzen aus Camillas Fehler ziehen können?

Mit einem leisen Klick schloss sich die Tür, und Wuppke trat weiter ins Zimmer, wodurch er den Jungen entdeckte, der sich zusammen mit Josef hinter dem Bett versteckt hielt, ganz so, als würden die beiden zusammen spielen.

»Ich will deine Hände sehen«, sagte die Frau.

Wuppke gehorchte.

»Wer bist du?«, fragte sie außerdem.

»Ich bin Wuppke«, sagte Wuppke, weil er keinen Grund sah, zu lügen.

»Wo ist Tomaso?«

Wuppke drehte sich halb zu ihr um. »Bist du seine Frau?«

Statt einer Antwort hörte er, wie die Frau den Schlitten der Waffe zurückzog und ihre Frage wiederholte. Der Junge traute sich dieweil aus der Deckung und lächelte Wuppke erwartungsvoll an, als hoffe das diabolische Kind nichts sehnlicher, seine Mutter möge abdrücken. Dann sagte er etwas auf Italienisch, holte eine kleine Spielzeugpistole hervor und verschoss eine Gummipatrone auf Wuppkes Thorax.

»Aua«, sagte Wuppke. »Ich weiß es nicht!«

»Der Typ da hat gesagt, du warst mit ihm zusammen.«

»Ja, das stimmt. Ist das eigentlich Josef ? Hallo, Josef! – Was ist mit ihm? Schläft er?«

Wuppke war übrigens zu diesem Zeitpunkt längst sicher, dass Josef nicht schlief, denn er hatte sich überhaupt nicht bewegt. Das Blut auf dem dunklen Teppich war zwar nicht sofort zu erkennen gewesen, aber jetzt schien die Sonne durch die Fensterstriemen und ließ es träge glänzen wie Rübensirup. Blut ist ja dicker als Wasser, dachte Wuppke in gelockerter Assoziation.

»Ja, er schläft«, sagte Camilla. »Genau wie du, wenn du mir nicht sofort sagst, wo mein Bruder ist.«

»Aber … warum?«, fragte Wuppke, gedanklich noch immer beim Tod des Josef. »Er war so ein netter …«

»Ich war's nicht!«, unterbrach ihn Camilla.

»Natürlich«, sagte Wuppke ironisch.

»Sei still! Wo ist Tomaso?« Und dann, weil sie im Ton doch etwas hochfahrend geworden war und Lino erschreckt hatte, fügte sie auf Italienisch hinzu: »Keine Sorge, mein Schatz. Der nette Mann ist bloß ein bisschen schwerhörig.«

Und Wuppke: »Ich habe ihn herumgefahren. Mit einer Frau. Melina. Sie wollten mir etwas verkaufen. Ich wollte es aber nicht haben. Ich konnte die beiden dann überzeugen ...«

Er verstummte angesichts seiner verfänglichen Ausdrucksweise. Da brauchte er sich gar nicht zu wundern, dass Camilla gleich noch mal am Schlitten zog. Die ganze Durchladerei hatte aber nur den Effekt, dass die Kugel, die sich schon in der Kammer befand, heraussprang. Wuppke war zu besorgt, um sich deswegen erleichtert zu fühlen, außerdem war das Magazin ja wahrscheinlich trotzdem noch voll.

»Ich habe nichts mit der ganzen Sache zu tun!«, sagte Wuppke jetzt, was für Camilla natürlich so lahm und unglaubwürdig klang, wie es war. Am liebsten hätte sie gleich noch mal an dem Schlitten gezogen.

»Du weißt, dass das Ding hier kaum Lärm macht, oder? Wenn ich dich erschieße, wird dir keiner zu Hilfe kommen!«

»Es käme sowieso jede Hilfe zu spät«, sagte Wuppke vernünftig.

So sehr wir Wuppke auch für seine Kommentare schätzen, so sehr fühlte Camilla sich und ihr Anliegen dadurch ins Lächerliche gezogen, klar. Deswegen haute sie Wuppke mit dem Pistolengriff fest auf den Kopf. Der Schmerz hatte auf Wuppke auch gleich eine disziplinierende Wirkung, fast so sehr wie die Kugel, die sich versehentlich aus dem Lauf löste und in Dürers Feldhasen einschlug, diesmal allerdings in einen der Löffel.

Lino sprang jauchzend hoch und klatschte in die Hände.

»Càcchiu!«, rief Camilla.

Da öffnete sich zum letzten Male die Tür, und die Zimmerfrau kam herein. Sofort, als sie das Zimmer als belegt erkannte, schlug sie die Augen nieder und zog sich unter einer professionellen Entschuldigungsformel wieder zurück. Zu spät. Camilla reagierte mit im wahrsten Sinne zupackender Entschlossenheit, zog die Frau an den Haaren ins Badezimmer und ließ sie dort darüber nachdenken, was sie gesehen hatte. Während sie sie unter Verweis auf ihre Bewaffnung dazu brachte, sich einzuschließen, sagte Camilla zu Lino: »Du musst etwas für mich tun, mein Schatz. Draußen auf dem Gang steht ein großer Wagen mit schmutziger Wäsche. Bring ihn rein!«

»Warum?«

»Gehört alles zum Spiel!«

Es war ein großer Wäschewagen mit Aluminiumwänden. Camilla stürzte ihn auf die Seite und klaubte schnell die Wäsche heraus. Dann bedeutete sie Wuppke, Josef bei den Füßen zu packen. Mit vereinten Kräften zogen sie den toten Kerl um das Bett herum, falteten ihn in der Mitte, so gut es ging, zusammen und schoben, rollten und zerrten ihn in den Wagen hinein, den sie am Ende der Prozedur wieder aufrichteten.

Das Resultat war noch nicht zufriedenstellend. Kopf und Beine ragten über den Rand des Wagens hinaus, es sah aus, als wollte er an einem Seifenkistenrennen teilnehmen, hätte aber viel zu viel Zeit bei der Anmeldung verstreichen lassen und wäre darüber erwachsen geworden. Klar, so ein Wäschewagen ist ja auch nicht zum Entsorgen von Leichen vorgesehen, oder höchstens von kleinen. Josefs war aber eine sehr große.

Mit viel Mühe schafften sie es, den Körper noch weiter

hinunterzuschieben, die Beine anzuwinkeln und das ganze Gebilde oben mit der Schmutzwäsche zu bedecken.

»Wie sieht es aus?«, fragte Camilla Lino.

»Spitze!«, sagte dieser.

Camilla klopfte ans Badezimmer: »Mir ist noch was eingefallen. Ich brauche deine Schuhe, deine Kleidung und deine Schlüsselkarte. Wirf sie mir raus!«

»Nein«, sagte die Frau überraschend.

»Wie bitte?«

»Das mach ich nicht. Dann bin ich ja nackt.«

»Ich schau nicht hin«, versicherte Camilla.

»Das ist mir zu unsicher«, sagte die Zimmerfrau.

»Du wirfst mir jetzt die Sachen raus, oder ich erschieß dich durch die Tür hindurch!«

»Aber wenn ich die Tür aufmache, erschießen Sie mich doch auch! Was ich auch tue, es ist immer falsch!«

»Da hat sie nicht unrecht«, schaltete sich Wuppke ungefragt ein, das kann er ja gut. »Es ist ein klassisches Dilemma!«

Nachdem Camilla sich mit der Zimmerfrau unter Wuppkes Vermittlung (man kann sich ja mittlerweile vorstellen, wie so was aussieht) auf eine Ausnahmeregelung hatte verständigen können, schob sie den Wagen in der Verkleidung der Reinemachfrau über den Hotelflur und zwang Wuppke, vorauszugehen. Lino indessen verblieb im Zimmer, um auf die Einhaltung der Ausnahmeregelung achtzugeben.

Wuppke war natürlich einerseits aufgeregt, andererseits aber auch nachdenklich. In welch eigentümlicher Situation er sich befand! Er war ja von Haus aus, wie die meisten Sozialarbeiter, eher gegen Gewalt eingestellt, das heißt, er überließ die richtig unschönen Sachen, wie etwa das Schlachtgewerbe oder auch die Sicherung der EU-Außengrenzen, gern denjenigen Menschen, die mit Gewalt kein Problem hatten. Es war ihm daher höchst ungewohnt, sich plötzlich im Zentrum all dieser Vorkommnisse zu sehen. Da ging ihm aber auf, dass er ja nicht das Opfer war, also Schwamm drüber.

Im Lastenaufzug zum Hof, den Camilla mit ihrer Spezial-Schlüsselkarte aus dem Kittel der Reinemachfrau mühelos bedienen konnte, fragte Wuppke, um sein aufkommendes Unrechtsbewusstsein zu unterdrücken: »Ist es nicht ein wenig unorthodox, zu derartigen Unternehmungen sein Kind mitzubringen?«

»Was bedeutet *derartig*?« Camilla atmete schnell, so als sei sie weit gegangen, aber da das nur im übertragenen Sinne zutraf, ging Wuppke von Aufregung oder sogar Angst aus. Man muss vorsichtig sein mit verängstigten Menschen, dachte er, besonders in einer engen Umgebung. Sie fühlen sich leicht in die Ecke gedrängt. Nur ein falsches Wort, und es könnte dein letztes gewesen sein.

»Na ja … also … Sie wissen schon.«

»Nein, weiß ich nicht. Was soll das bedeuten, *derartig*? Ist das eine Beleidigung? Willst du mich beleidigen?«

Sag jetzt besser nichts mehr, Wuppke.

»Ich wollte Ihnen damit nicht zu nahe treten!«

Verdammt noch mal, Wuppke, warum kannst du nicht ein einziges Mal hören, was man dir rät!

»Was redest du da? Womit zu nahe treten?« Camilla wurde jetzt langsam ärgerlich, möglich, dass die Ausnahmesituation auch mit ihr etwas machte, wie Wuppkes früheres Milieu sich ausgedrückt hätte. Klarer Fall von stressbedingter Überreaktion, ein Glück, dass der Aufzug inzwischen unten war und die beiden dem Hof übergab.

Dort warteten bereits zwei Hotelfachfrauen, die eben ihre Zigarettenpause beendet hatten, elegante junge Damen waren das, mit Namensschildern und akkurat zusammengebundenen Haaren. Wuppke hatte solche Frauen schon immer gern angesehen, jetzt sah er allerdings lieber auf den Fußboden.

Camilla versuchte indessen angestrengt, die Kluft zwischen Aufzugende und Hofanfang zu überwinden, aber der Wäschewagen klemmte im Spalt dazwischen fest. Gedankenschnell sprang Wuppke ihr bei, aber es bewegte sich immer noch nichts.

»Ihr müsst den Wagen ein bisschen kippen«, sagte Frau Meinig in schönster Hannoveraner Dialektfreiheit, ging in ihrem eng sitzenden Kostüm graziös in die Hocke und hob den Wagen tatkräftig an. Natürlich machte sie große Augen, als sie das exorbitante Gewicht bemerkte, schien sich dadurch aber lediglich angestachelt zu fühlen, noch mehr Kraft aufzuwenden. So war das mit den karrierebewussten jungen Menschen von heute, dachte Wuppke, es wird nur noch auf das Quartalsziel geschaut, der tote Mitmensch fällt als bloßes Objekt des Warenaustauschs ganz aus der Wahrnehmung heraus. Durch Frau Meinigs Zugriff kippte der Wagen, wodurch hinwiederum die Spitze des Wäschebergs abfiel. Und diese Bergspitze war nicht etwa schneebedeckt!

»Ganz schön schwer«, sagte Frau Meinig und klopfte sich die Hände ab, als sie sich hinterm Wagen aufrichtete.

»Haben die da oben ein Schwein geschlachtet?«, fragte Frau Maluczewa mit Blick auf die Laken, die sie hilfsbereit wieder auf den Wagen warf. Ihre Aussprache hatte starken polnischen Einschlag und folgte einer aristokratischen Sprachmelodie.

Die beiden Frauen sahen Wuppke und Camilla an. Die beiden sahen sich auch an, aber gegenseitig. Da sahen sich Frau Meinig und Frau Maluczewa auch gegenseitig an, und Frau Meinig sagte trocken zu Frau Maluczewa: »Vielleicht hat ja die Seniorengruppe aus Bad-Salzdetfurth Gruppensuizid begangen.«

Frau Maluczewa lachte herzlich und ergänzte: »Oder sie haben eine Jungfrau geopfert.«

Wodurch sich Frau Meinig wiederum angestachelt fühlte, noch draufzusetzen: »Vielleicht war's ja diesmal auch ein Knabe?« Worauf die beiden Frauen sich durchaus branchenunüblich high-fivten.

Camilla hatte die Hinterräder des Wagens inzwischen aus dem Aufzugspalt befreit und wurde von ihrem eigenen Schwung in den Hof katapultiert, während die beiden Fachfrauen in den Fahrstuhl traten und auf die 1 drückten. Frau Meinig bedachte Wuppke zum Abschied mit dem Fingerzeig ihres Zeigefingers, wie US-Präsidenten es bei öffentlichen Auftritten tun, wenn sie suggerieren wollen, dass sie all ihre Wähler persönlich kennen. Während die Aufzugtür sich schloss, zwinkerte sie Wuppke noch zu, dann war er allein, oder sagen wir, wäre es gern gewesen.

»Komm mal her«, befahl ihm Camilla, die schon bei dem großen Müllcontainer stand.

Wuppke zögerte. »In den Müllcontainer? Wirklich?«

Man darf sich Camilla nicht zu damenhaft vorstellen. Sie war eine italienische Frau, sicher, achtete sehr auf ihr Äußeres und all das, aber das raue Gesetz der Straßen von Napoli hatte offensichtlich auch auf ihrer Seele einige Hornhaut hinterlassen. Dazu der Stress, klar, dass sie langsam fertig werden wollte. »Wenn du Theater machst, kannst du gleich mit einsteigen!« Dazu bewegte sie die Hand nur leicht in Richtung ihrer Feuerwaffe.

Unter allergrößter Anstrengung hoben sie den Wäschewagen so weit an, dass sie seinen Inhalt in den Container kippen konnten. Der Deckel schloss sich, und im Weggehen drückte Camilla den Schalter für die Müllpresse, die sich knirschend in Bewegung setzte.

So weit war also alles gut gelaufen, wenn man »gut« jetzt mal von jeglicher moralischen Wertedimension loslöst. Über Wuppkes Rolle dabei wird noch zu reden sein. Aber vorerst nicht, denn die Sache war ja noch längst nicht ausgestanden. Kaum waren sie nämlich wieder oben, fanden sie Lino vor dem Fernseher eingeschlafen (auf Tele 5 lief *Der Sechs-Millionen-Dollar-Mann* in deutscher Synchro: Lee Majors hatte sich gerade einem Auto in den Weg gestellt und es vermittels seiner bionischen Arme und Beine in krachender Zeitlupe gestoppt). Das Badezimmer war übrigens leer.

»Wo ist die Frau?«, fragte Camilla freudestrahlend, nachdem sie Lino ein wenig unsanft wachgerüttelt hatte.

»Die ist weggegangen«, sagte Lino und versuchte, an seiner Mutter vorbei zum Fernseher zu spähen.

»Wieso hast du sie gehen lassen?«

Lino tat, als hätte er sie nicht gehört, und schielte weiter zum TV-Gerät. Da feuerte Camilla ohne hinzusehen eine Kugel hinein, ein kleines Rauchwölkchen puffte aus dem geäderten Loch in der schwarzen Bildmitte, dann war Ruhe.

»Wieso hast du sie gehen lassen, mein kleiner Liebling?«

»Ich musste mal«, sagte der Junge und begann zu weinen. Kein Wunder, dachte Wuppke, wenn die Eltern ihr pädagogisches Programm mit Waffengewalt durchsetzen.

Er dachte aber auch: Spitze, lass die beiden mal diskutieren. Inzwischen hat die nackte Zimmerfrau längst ihr Kollegium erreicht, von ihrer Geiselnahme erzählt und nach dem SEK telefoniert, sofern auf Sylt eins stationiert ist, was Wuppke bezweifelte. Für den Anfang würden aber Streifenpolizisten durchaus reichen, die mit Sicherheit schon längst auf dem Weg zum und vielleicht sogar schon im Hotel waren.

Im nächsten Gedankengang fragte sich Wuppke allerdings, ob es für ihn wirklich von Vorteil wäre, wenn die Schupos ihn hier anträfen. Bei so was kann leicht das Kind mit dem Bade ausgeschüttet werden. Sofort geriet er ins Zaudern. Wuppke hatte ja in Berlin durchaus schlechte Erfahrungen mit der Polizei gemacht, aber das wäre jetzt nicht einmal sein Hauptproblem. Seine Hauptprobleme bei einer ordnungspolizeilichen Vernehmung wären vielmehr die Themen Falschalarm in einem öffentlichen Gebäude, Erpressung, Drogenhandel, Menschenraub und Beihilfe zum Mord.

»Ich will ja nicht stören«, sagte Wuppke zu Camilla, »aber die Bullen, die gleich hier reinkommen, werden den Blutfleck da nicht übersehen.«

Camilla hielt inne, verstand und verfiel in einen etwas kopflosen Aktionismus, indem sie meinte, das Zimmer noch schnell von Fingerabdrücken befreien zu müssen, was einer subtilen Ironie nicht entbehrte, weil sie ja auch noch die Klamotten der Zimmerfrau anhatte. Aber ihre Reinlichkeit kam letztlich auch Wuppke zupass, also ließ er sie machen, klaubte in der Zwischenzeit ihre Habseligkeiten zusammen und trat schließlich, Mutter und Sohn im Gefolge, auf den Flur hinaus. Er war leer, der Aufzug allerdings im Heraufkommen begriffen. Als Wuppke die Tür zum Treppenhaus öffnete, hörte er drunten gleichschrittiges Aufwärtsgetrappel, dessen Schrittfrequenz nicht an eine Seniorengruppe denken ließ.

»Wir sitzen in der Scheiße«, gab er über die Schulter zu bedenken.

So eilten sie den Gang wieder zurück, während sie hinter sich schon den Gong des Aufzugs hörten. Wenn Wuppke noch den rettenden Ausweg finden und damit seinem Ruf als Impulsgeber dieser Geschichte gerecht werden wollte, dann musste er sich damit sehr beeilen.

»Die Karte! Schnell!«, sagte er zu Camilla, der anzusehen war, dass jetzt so langsam ihre Belastungsgrenze erreicht war. Wuppke riss ihr die Karte aus der Hand und hielt sie vor das Türschloss der 212. Sollte das Zimmer belegt sein, wäre die Sache gelaufen.

Es war aber leer. Schon waren sie drinnen und hatten die Tür in dem Moment geschlossen, als aus dem Treppengetrappel Flurgestampfe wurde, das sich näherte und vor ihrer Tür zum Stehen kam.

Filmisch aufgelöst würde man jetzt die Polizisten brüllen und hämmern sehen und Wuppkes angstvolle Blicke dagegen schneiden, und so wäre mit einfachsten Mitteln irrsinnige Spannung aufgebaut, die erst in dem Moment explosionsartig verpuffte, wenn die Polizisten die Tür einträten – und im leeren Zimmer 213 stehen würden.

Dieses aus dem *Schweigen der Lämmer* weltbekannte Montageverfahren ist zwar clever und raffiniert und alles, liefe aber jetzt ins Leere, denn Wuppke hörte natürlich, dass nicht an seine, sondern an die Nebentür gehämmert wurde, also was soll er da ängstlich blicken. Im Gegenteil, erleichtert konnte er sein!

Bei Camilla hingegen hätte der Crosscut durchaus funktioniert, denn sie war im Augenblick stark überfordert. Sie sah keinen Ausweg, und was sollte werden, wenn man sie hier verhaftete? Lino würde unter Fremdverwaltung gestellt und vermutlich für immer auf dieser windigen Insel gefangen gehalten werden, die Deutschen waren ja bekannt für ihren Verwaltungstotalitarismus. Bei dem Gedanken wurde ihr ganz flau.

Lino allerdings hatte seinen Spaß. Kroch hinter das Bett, machte ein ernstes Gesicht und lud seine Spielzeugberetta, bereit, jeden Eindringling ins Jenseits zu schicken.

»Vaffanculo, pezzo di merda! Mi rompe le palle, faccia di minghia!«

Wuppke konnte ja kein Italienisch, er riet aber, dass Lino sinngemäß damit drohte, »jeden Einzelnen von euch Fotzengesichtern mit in die Hölle« zu nehmen, bevor Camilla ihn streng das Fluchen einstellen hieß.

Es splitterte die Nebentür, und allmählich beruhigte sich das schwappende Adrenalin auf allen Seiten. »Gesichert!«, hieß es, danach gingen die Gespräche gedämpft weiter, waren aber vermöge der Plattenbauweise des Monbijou dennoch gut zu verstehen. Die Ermittlungsfortschritte hier aus erster Hand mitzuhören, dachte Wuppke, würde hoffentlich den einen oder anderen Wettbewerbsvorteil mit sich bringen.

»Nicht!«, sagte er zu Camilla, die eben die Generalkarte in den Schlitz schieben wollte, um Strom und weitere Vergünstigungen zu erhalten. Sie sah ihn ohne Verständnis an, und eigentlich auch ohne Sympathie. Warum mag sie mich nicht, fragte sich Wuppke, fand seine Frage aber sofort albern und auch der Situation ganz unangemessen.

Eine Weile herrschte angespanntes, bedrücktes Schweigen. Das heißt, Lino redete in einer Tour. Wuppke verstand natürlich kein Wort, aber seiner Gestik und den comichaften Geräuschen nach zu urteilen erzählte er seiner Mutter noch mal haarklein alles, was bisher geschehen war, und begeisterte sich am Erzählen offenbar noch mehr als an den Erlebnissen selbst. Besonders das Töten schien ihm gefallen zu haben. Selig ist die Unschuld der Kindheit, dachte Wuppke lyrisch.

All das konnte aber nicht darüber hinwegtäuschen, dass sie alle miteinander in der Falle saßen. Früher oder später würde das Zimmer entweder vermietet werden und saturierte schwäbische Senioren ihr traditionelles Nörgeln über die Missstände im Gastgewerbe dieser Welt vortragen, oder, und sogar noch schlimmer, die Polizei würde jedes einzelne Zimmer öffnen und durchsuchen, weil man früher oder später darauf kommen würde, dass jemand mit der Generalkarte der Zimmerfrau das gesamte Hotel als Versteck nutzen konnte. Noch vorher würde man allerdings darauf kommen, dass das hier aufzuklärende Delikt nicht Schlüsselkartendiebstahl war, sondern Mord.

»Jemand soll die Kripo anrufen!«, sagte da auch schon gut hörbar eine Frauenstimme. »Wir haben eine Blutspur im Aufzug gefunden.«

Draußen erklangen Martinshörner, und ein dezenter Blick an der Gardine vorbei verriet, dass das Hotel weiträumig mit rot-weißem Flatterband umwickelt wurde.

»Die Kollegen haben jemanden gefunden. Im Müllcontainer.«

»Und?«

»Männlich. Wahrscheinlich. Viel ist nicht zu erkennen. Die Presse hat gründliche Arbeit geleistet.«

»Die Presse ist schon da?«

»Nein, an.«

Eine Weile herrschte Ruhe. Als Lino damit beschäftigt war, seine Erlebnisse bildlich auf dem Hotelbriefpapier zu verewigen, sagte Camilla leise zu Wuppke: »Was machen wir jetzt?«

Hoppla, dachte Wuppke. Da musste ein Missverständnis vorliegen! Es klang ja nachgerade so, als befinde sich Wuppke mit Camilla auf Verlobungsreise und nicht in ihrer Gewalt. Entsprechend verhalten beantwortete er die Frage mit Schweigen.

»Jetzt sitzen wir in diesem Hotel fest, und mein Bruder ist irgendwo da draußen und braucht meine Hilfe.«

Camilla hatte ja noch ihren Reinemachdress an, den sie jetzt langsam aufknöpfte und über die Hüfte zu Boden fallen ließ. Wuppke verwirrte die Inkongruenz zwischen Wortbeitrag und Gebaren, aber das Kind schien sich nicht daran zu stören, und auch Wuppke musste gestehen, dass es immerhin etwas Abwechslung in die Eintönigkeit des Hotelzimmerdaseins brachte. Camilla trug sehr schöne schwarze Unterwäsche der Marke Victoria's Secret, ganz ohne Spitze, dafür mit optimal ausgefüllten Passformen, dazu eine ganze Reihe tätowierter Ober- und Unterarme.

»Kannst du dich vielleicht mal umdrehen?«, fragte Camilla, ohne allerdings den letzten Nachdruck aufrichtiger Empörung in ihre Stimme zu legen. Wuppke wollte natürlich nicht als Gaffer dastehen und verfolgte den Umziehvorgang stattdessen in der gesprungenen Mattscheibe des Fernsehers.

Vor der Tür regte sich jetzt etwas. Jemand mit autoritärer, aber heiserer Stimme sagte zu seiner Mannschaft oder auch, genderneutral, seinem Team: »Alle mal hergehört. Wir kontrollieren jetzt die Zimmer, im Sinne von Sicherstellung der Verdachtsmomente. Es kann sein, dass der oder die Täter sich noch zur Spurenverwischung beziehungsweise zwecks Fluchtgedanken im Objekt befinden. Das Objekt ist im Sinne der Objektsicherung abzusichern. Die Umgebung muss hermetisch abgeriegelt werden, wir arbeiten uns dann systematisch vom Hundertsten ins Tausendste vor, alles strikt nach den Vorgaben des Gesetzgebers und beschleunigten Verfahrens. Ziel- und Rasterfahndung in Verbindung mit Gesichtserkennung. Los, los (Händeklatschen), ihr wisst, was zu tun ist. Wer verdächtig ist, wird sofort eliminiert. Ist das alles verstanden worden?«

»Nur noch mal zum Verständnis: Sagten Sie eben, Verdächtige sind zu eliminieren? Im Sinne von: mit der Schusswaffe rücksichtslos zu erledigen?«

»Sind Sie verrückt? Wer hat Sie denn zum Polizeidienst gelassen?«

»Ich hatte halt verstanden ...«

»Was halten Sie davon, den Dienstanweisungen mal richtig zuzuhören?«

»Bitte entschuldigen Sie. Wir stehen alle unter Stress.«

»Ah ja? Wer steht denn hier wohl unter dem größeren Stress? Sie oder ich?«

»Noch mal wegen meiner Frage ...«

»Ich habe gesagt, dass wir hier peinlich genau nach den Richtlinien der Verbrechensbekämpfung und bei dringendem Tatverdacht jeglicher Gefährdungsmomente im Sinne beschleunigter Verfahrensweisen in Verbindung mit der Sicherung des Objekts vorgehen. Ist das so schwer zu verstehen?«

»Sagen Sie noch mal das mit dem Gefährdungsmoment?«

»Sag mal, soll ich Ihnen das aufmalen?«

Da brummte Wuppkes Telefon. Er wollte es abstellen, erwischte aber die falsche Taste und hatte unversehens den Chinesen dran.

»So, mein Lieber. Wo kann ich Heide abholen?«

»Hallo, Ali«, flüsterte Wuppke. »Du, das ist jetzt ein ganz schlechter …«

»Warum du flüsters? Hast du erkältet oder was los, mein Lieber?«

Drüben wurde nichts mehr gesagt, Wuppke hatte das bestimmte Gefühl, dass man sich absichtlich still verhielt, um zu horchen. Camilla ließ, um Lino weiter ruhig zu halten und von ihrer eigenen Nervosität abzulenken, einen Schlitzerfilm ohne Ton auf ihrem Smartphone laufen.

»Ich kann jetzt nicht reden, Ali. Aber ich bin fast so weit mit deiner Heide.«

»Was, *fast*?«

Wuppke sagte nichts. Es kam ihm so vor, als würde man draußen auf dem Gang jedes seiner Worte laut und deutlich wie über einen Lautsprecher verstärkt mithören und als hätten die Männer und Frauen eine Türramme in Stellung gebracht, um jetzt gleich im Zimmer einzufallen.

»Pass auf, mein Lieber, will ich Papiere für Heide unterschreib. Komm Dienstag zu mir. Will ich dir nich droh, ehrlisch, escht. Aber bin ich langsam Ende von meine Geduld. Hast du Zeit genug jetzt. Fühl ich mich langsam verarsch.«

Da klopfte es. Und zwar nicht nebenan, sondern an die Tür ihres Zimmers. Wuppkes Herz fühlte sich an wie einer dieser neuartigen Milchbeutel, der auf dem Asphalt zerplatzt. Eine Stimme rief: »Polizei! Aufmachen!«

Wuppke drehte sich zu Lino und Camilla, die ihre Pistole auf die Tür gerichtet hatte, und legte den Zeigefinger an die Lippen.

»Wieso du sag nix, mein Lieber? Werd ich sauer langsam. Bis Dienstag du bis zuruck. Und wenn du komms ohne Heide, meine Jungs machen rischtisch Stress für disch. Ohne Giraffensprach. Hast du verstanden?«

Es klopfte noch mal. »Hallo? Polizei!«

Wuppke hielt den Atem an, und das ist nicht nur so eine Redensart. Selbst Lino nahm das Spiel so ernst, dass er nur sehr flach atmete und glücklich seine Mutter anschaute.

Der Chinese hatte aufgelegt.

Es klopfte nochmals energisch, aber da rief jemand vom Ende des Flurs: »Enno, lass sein, da ist keiner drin. Erst die 210 wieder, ich hab hier die Liste!«

Wuppke steckte das Telefon weg und lauschte angestrengt auf die Geräusche jenseits der Tür. Es dauerte noch eine Weile, bis er die angestaute Luft abließ und aufatmete. Auf dem Gang wurden Türen geöffnet und Personalien abgefragt. Wuppke setzte sich geräuschlos in den Kunstledersessel im Fenstereck und lauschte dem Klang seines sich beruhigenden Herzschlags.

Da für Wuppke, Camilla und Lino nun also erst mal die Zeit des Wartens weiterging, schalten wir kurz rüber zu den anderen Schauplätzen, mal sehen, was sich dort so tut. Da wäre zum Beispiel die Kragler. Die hatte in der Presse von Jorgensens großer Ansprache erfahren und überlegte nun mit ihrem Wasserträger Kleinrodt, was sie der pathetischen Heimatschutzkampagne entgegensetzen konnte.

»Dieser Jorgensen ist ein Schaumschläger und Luftikus«, sagte sie.

»Ich habe eine Idee«, sagte Kleinrodt, der, je länger er sich der Kragler anbiederte, desto buckliger und koboldhafter wirkte, ehrlich wahr. »Wenn er schon vor feindlichen Investoren warnt, dann sollten wir noch lauter warnen, meinen Sie nicht? Wir wissen doch, dass die Sache mit der Heide von den Alibabar-Leuten kam. Wenn Jorgensen die jetzt angreift, dann müssen wir sie noch mehr angreifen, sonst ...«

»Sonst was?«

»Ich ... ich ....«

»Ich, ich, ich!«, äffte die Kragler den erbarmungswürdigen Kleinrodt nach. »Was soll dieses Gestottere!«

»Natürlich, Frau Kragler! Verzeihung!«

Vielleicht war es aber auch eine Art sexuelle Orientierung beim Kleinrodt, dass er sich so duckte vor der Kragler, nach dem Motto Masochismus, oder wie. So betrachtet darf man den Kleinrodt gar nicht kritisieren für sein Verhalten, sondern muss beiden Glück wünschen, dass sie sich auch weiterhin so gut ergänzen.

»Also was is jetzt?«

»Wir müssen radikal auftreten! Es ist die Zeit der schrillen Parolen! Wir müssen die Wähler bei ihren Urängsten packen!«

»Ich versteh immer wir! Willst du jetzt auch Bürgermeister werden, oder wie!«

»Nein, Verzeihung. Ich meinte: Sie müssen ...«

»Du brauchst mir nicht zu sagen, was ich muss, du Bezirkstrampel!«

Ein bisschen waren die beiden ja schon wie ein altes Ehepaar, nur mit der Feinabstimmung haperte es noch. Dennoch kann man sagen: Die Mischung aus politischem Ehrgeiz und amouröser Gefallsucht ergab eine gefährliche Alchemie, und niemand sage hinterher, er habe die Warnzeichen nicht deutlich vernommen!

In denselben Minuten erfuhr Hadi über Flurfunk, dass es im Monbijou einen Personenschaden gegeben hatte. Natürlich tippte er auf Wuppke, aber seltsamerweise war Josef nicht zu erreichen. »Den kann man doch total in die Tonne treten«, war dazu Hadis wütender, aber irgendwo auch hellsichtiger Kommentar. Er beauftragte Walid, zum Hotel zu fahren, um dort Status und Lage zu sondieren und nicht ohne das Koks zurückzukommen.

Walid, nachdem er aufgelegt hatte, rief ebenfalls Josef an, allerdings genauso erfolglos. Das Telefon war tot und Walid besorgt. Er hat es vergeigt, ging es ihm durch den Kopf. Der Trottel hat es vergeigt. Vielleicht war er abgetaucht, weil er Wuppkes Leiche so dilettantisch entsorgt hatte, dass sie sofort entdeckt worden war. Aber irgendwie glaubte Walid das nicht. Irgendetwas sagte ihm, dass es Josef selbst war, den man dilettantisch entsorgt hatte.

Im Hotel kamen derweil die Untersuchungen langsam zu ihrem natürlichen Ende. Man hatte die mit Hausmüll vermengte Fleisch- und Knochenmasse des Josef aus dem Container geschaufelt und zur weiteren Sortierung in mehrere weiße Plastikwannen gefüllt, die eben vom Gelände getragen wurden. Die Polizisten oben auf dem Gang steckten ihre Kugelschreiber weg, und die ersten Einsatzfahrzeuge verließen den Parkplatz vor dem Hotel. Wuppke droben in seinem Kunstledersessel blinzelte ein wenig erschöpft gegen die tiefer stehende Sonne an, die ungehindert ins Fenster knallte, traute sich aber nicht, die Vorhänge vorzuziehen, solange das Gebiet nicht vollständig befriedet war.

Walid entfernte sich von seinem Wachposten in der Westerländer Bahnhofshalle und ging zu seinem Dienstauto, das er tatsächlich um die Ecke bei Famila auf dem Parkplatz abgestellt hatte. Ein Parkordner von greisenhaftem Alter und bewegter Lebensgeschichte gab irreführende Winksignale, die in mehreren Fällen fast zur Kollision geführt hätten, wenn irgendjemand sie ernst genommen hätte. Walid vermied es, hektisch zu werden, und bog schließlich langsam auf den Trift ein, wo er das Westerländer Zentrum im Feierabendverkehr versinken sah, auch wenn sich hier die Frage stellt, was für ein Feierabend das eigentlich sein soll in einem Inselparadies voller Erbschleicher und Anlagebetrüger.

Walid achtete auf die Geräusche, doch kein dumpfes Gebollere drang aus seinem Kofferraum – er hatte die unappetitliche Aufgabe, die Hadi ihm aufgetragen hatte, ja an Josef übertragen. Trotzdem hatte Walid ein blödes Gefühl, was diese Sache anging. Ein ganz blödes Gefühl.

Wuppke entschied schließlich, dass es vor dem Zimmer ruhig genug geworden sei, um das Ausrücken wagen zu können. Als er sacht die Tür öffnete, war der Gang tatsächlich leer, und obwohl das nichts zu bedeuten hatte, gab er

Camilla und dem Kurzen ein Zeichen, sich in Bewegung zu setzen: Den Flur entlang, hinein in den Personenaufzug und hinunter in die Lobby, wo ein freundlicher Polizist nach Wuppkes und Camillas Papieren fragte. Da könnte man jetzt eine große Sache draus machen, von wegen Wuppke war ja aktenkundig und Camilla hatte einen gefälschten Reisepass, aber halb so wild, der kontrollierende Polizist war noch neu im Geschäft und sah gar nicht richtig hin.

Nach zähflüssigem Verkehr durchs Zentrum bog Walid schließlich keine 500 Meter Luftlinie entfernt in die Andreas-Dirks-Straße zum Hotel Monbijou ein. Seine letzten Sekunden auf dieser Welt erlebte er sehr intensiv. Er hatte das Seitenfenster seines schönen großen Wagens geöffnet und, um sich abzulenken, Musik von Avishai Cohen aufgelegt, einem israelischen Jazzbassisten. Walid war ganz friedlich gestimmt, er wollte keinem was, und es machte ihn ganz wehmütig, dass er diese Haltung sehr bald würde ablegen müssen. Ein angenehmes Lüftchen wehte, und er hing Gedanken nach, die sich um so verschiedenartige Gegenstände wie seine junge Freundin, die Befriedigung körperlicher Bedürfnisse und das Thema Freizeitgestaltung am Nachmittag drehten sowie um die Frage, wie man einige oder all diese verschiedenen Daseinsaspekte in einer einzigen Tätigkeit zusammenführen könne. Da entdeckte er auf dem Parkplatz vor dem Hotel plötzlich Josefs Wagen sowie eine kleine Gruppe, die sich, aus dem Hotel kommend, schnell darauf zubewegte. Den Mann erkannte er: Kaum zu fassen, das war tatsächlich dieser Wuppke! Er hatte es also irgendwie geschafft, Josef zu entkommen. Walid musste ihn erledigen, das würde ihm eine Menge Treuepunkte bei Hadi einbringen, vielleicht würde er sogar übers Wochenende frei bekommen und könnte einen schönen Ausflug machen, weg von diesem langweiligen Sandhaufen, irgendwohin, wo es dreckig, laut und verkommen war. Warum nicht mal wieder Berlin?, dachte er und gab Gas, denn Wuppke machte offensichtlich Anstalten, mit Josefs Wagen zu fliehen, wie auch immer er an den Schlüssel gekommen war. Gut, dass er auch einen hatte, dachte Walid; sollte Wuppke den Wagen öffnen, würde er ihn per Fernbedienung einfach wieder schließen, ätschi-bätsch.

Er gab Gas und raste auf Wuppke zu.

Da trat ein kleiner Junge dicht vor ihm auf die Fahrbahn, und Walid riss das Steuer herum. Ein großer LKW mit Edeka-Schriftzug tauchte vor ihm auf. Die Ecke der Laderampe zeigte wie die Spitze einer offene Klinge auf ihn und kam sehr schnell näher. Er spürte keinen Schmerz, nur ein Gefühl, als würde ihm beim Kieferorthopäden ein riesiger Abdrucklöffel eingeführt werden, allerdings viel tiefer als üblich, nämlich bis er am Hinterkopf wieder herauskam.

Der Airbag füllte sich in dem Moment mit Luft, als Walid sein Leben aushauchte, und platzte sofort wieder, als die Ladekante den Wagen bis hin zum Rücksitz aufschlitzte. Am Heck des LKW kam das Auto splitternd zum Stehen. Eine Fliege summte durchs offene Fenster und setzte sich auf Walids leblose Hand. Solche makaberen Details erfindet nur das Leben selbst.

»Da sind sie«, sagte Wuppke, als er den Daimler heranrasen sah, zu Camilla, die den Satz zwar verstand, aber dennoch nichts damit anzufangen wusste. Der kleine Lino aber lief unter der kernigen Formel »Lo facchio!«, »Ich mache das«, auf die Straße, um den herandonnernden Zweitonner mit der bloßen Präsenz seines schmalen Körpers aufzuhalten wie vordem Lee Majors, was mittlerweile schon nicht mehr nur auf kindliche Machtfantasien hindeutete, sondern in Deutschland ein klarer Fall für Inobhutnahme und Kinderpsychiatrie wäre. Aber nun, der Junge war Italiener, was soll man sich da einmischen. Der Fahrer hatte gute Reflexe und reagierte, wie jeder Fahrer reagieren würde, indem er geistesgegenwärtig das Steuer herumriss und mit Kawumm in die Laderampe des Lastwagens krachte. Der Lieferant, der eben eine Palette aus dem Bauch des Lastwagens auf die Rampe hatte ziehen wollen, wurde wieder dorthin zurückgeschleudert. Der Wagen war bis hinunter zum Rücksitz cabrioletisiert, und aus irgendeinem Grund gab die Hupe einen ununterbrochenen Ton von sich wie ein dünnes Todeswimmern, dieweil Lino natürlich triumphierte.

Schnell bildete sich eine Menschentraube um den Unfallort

Wuppke besah sich den Schaden am Fahrzeug aus nächster Nähe. Natürlich bot sich ihm ein Bild der Verwüstung. Die Fahrertür hatte sich geöffnet, gütig lag der geplatzte Airbag über die Sauerei gebreitet wie ein Leichentuch, unter dem nur Walids allerdings blutiger Arm hervorragte. Eine Fliege stieg von dort in die Luft auf, es sah aus, als sei sie Walids offener Handfläche entschwebt, und dadurch wurde Wuppkes Blick auf den Autoschlüssel gelenkt, der zwei Meter weiter auf dem blanken Asphalt lag.

Es gibt ja Zufälle, die glaubt man nicht, aber wenn gleich danach wieder der nächste Klopper passiert, hat man schlicht keine Zeit, darüber nachzudenken, und so was ist immer gut für die Machthaber.

Früher, als sein Leben noch weniger aufregend gewesen war, hatte Wuppke sich die Momente, in denen man seine Lage als aussichtslos einsieht und aufgibt, immer romantisch verklärt, als längst fälliges Nachlassen allen Wollens oder so, wie wenn der frühere Ehrgeiz bloß Verblendung gewesen wäre. Aber sein Wollen war gar nicht verschwunden, es war sogar noch stärker als zuvor. Er wollte nämlich mehr als irgendetwas anderes, dass alle Zwänge, die ihm auferlegt waren, plötzlich fort seien und er, wenn er wollte, am Lister Strand im sauberen Sand liegen und den ausklingenden Tag bei einem Softeis mit Haselnusskrokant beschließen könnte. Daran war aber nicht zu denken, denn sein gesamtes Nervenkostüm befand sich in allerhöchster Unruhe, so als hätte man seine Ganglien und Dendriten in Absinth getaucht. Er war ein Nervenbündel, wozu die arabische Leierkastenmusik, die laut aus den Boxen plärrte, als er den Motor des Wagens anließ, ihr Übriges tat. Leider konnte er aber bei all dieser High-End-Ausstattung den Lautstärkeregler nicht finden, also musste die Musik weiterleiern.

Es war Camilla, die ihn auf ein Geräusch aufmerksam machte, das unterhalb all der Höhen und Mitten von hinten aus dem Kofferraum zu dringen schien. Wuppke konnte das nicht so recht beurteilen. Er steuerte den Wagen noch ruhig und gleichmäßig durch Wenningstedt und Kampen, wo man ihm scheel hinterhersah mit seiner nahöstlichen Musik, dann wurden alle Straßen zu der einen, die auf List zuging, dem letzten Ort der Insel und insofern als Endstation geradezu prädestiniert.

Als Wuppke auf einen leeren Parkplatz gefahren und den Motor ausgeschaltet hatte, hörte er die Geräusche selber: eine Art schwaches Hämmern aus dem Kofferraum. Wuppke öffnete die Heckklappe und trat einen Schritt zurück. Wie groß war Camillas (und auch Wuppkes) Freude, als er Melina und Tomaso erblickte, gefesselt noch immer und in desolatem Gesamtzustand zwar, aber wohlauf und lebendig!

Mit vereinten Kräften halfen sie den beiden heraus und befreiten sie von Knebeln und Kabelbindern, was mit Camillas mitgebrachter Nagelschere aus dem Dolce-Necessaire ein zeitraubendes Unterfangen war. Nachdem die beiden alle verfügbaren Wasserreserven ausgetrunken hatten, unterhielt man sich angeregt im napulitanischen Heimatdialekt, wozu Wuppke wenig beisteuern konnte und daher ziellos auf dem Parkplatz herumschlenderte, was ohnehin guttat zur Psychohygiene nach all den belastenden Erlebnissen.

Ein Abendwind fegte sacht einige Sandschwaden über den Asphalt, und Wuppke wurde ganz melancholisch. Wie immer aber, wenn sich tiefere Seelenzustände einstellen wollten, geschah sofort wieder etwas, als müsse die innere Einkehr um jeden Preis verhindert werden. Natürlich ging es wieder um Lino. Dieser hatte, während die Erwachsenen noch beim Heck glücklich ihr Wiedersehen feierten, in freiem Spiel die Ersatzwaffe des Walid aus dem Handschuhfach stibitzt und hantierte nun in einer Weise damit herum, dass jedem behütenden Elternteil das Herz in die Hose rutschen musste. Er rief den Namen seines Onkels Tomaso und zielte strahlend mit der Waffe auf ihn, drauf und dran, ihm zu demonstrieren, wie gut er damit umgehen konnte.

Wuppke stürzte los. Ein wenig Zeit gewann er, weil Lino die Pistole erst noch entsichern musste. Camilla schrie, dass er das Ding fallen lassen solle, doch es kam, wie es kommen musste: Lino schoss. Die Patronenhülse wurde sehr langsam, wie es eigentlich nur in der Zeitlupe möglich ist, ausgeworfen, umhüllt von einem kleinen Qualmwölkchen, doch in dem Moment, da die Kugel im Begriff war, den Lauf zu verlassen, wurde sie durch einen Stoß des heldenhaften Wuppke, der sich auf Lino geworfen hatte, um wenige Millimeter abgelenkt.

War dies Wuppkes gutes Werk? Erfüllte sich mit dieser Tat seine Bestimmung, um deretwillen dies alles geschah? War das seine Initiation und Bewährung, sein Akt der Sinnstiftung in einer sinnlos gewordenen Welt? – Kann sein. Jedenfalls: Schreckgeweitete Augen allenthalben, Tomaso streckte zum Schutz vor der Kugel seine Handflächen der Waffe entgegen, und Lino, dies schreckliche Kind, lachte, als sei das alles nur ein Jux. Und die Kugel?

Ja, die Kugel. Sie flog gemächlich auf der vorbestimmten Strecke dahin, passierte so manches Stickstoff- und Wasserstoffatom, halbierte eine Libelle und würde, so viel war nun zu sehen, Tomaso infolge Wuppkes Heldenwerk verfehlen – nicht aber Camilla.

Sinnlos kommt der Tod wie sonst nur das Leben.

Seit Drohnen selbst für den kleinen Geldbeutel erschwinglich geworden sind, werden vertikale Kamerafahrten, für die man noch vor einigen Jahren für Unsummen einen Kran mieten musste, immer beliebter. So kann man von einem Detail, zum Beispiel dem gebrochenen Blick im Gesicht eines liegenden Körpers, zügig den Bildausschnitt öffnen, sodass man die beiden Gestalten ins Bild nehmen kann, die sich helfend zur Liegenden hinabbeugen, sowie das Kind, das intuitiv spürt, dass das Spiel zu Ende ist, und Wuppke, der das Schreckliche nicht verhindern konnte, sondern letztlich verschuldete. Schließlich hat man eine Totale des ganzen leeren Parkplatzes, bald vom ganzen nördlichen Teil der Insel, der dünengesäumten Straße nach List samt dem Hafen mit dem geduldigen, alles vergebenden Meer dahinter …

Aber nein. Es ist einfach zu traurig. Die Kunst hat das Privileg, über die Zeit zu herrschen und damit über den Tod. Also zurück das Ganze, die Kugel fliegt wieder in den Lauf zurück, die Patronenhülse in die Kammer, und Wuppke erreicht Lino noch gerade rechtzeitig, bevor er abdrücken kann.

Er riss ihm die Pistole aus der Hand und zerlegte sie mit einigen knappen Handgriffen in ihre Einzelteile; Schlitten, Magazin, der Lauf und schließlich einzelne Schrauben bröselten auf den Boden, als sollten sie Wuppkes innere Gefühle zum Thema Waffengewalt verdeutlichen. Und wem es nicht deutlich genug geworden ist, für den dürfte die Standpauke interessant sein, die Wuppke jetzt dem Bengel und Waffennarr hielt.

»Schluss damit! Geht es denn überhaupt nicht in dein Spatzenhirn, dass die Leute nicht gern von dir beschossen werden, erst recht nicht, wenn sie dadurch sterben? Wer hat dich eigentlich in deinem zarten Alter schon so versaut, dass du glaubst, der Planet dreht sich nur um dich und dein sadistisches Vergnügen? Haben dir deine Eltern das beigebracht? Diese Mafiosi sind doch zu keiner schöpferischen Tat fähig, und es interessiert mich einen Scheiß, dass das kaputte System ihnen nie eine faire Chance gegeben hat. Du hast eine faire Chance, wenn du sie ergreifst! Also hör gefälligst auf, Leute umzubringen! Ich kann dieses kranke Zeug jetzt einfach nicht mehr mit ansehen!«

Der Junge verstand natürlich kein Wort, begriff den Inhalt aber dennoch mühelos und begann zu weinen, während er seiner Mutter in die Arme lief und sich von ihr trösten ließ.

»So redest du nicht mit meinem Jungen!«, versuchte Camilla zu bestimmen, aber da machte Wuppke auch ihr einen dicken Strich durch die Rechnung.

»Und du!«, sagte er. »Du hast mir überhaupt nichts zu sagen. Oder willst du mich auch erschießen? Wohin soll das noch führen? Zwei Menschenleben hat deine missratene Göre auf dem Gewissen, nur weil du ihn verhätschelst und zu feige bist, ihm klare Grenzen zu setzen. Du solltest mal etwas mit ihm unternehmen, wo er keine Leute killen kann, Phantasialand oder was weiß ich!«

Camilla war einen Augenblick sprachlos. Tomaso, der schnell seine ureigene Grundaggressivität wiedererlangt hatte, fragte bei seiner Schwester nach, ob er den Schreihals für sie umlegen solle, aber Wuppke fuhr auch ihm in die Parade.

»Ich pfeif auf dich und deine Gewalt, du Analphabet! Wenn ich nicht gewesen wäre, würdet ihr beiden jetzt auf dem Meeresgrund liegen! Und jetzt verzieht euch von meiner Insel, wenn's recht ist. Den Wagen könnt ihr behalten, ihr Arschgeigen!«

11. Es scheint nun unmöglich, das ursprüngliche Ziel noch zu erreichen. Eine Hoffnung stirbt. Aber ihr Tod macht Platz für etwas Neues

So aufgebracht hat man Wuppke selten erlebt. Überhaupt ein Wunder, dass es noch Dinge gibt, die ihn aus seinem indifferenten Weltphlegma reißen. Hoffentlich wacht er jetzt mal langsam auf!

Wie man's nimmt. Wuppke war müde, ihm steckte ja noch immer die Nacht in den Strandkörben in den Knochen, und gegessen hatte er auch noch nichts außer seinem Nogger heute Morgen. Außerdem hatte er Wut im Bauch. Es fiel ihm schwer, die Themenschwerpunkte dieser Wut nach Prioritäten zu sortieren, sodass es bei einem großen Wutamalgam blieb. Anfangen kann man damit nicht viel, und letztlich macht es einen sogar total fertig.

Wuppke war drauf und dran, sich in den Zug zu setzen und zurück nach Berlin zu fahren. Wozu sollte es denn gut sein, noch länger hier zu bleiben? Sicher, zu Hause erwartete ihn das Jüngste Gericht mit anschließendem Fegefeuer, aber er würde sich ihm doch sowieso stellen müssen, ob jetzt oder später. Und vorher noch Ferien machen, danach war ihm nicht zumute, immerhin hatte es sich zugezogen, und die gefühlte Lufttemperatur plus Wind ließen ihn in seinem zynischen »ALLES GUT«-Leibchen ganz schön schlottern. Außerdem brauchte man für das eine wie das andere Geld, und das hatte er nicht.

Da stapfte er also mit in die Taschen seiner Billigjeans gestemmten Fäusten am Strand Richtung Westerland zurück. Jetzt wäre ihm ein Anruf Gottschilds zur seelischen Erbauung gelegen gekommen, aber wenn man ihn braucht, ruft er natürlich nicht an. Trotz des unfreundlichen Wetters hatten sich doch tatsächlich ein paar Nacktbader eingefunden, deren Köpfe immer mal wieder hinter den anbrandenden Wellen auftauchten. Da vorn lagen auch ihre Habseligkeiten im Sand, als sei der öffentliche Strand ihr Privatgrundstück.

Wuppke verlangsamte seinen Schritt und senkte sein Haupt, um die Kleidungsstücke auf ihren Nutzwert hin zu überprüfen.

Aber Wuppke! – War er denn wirklich schon so heruntergekommen, dass er wehrlose Rentner bestehlen würde, die nichts weiter taten, als der frischen Dünung arglos ihre erschlaffenden Leiber hinzugeben? Wie konnte es sein, dass Wuppke überhaupt darüber nachdachte, wo er sich doch als einen aufrichtigen und gerechtigkeitsliebenden Menschen begriff?

Nun, das war früher gewesen, jetzt aber war jetzt. Es war nicht einfach, in dieser Welt ein aufrichtiger und gerechtigkeitsliebender Mensch zu sein und gleichzeitig zu sehen, wo man bleibt. Das ist bekannt. Wuppke hatte es versucht, sich zuletzt aber bereits an Erpressung, Drogendelikte und andere Verbrechen gewöhnen müssen, und da ist die Geschichte im Hotel noch nicht mal mit eingerechnet. Die Geschichte im Hotel ist übrigens ein gutes Beispiel dafür, dass Geschichten nicht enden: Sie verfolgte Wuppke jetzt nämlich und würde es wohl noch lange tun. Nicht, dass er Albträume bekommen und nachts schweißgebadet hochfahren würde wie ein Vietnamveteran mit posttraumatischer Belastungsstörung, immerhin hatte er seitdem ja noch gar nicht geschlafen. Aber diese Geschichte hatte ihn verändert, das spürte er, während er sich dem Kleiderhaufen näherte. Wenn so etwas passieren konnte, ohne dass es Schwierigkeiten mit der Theodizee gab, was kümmerte ihn da noch, ob ein wenig Geld den Besitzer wechselte? Er würde den Leuten ja nicht ihr letztes Hemd nehmen und sie der Peinlichkeit und Kälte ihrer Nacktheit überlassen. Was ist ein wenig Papiergeld gegen den Tod zweier Menschen, den er mitansehen hatte müssen? Das Portemonnaie lugte ja auch schon halb aus einer der Hosentaschen, ein teures kleines Ding aus Froschleder war das, zum Greifen nahe.

Lass dich nicht von der dunklen Seite verführen, Wuppke! Du musst dagegen ankämpfen!

Wuppke glaubte schon lange nicht mehr daran, dass er zu einer Tat fähig wäre, groß und gut genug, um die Welt als Ganzes in einen besseren Ort zu verwandeln. Die leisen Töne, die ihm gegeben waren, gingen in der Kakophonie eines Orchesters unter, in dem jeder der Solist sein wollte und das niemals im Gleichklang miteinander musizieren würde. Wozu sich also Mühe geben, den rechten Ton zu formen, wo ihn doch niemand hören würde? Siebzig Euro in nicht fortlaufend nummerierten Scheinen waren in dem Portemonnaie, nicht schlecht.

So darfst du nicht denken, Wuppke! Jeder Einzelne kann etwas tun!

Für ihn war das eine Menge Geld, während die Badenden den Verlust gar nicht bemerken würden. Hatte ich nicht siebzig Euro eingesteckt?, würden sie sich später zerstreut vorsagen und die Frage, beim Fragezeichen angelangt, schon wieder vergessen haben. Während diese Snobs hier ungeniert im Meer planschten, nichts mehr zum Bruttoinlandsprodukt beitrugen und am Abend ihre unverschämt üppige Pension mit überteuerten Hugos verprassen würden, musste er sich von den mickrigen siebzig Euro ein Abendessen, ein dünnes Bier und die Fahrkarte nach Berlin vom Munde absparen. War das etwa gerecht?

Nicht, Wuppke! Kämpfe um deine Seele!

Andererseits: Wie sollte man die Achtung vor sich selbst bewahren, wenn man sich nur an dem orientierte, was schon immer war, statt an dem, was sein sollte?

Genau, Wuppke! Gute Frage!

Frage nicht, was die Welt für dich tun kann, sondern tue selbst etwas für sie, und hoffe nicht darauf, dass sie es dir entlohnt! Dein Lohn (sprach Wuppke mit leisem Pathos zu sich selbst) ist das saubere Wasser, mit dem du dich an jedem neuen Morgen reinwaschen darfst! Mag sein Dampf den Spiegel zunächst vernebeln, bald wird der ungetrübte Blick auf dein Gesicht frei, und in deinen Augen wirst du lesen, dass du noch immer auf dich vertrauen kannst, einen weiteren Tag lang, immer wieder, was auch geschehe!

So ist es gut, Wuppke! Das sind die richtigen Gedanken!

Höhe Kampen traf Wuppke zufällig auf Miriam, die mit den Windhunden unterwegs war. Sie trug eine Strickjacke aus Schurwolle über die Schultern gehängt wie eine Gesellschaftsdame aus den Upper Midlands, die allerdings angesichts des Windes immer wieder heruntergeweht wurde, was sie auf sympathische Weise ungeschickt wirken ließ.

Auf Sylt herrscht ja meistens ein Wetter, da ist man entweder zu warm oder zu kalt angezogen, und zwar gleichzeitig. Das wäre mal wieder eine schöne Metapher, dachte Wuppke, aber was hat man denn von diesen ganzen Metaphern? Egal, in welch schöne Worte man das Leben kleidet, es muss ja doch durchlitten werden, die schönen Worte ändern daran überhaupt nichts. Sie lösen keine Probleme, sie führen zu keinem Erfolg, sie sind nichts weiter als Kleider, die die Konturen des Körpers flatternd verhüllen. Nur wäre das schon wieder eine Metapher. Was wiederum bedeutet: Das Reich der Metaphern und das Reich des wirklichen Lebens berühren sich nie, sie sind getrennt voneinander wie die Sphäre der Toten und die der Lebendigen in M. Night Shyamalans Genreklassiker *The Sixth Sense*, in dem nur ein besonders empfindsamer Mensch mit Spezialbegabung zum Helden beider Welten werden kann.

War Wuppke solch ein Held?

»Sieh an«, sagte Miriam nicht unbedingt erfreut. »Wo kommen Sie denn her?«

Wuppke stammelte ein wenig herum und sagte dann gefasst: »Für mich zählt nicht so sehr, woher ich komme, sondern viel mehr, wohin ich gehe!«

Miriam verzog keine Miene, sie war ja an die hochtrabenden Reden schon gewöhnt. »Und wohin gehen Sie?«

»Waren wir nicht schon beim Du?«, fragte Wuppke zurück.

»Nach all den Problemen, die du uns gemacht hast? Nie und nimmer!«

Wuppke dachte angestrengt nach, ob nicht erstens ein immanenter Widerspruch vorlag und von welchen Problemen Miriam zweitens genau sprach.

»Ich habe Jost dazu verholfen, sich in seinem Wahlkampf zu positionieren, seine Kampagne gerettet, den Familienfrieden wiederhergestellt, deine Tochter glücklich gemacht und Claude zu einem Gefühl der Anerkennung verholfen. Sie vertraut dir neuerdings sogar ihre Hunde an. Nicht, dass ich mich beschweren will, aber in herzlicheren Kulturen als der unserigen dürfte man zum Dank gut und gerne auf ein Gläschen Punsch hoffen.«

Miriam lachte und schüttelte den Kopf, als sei Wuppkes Verdienstliste gefälscht oder sogar erfunden. Wuppke wusste, dass sie es nicht war, verzichtete aber generös darauf, weiter auf dem Thema herumzureiten.

»Gläser hab ich keine dabei«, sagte Miriam.

Sie mochte ihn, das war sonnenklar, aber sie wollte halt gern noch ein bisschen Spencer Tracy und Katharine Hepburn mit ihm spielen, dachte Wuppke selbstgewiss.

»Was für prächtige Hunde«, sagte er unvermittelt und deutete auf die schönen Tiere, die nicht angeleint waren und lustig herumtollten. Endlich hatten sie einmal Gelegenheit, ihre durchaus unterschiedlichen Persönlichkeiten auszudrücken: Während einer den Radaubruder gab und seinen Kollegen durch übergriffige Nachstellungen zu entschiedenem Abwehrverhalten veranlasste, flanierte das dritte Tier leicht abseits mit denkerischer Miene am Fuß der Dünen. Wuppke konnte sich gleich gut mit ihm identifizieren.

»Ich wollte gerade etwas essen gehen, darf ich dich einladen?«, fragte er Miriam.

(Einladen, Wuppke? Aha?)

Miriam sah ihn unschlüssig an.

»Ich habe Geld!«, setzte er schnell hinzu.

(Geld, Wuppke? Soso! Woher denn?)

»Ich muss später Effi von der Musikschule abholen«, sagte Miriam im Ton einer gleichgültigen Feststellung. Wuppke durchschaute das sofort als Vorwand, denn so klein war Effi ja nun nicht mehr.

»Aber ein Stückchen gehen können wir doch zusammen«, beharrte Wuppke, der bei anderen zwar jede Art der Aufdringlichkeit verabscheute, selbst aber diesbezüglich einen blinden Fleck hatte.

»Ich werde es ja doch nicht verhindern können.«

Wuppke lächelte zufrieden und wagte es, seiner Leutseligkeit noch ein wenig mehr Seil zu geben. »Wie geht es übrigens unserer Effi?«

Miriam bedachte ihn mit einem Blick, dem Wuppke gern ablesen wollte, dass sie sich in schwerem inneren Widerstreit befand, ob sie ihn ins Vertrauen ziehen sollte oder nicht.

»Gut«, sagte sie schließlich ohne nennenswerte Betonung, »Effi geht es gut. Danke der Nachfrage.«

»Wenn du mich fragst«, begann Wuppke, weil er mit dieser Einleitungsformel gute Erfahrungen gemacht hatte. Miriam beendete diese Serie aber, indem sie abwinkte:

»Habe ich nicht, wollte ich nicht, werde ich nicht.«

»Wenn du mich aber fragen würdest«, beharrte Wuppke unbeirrt, »dann müsste ich dir sagen, dass Effi mit ihrer fortgesetzten Abwehr nur auf die Inkongruenz zwischen deinem Gefühl und deinem Handeln reagiert.«

»Du willst mir etwas von Inkongruenz erzählen?« Miriam blieb stehen, um ihrer Frage Nachdruck zu verleihen und auch … Moment mal, dieses zuckende Augenlid: war das etwa Verärgerung? Hatte Wuppke sie mit seiner scharfsinnigen Analyse nicht eigentlich beeindrucken wollen?

Sie hatten das Rote Kliff erklommen und gingen nun gemeinsam in die Binsen, zwischen denen einige Hasen mümmelten und verschreckt davonhoppelten. Von hier oben hatte man eine geradezu dramatische Aussicht auf das bleigraue Nichts dort über dem Meer. Wie der Wind ihr das dunkle Haar ums Gesicht wehte, fand Wuppke Miriam so begehrenswert wie Ben Stiller seine Kristen Wiig im *Erstaunlichen Leben des Walter Mitty*. Wuppke hatte gute Lust, sich jetzt in Miriam zu verlieben, was nicht ohne Komik ist, wenn man bedenkt, aus welch grundsätzlicher Fehleinschätzung diese Idee geboren war. Du kannst dich jetzt noch einen Moment in der selbstherrlichen Wunschvorstellung wähnen, Wuppke, dass Miriam deine Gefühle irgend erwidert, aber danach mach dich auf eine Klarstellung der Fakten gefasst.

»Ich will Ihnen mal was sagen, Wuppke. Sie halten sich mit Ihrem öligen Charme und Ihrer Halbeloquenz vielleicht für Remington Steele, aber in Wirklichkeit sind Sie von einem schnoddrigen Armleuchter kaum zu unterscheiden. Ihnen mag vorschweben, dass wir jetzt dicke Freunde werden, aber ich verstehe beim besten Willen nicht, wie Sie darauf kommen. Alles, was Sie bisher veranstaltet haben, war bestenfalls zwielichtig, und den Zeitpunkt in unserer Geschichte, an dem Sie ein bisschen was darüber hätten erzählen können, auf welcher Seite Sie mal standen und wie sie zu dem profillosen Aufschneider wurden, der Sie jetzt sind, haben Sie lange verstreichen lassen. Also tun Sie uns beiden doch den Gefallen und …«

An dieser Stelle gebot eine Windböe Miriam Einhalt, Wuppke hatte infolge des Lärms schon nach »Ich will Ihnen mal was sagen« nichts mehr verstanden außer »Charme«, »dicke Freunde« und »unsere Geschichte«. Er tat also folgerichtig einen kleinen Schritt nach vorne und fragte: »Ja?«

Dies wiederum brachte Miriam samt ihrer fulminanten

Tirade ein wenig aus der Fasson. Wuppke, scheinbar unbeeindruckt, schien ihre Angriffsenergie wie bei einer asiatischen Kampfkunst gegen sie zurückzuwenden, obwohl das doch eigentlich ihre Spezialität war. Sie sann kurz darüber nach, wer dieser Wuppke eigentlich war, oder besser gesagt, wen er im Sinne ihrer Heldenreise repräsentierte. Anfangs hatte sie ihn für den Herold gehalten, einen einfachen Boten, der ihr davon kündete, dass sie bald die Schwelle würde übertreten müssen zum Rest ihres Lebens. Schnell wurde er zu einem Schatten, der denen Übles wollte, die sie liebte. Und jetzt? Blieb ein billiger Trickser übrig, der sie nur vom Wesentlichen ablenkte. Was war das Wesentliche?

»Mal ehrlich«, begann Wuppke. Wer jetzt denkt, er würde zu guter Letzt doch noch auf den Trichter kommen, wie die Dinge zwischen ihm und Miriam standen, und damit in ein angemessenes Nähe-Distanz-Verhältnis zurückkehren, sieht sich abermals enttäuscht, denn er haute in dieselbe Kerbe wie zuvor und vertiefte damit logischerweise nur die Kluft zwischen ihnen. »Du lässt diese Claude in eurem Haus ein- und ausgehen, führst sogar ihre Hunde aus, obwohl du sie, übrigens aus nachvollziehbaren Gründen, geringschätzt. Also Claude, nicht die Hunde. Was soll Effi denn davon halten? Ich bin wahrlich kein Untergangsprophet, aber aus solchen Doublebinds können ernsthafte psychische Störungen erwachsen.«

Wie sollte Miriam auf den anmaßenden Täuschkörper Wuppkes anders reagieren, als ihm die Hunde auf den Hals zu hetzen? Leider waren es aber nur Wind- und nicht etwa Kampfhunde. Also biss sie, sozusagen ganz aus Mangel an Alternativen, doch in den Köder.

»Was versetzt Sie eigentlich in die Position, mir gute Ratschläge zu erteilen?«

Wuppke blieb gefasst, leicht könnte man auf den Gedanken kommen, hinter seinen Provokationen stecke eine wohldurchdachte Strategie, die Frau durch permanente Beschallung gefügig zu machen.

»Ich stelle doch nur Fragen«, sagte er, nun wieder ganz in seiner Deckung. »Zum Beispiel: deine wechselnde Anrede mir gegenüber ist für mich kein Problem. Aber wie ist das wohl für ein pubertierendes, orientierungsloses Kind, das sich nach einem festen Halt im Leben sehnt? Hm?«

Sie nahmen eine Wiese querfeldein, wo eine Herde Schafe ihr Schafeding machte und man dementsprechend höllisch aufpassen musste, wo man hintrat. Da beschloss Miriam innerlich, bei Wuppkes Spielchen einfach nicht mehr mitzumachen.

»Ich würde Effi niemals siezen!«, sagte sie launig und wurde sich, als sie Wuppkes frappierte Miene sah, schlagartig bewusst, wie einfach man Augenhöhe herstellen kann, wenn man sich einfach nicht mehr duckt.

Wuppke versuchte noch ein paarmal, Miriam in seinen zwanglosen Austausch zu zwingen, aber seine ganze Suggestivfragerei würgte das Gespräch dann doch immer wieder ab, bis sie vorm jorgensenschen Hause angekommen waren.

Miriam öffnete die Haustür und ließ die Hunde los, die sofort ins Innere einströmten. Dann zog sie die Haustür wieder zu und wandte sich nach der Garage.

»Ich fahre jetzt in die Stadt«, sagte sie zu Wuppke, und es konnte schwerlich zwei Meinungen darüber geben, dass es als Verabschiedung gedacht war.

»Bestens!«, rief aber Wuppke aus, der sich ja gegen die Realität, sofern sie seinen Vorstellungen missentsprach, gern operational abschottete. »Da müsste ich auch hin! Könnte ich wohl ein kleines Stückchen …«

Miriam war zu nachgiebig, das wusste sie natürlich selbst, und Wuppke hatte wenig Skrupel, das auszunutzen. Er tat dabei aber zunächst das Richtige, nämlich die Klappe halten. Aber als sie in dem mächtigen, geradezu panzerartigen Gefährt Platz nahmen, rissen doch wieder die alten Gewohnheiten bei ihm ein: »Interessant, diese Schwäche für Großraumfahrzeuge. Von einer passionierten Heideschützerin hätte ich das nicht unbedingt erwartet.«

»Das ist Josts Wagen.«

»Haben Sie nicht mal daran gedacht, sich etwas Eigenes aufzubauen?«

»Und Sie?«, fragte Miriam ungerührt zurück.

Wuppke war nun bedrückt. Nicht, weil er sich durch Miriams forsche Replik bloßgestellt fühlte, sondern weil ihn seine bevorstehende Rückreise ängstigte. Was, wenn Hamid neue Häscher engagiert hatte und diese bereits, seinen Kopf fordernd, am Bahnhof auf ihn warteten? Und selbst wenn es ihm gelänge, Westerland mit heiler Haut zu verlassen: Wie lange, glaubte er, würde er sich in Berlin wohl vor dem Chinesen und seiner Bande versteckt halten können? Und wo sollte er sonst hingehen, wenn nicht nach Berlin? Etwa zu seiner Schwägerin nach Schwäbisch Gmünd? Er hatte überhaupt keine Schwägerin, und schon gar nicht in Schwäbisch Gmünd.

Zuerst und vor allem blieb Wuppke aber still, weil ihm zusetzte, dass Miriam sich ihm emotional nicht öffnete. Man soll nämlich nicht meinen, Wuppke sei aus Eisen.

Bald kamen sie durch Downtown Westerland und bemerkten gleich die dort herrschende ungewöhnlich hohe Polizeipräsenz.

»Was ist denn hier los?«, fragte Miriam ins Beiseite, da sie Wuppke nicht erneut eine Flanke bieten wollte. Offenbar hatte sie heute noch keine Massenmedien konsumiert.

»Ich glaube, es hat einen Todesfall im Hotel Monbijou gegeben«, sagte Wuppke beiläufig. »Hab's im Radio gehört. Schlimme Geschichte.«

Er sagte das so ungerührt und abgebrüht, dass man nicht auf die Idee käme, er sei dabei gewesen, oder hätte gar Schuldgefühle deswegen. Aber Schuldgefühle hatte er tatsächlich keine, warum auch. Wuppke spürte schon, wie sich der Belag auf seiner Seele langsam in Wohlgefallen auflöste wie eine Matschkruste im Vollwaschgang. Vielleicht ist Wohlgefallen nicht ganz das richtige Wort, aber jedenfalls versuchte Wuppke, sich keinen Kopf mehr zu machen wegen der Trauerfälle. Sicher wäre es interessanter, müsste Wuppke innerliche Konflikte ausfechten wie, sagen wir, Charlie Sheen in *Platoon*. Er würde anfangen zu trinken und apathisch in der Gegend rumstehen und sich schließlich entscheiden müssen, ob er jetzt vollends die Eintrittskarte zum Club der abgefuckten Killer einlösen oder nur noch den Hauptschurken, zum Beispiel den fiesen Sergeant Barnes, umlegen und ansonsten demütig Frieden halten sollte. So oder so, tief in ihm drinnen wäre für immer etwas zerbrochen etc.

So war es aber nicht, tief in Wuppke drinnen sah es immer noch genauso aus wie vorher. Auf die Hinterbliebenen von Josef und Walid verwendete er genauso viele oder wenige

Gedanken wie auf die Opfer eines beliebigen Wirbelsturms im Südpazifik. Natürlich ist das menschlich und auch darstellerisch etwas enttäuschend. Aber es ist eben auch schwer, angesichts des Verfalls christlicher Werte und dem zersetzenden Einfluss der Massenmedien empfindsame Leute zu finden, die sich emotional noch richtig reinhängen.

Sie passierten den LKW, der den Stadtgeländewagen des Walid in ein Cabrio verwandelt hatte. Der Unfallort war ebenfalls mit Flatterband abgesperrt und wurde jetzt von weiß gekleideten Forensikern, die aussahen wie Regierungsbeamte in Steven Spielbergs *E.T.*, mit Lupen und Pinzetten abgesucht, als wollten sie anhand der gefundenen Knochensplitter Walids Schädel für nachfolgende Generationen rekonstruieren. Sensationsgeile Urlauber und Medienleute schauten ihnen dabei über die Schulter, auf der Andreas-Dirks-Straße war so viel los wie seit dem Bau des Hindenburgdamms nicht mehr. Sogar Wurstverkäufer hatten sich reaktionsschnell die Bauchgrills umgeschnallt, und die Passanten fragten sich mampfend, was wohl geschehen sei. Die Polizisten befragten wiederum die Passanten, und die Medienleute befragten die Polizisten, um es schließlich den Passanten mitzuteilen – ein geschlossener Informationskreislauf.

»Seit Sie hier sind, herrscht Chaos auf der Insel«, sagte Miriam in vorwurfsvollem Ton zu Wuppke. Tatsächlich hatte sie nicht ganz unrecht, auch wenn es Wuppke ein wenig traurig stimmte, dass die einzige Person, die er auf dieser gesamten Insel nicht als billigen Funktionsträger ansah, so unvorteilhaft über seinen Charakter dachte.

Da entstand aber schon wieder eine neue Situation. Miriam hatte inmitten der Menschenmenge nämlich Effi ausgemacht. Sie war nicht allein: nahebei stand Blue Henger, ein kleines Aufnahmeteam mit Handkamera und Mikrofonangel und schließlich auch Jost Jorgensen, der irgendwelche Instruktionen gab. Offenbar wurde der Originalschauplatz für improvisierte Filmdreharbeiten genutzt, und Effi hatte ihren Flötenunterricht geschwänzt, um ihrem Angebeteten nah sein zu können. – Warum war der überhaupt noch vor Ort? Hatte er Sylt nicht so schnell wie möglich verlassen wollen? Nun, aus irgendwelchen Gründen hatte er es nun eben nicht getan, das Herz ist ja ein eigenwilliger Muskel. Da er sich in seinem Birdhouse nicht mehr so richtig sicher gefühlt hatte, war er sogar auf Jorgensens Angebot eingegangen, für die Dauer der Dreharbeiten im Schoß der Jorgensen-Familie zu residieren.

Jorgensen hatte mit dieser Geste übrigens in allererster Linie verlorenen Boden bei Effi wieder gutzumachen gehofft und die immensen Folgekosten, die dieser Schritt verursachte, geflissentlich übersehen. Nicht nur, dass Miriam nun vollends gegen ihren Mann in die innere Migration ging, auch Henger schien sich Effis Zugriff desto entschlossener entziehen zu wollen. So erschien er nicht bei den gemeinsamen Mahlzeiten und hielt sein Gästezimmer streng verschlossen. Jorgensen ahnte längst, dass Henger der Beziehung zu Effi nicht sein gesamtes Herzblut zur Verfügung gestellt hatte, aber was sollte er machen? Effi musste lernen, und dies am besten aus erster Hand, dass die Liebe zwei Seiten hatte, die sie beide noch nicht kannte.

Henger hatte dann auf Antenne Sylt zufällig von dem Leichenfund in Westerland gehört und sich gedacht, dass die effektivste Gewaltprävention für ihn wohl in einem menschlichen Schutzschild bestünde. Außerdem kam er auf diese

Weise aus dem Haus raus. Also überzeugte er Jorgensen davon, in seinen Imagefilm auch ein paar der dunkel schillernden Seiten Sylts auszuleuchten, wozu die Tatortbilder des jüngsten Kapitalverbrechens den authentischen Gänsehauteffekt liefern sollten. Für die Überzeugungsarbeit musste Henger nicht einmal den Satz zu Ende sprechen, schon hatte Jorgensen in die Hände geklatscht und das Team, das eben Kamera und Licht für eine Wattimpression eingerichtet hatte, zum Monbijou abkommandiert. Natürlich maulte der Produktionsleiter von Düsenberg, aber Jorgensen setzte ihm auseinander, dass das Watt seit gefühlten Jahrhunderten zur Bewerbung des Eilands herhalten müsse und sich seitdem nicht, sagen wir mal, in ein prächtiges Korallenarchipel voller bunter Clownfische verwandelt hatte. Sylt habe sich aber sehr wohl verändert, es trug neuerdings sogar die morbiden Insignien eines kontinentalen Großstadtmolochs, und wer sich dieser aufgeschlossenen und progressiven Sichtweise verweigere und lieber Naturschlamm filmen wolle, habe in seinem Film nichts verloren.

»Ach? Jetzt ist es auf einmal dein Film?«, empörte sich von Düsenberg. »Vor ein paar Wochen hat sich das aber noch ganz anders angehört. Wer hat denn wen um seine Vision angefleht?«

»Ich kann keine Vision darin erkennen, die Kackhaufen von Wattwürmern zu bebildern!«

Henger wusste, dieses Säbelrasseln gehörte zum Filmemachen dazu wie Überstunden und sexuelle Belästigung am Arbeitsplatz. Letztlich wird gemacht, was der Mann mit der dicken Hose will, das ist ja keine Geheimlosung der internationalen Freimaurer.

Nachdem sie das Auto abgestellt hatten, arbeitete sich Miriam zu Effi durch, während Wuppke allein zurückblieb. Alles war sehr unübersichtlich, woran nicht zuletzt das nachlassende Tageslicht schuld war. Das Aufnahmeteam versuchte offenbar, den als eine Art Pusher verkleideten Henger in eine gute Position zu manövrieren, während einige der ermittelnden Polizisten im Hintergrund zu sehen sein würden und Henger irgendeinen vorbereiteten Satz dazu sprechen sollte. Jorgensen stand etwas abseits und brüllte Anweisungen in ein Megafon, aber jemand hatte das Megafon so präpariert, dass Jorgensens Stimme nur nach hinten verstärkt wurde, während vorne heraus alles still blieb. Folglich achtete niemand auf ihn, was ihn umso lauter brüllen ließ. Miriam wiederum gab diskrete Winksignale in Richtung ihrer Tochter, die irgendwo im Pulk der Schaulustigen stand und sich jenen Polizisten verweigerte, die behaupteten, es gäbe hier nichts zu sehen.

»Es gibt hier nichts zu sehen«, brüllte einer von ihnen gerade durch ein Megafon, das vorne heraus laut genug war, und zwar Effi genau ins Gesicht, sodass ihr die Frisur nach hinten wehte, vielleicht und sehr wahrscheinlich aber nur vom Wind.

»Du kannst dich mal ins Knie ficken!«, schrie Effi zurück. Das kann man erst mal so stehen lassen.

Wuppke rührte es, seine Bemühungen um das Glück des Hauses Jorgensen zum Abschluss noch einmal in diesem schönen Gesamtbild belohnt zu sehen. Alles, wofür er gearbeitet hatte, schien nun doch zu einem gedeihlichen Ende gekommen zu sein. Außer für ihn. Wie stets in seinem Leben hatte er seinen Mitmenschen aus ihrer Not geholfen, während er weder Dank noch Lohn für sich erheischte, sondern sich in Demut mit der klaren Luft zufrieden gab, die er hier drunten auf Erden atmen durfte. Dass er Miriam nicht zum Essen ausführen würde, schmerzte ihn zwar. Aber wer weiß, dachte Wuppke, wofür es gut ist. Vielleicht war es besser für das Raum-Zeit-Kontinuum, wenn sich die beiden Eheleute wieder vertrugen. Still und leise, doch erhobenen Hauptes zog Wuppke sich zurück und überließ sich dem Ruf seiner Bestimmung, während er im Abendlicht einen letzten Blick auf sein gelungenes Werk warf. Die Zeit war nun für ihn gekommen, dass …

Da hakte sich jemand bei ihm unter und bohrte ihm den Lauf von etwas Hartem in die Seite. Er begriff ganz unmittelbar, dass man von ihm zu glauben erwartete, es sei eine Waffe, und erfüllte diese Erwartung bereitwillig. Den Mann, der ihn nötigte, kannte er zwar nicht, aber er war schwergewichtig, mehr musste Wuppke gar nicht wissen. Ein zweiter gesellte sich hinzu, er trug sogar einen kleinen Ohrhörer wie der Agent irgendeines ausländischen Geheimdiensts. Die beiden expedierten ihn in ein um die Ecke geparktes Fahrzeug mit verdunkelten Scheiben. Natürlich musste Wuppke wieder in der Mitte sitzen, während vorne auf dem Beifahrersitz der sonnenbebrillte Hadi saß und sich eine ganze Weile nicht zu ihm umwandte.

12. Wuppke gelangt an den tiefsten Punkt, er scheint geschlagen. Doch nur wer stürzt, kann wieder aufstehen

Die Türen schlossen sich, der Wagen fuhr los. Erst mal sprach niemand, klar: Spannungskurve. Aber dann fragte Hadi:

»Hast du wirklich gedacht, du könntest mich bestehlen, meine Leute killen und dann einfach verschwinden, als wäre nichts gewesen?«

Wuppke hätte die Wortwahl »bestehlen« und »killen« leicht anfechten können, schließlich wusste doch jeder, dass dazu Vorsatz und auch eine gewisse Täterschaft gehört. Er sagte das aber nicht, sondern: »Ich habe keine Lust mehr auf diesen ganzen Gangsterunfug, Hadi. Können wir nicht wie Erwachsene miteinander reden?«

Hadis Handlanger erwarteten offenbar den Befehl, Wuppke von beiden Seiten tätlich zurechtzuweisen, doch Hadi drehte sich nur betont langsam zu ihm um und nahm die Sonnenbrille ab. Gut, dass er nicht seine Waffe auf der Lehne ablegt und dabei genau auf meinen Kopf zielt, dachte Wuppke.

»Können wir gern so machen, Wuppke. Dann sag mir mal zuerst, wie du es fertiggebracht hast, Josef kaltzumachen, der war mein bester Mann. Und dann sagst du mir, wo meine Ware ist, oder ich schwöre, dass du dir in zwei Stunden wünschen wirst, ich hätte dir gleich hier im Wagen das Gehirn weggepustet.«

Da musste Wuppke jetzt grinsen, weil Hadi offenbar dieselben Filme gut fand wie er, aber natürlich war das eine total ungeeignete Situation, sich am gemeinsamen Zitatenschatz zu erfreuen.

»Du findest das lustig?«, fragte Hadi, und das war jetzt freilich das Zeichen für die Handlanger, Wuppke bis zu ihrer Ankunft im Verbrecherhauptquartier das Licht auszumachen.

Wuppke träumte, dass Hadi ihm wort- und detailreich die Anordnung der elektrischen Kabel erläuterte, mit denen er seine Weichteile ans Stromnetz anschließen wollte. Wuppke träumte auch, dass er versuchte, sich diese Erläuterungen als Schaltplan vorzustellen, aber er kannte sich mit Elektrotechnik nicht so aus und schlief vor Langeweile ein. In dem Traum im Traum lief dann ein geradezu apokalyptisches Spektakel ab, das gegenüber dem Schaltplan potenzierten Schauwert hatte. Tosende Fluten fraßen unter grafitschwarzen Wolken die Küste regelrecht auf, sodass Sylt in rasender Geschwindigkeit zusammenschmolz oder, richtiger gesagt, versank, und natürlich konnte auch das fahrende Auto, in dem er saß, dem Wasser nicht entkommen, das von allen Seiten auf ein winziges Fleckchen zusammenströmte und -stürzte, bis es binnen eines Augenblicks den Wagen verschlungen hatte und ihn in die gleichgültigen Tiefen hinabzog.

Da wachte Wuppke aber aus beiden Träumen auf, und zwar, weil einer der Handlanger eine Plastikflasche Wasser über seinem Kopf leerte. Wuppke erschloss sofort den Konnex zu seinem Traum und erfreute sich an der symmetrischen

Motivführung, aber nur kurz, denn er bemerkte, dass ihm das Wasser in die Nase lief. Komisch eigentlich. Wie konnte das sein?

Er sah sich um. Interessanterweise stand alles um ihn herum auf dem Kopf, die Menschen, die Regale, und auch die Rinderhälften. Klarer Fall: man hatte ihn an den Füßen in einem Kühlhaus aufgehängt wie ein Stück Vieh!

Die Erkenntnis haute ziemlich rein. Unseren verwirrten Wuppke ergriffen mächtige Angstgefühle, und er war grundsätzlich bereit, alles auszusagen, was gewünscht wurde. Allerdings war er außerstande, einen klaren Gedanken zu fassen. Wie beschämend das Dasein doch sein konnte!

»Das wird jetzt nicht mehr so glimpflich für dich ausgehen wie beim letzten Mal. Wenn du mir nicht sagst, wo meine Ware ist, lass ich dich hier drin erfrieren. Von den zehn Mille will ich gar nicht erst anfangen, weißte doch noch, alte Penisrakete, oder?«

»Muss ich denn unbedingt von der Decke herabhängen?«, fragte Wuppke, dem das Blut unangenehm in den Ohren rauschte.

Obgleich das eine nicht unberechtigte Frage war, ließ Hadi sich nicht herab, sie zu beantworten, und sagte stattdessen: »Es wird langsam kalt. Wenn wir hier rausgehen und die Tür zumachen, dann machen wir sie erst wieder auf, wenn du steifgefroren bist. Also sag an.«

Wuppke, dem es tatsächlich zunehmend um die Nieren zog, sagte aufs Geratewohl: »Josef hat das Koks. Ehrlich! Er hat mich im Hotel angegegriffen, mir das Päckchen abgenommen, und dann laufen lassen.«

»Und dann ist er in die Müllpresse geklettert und hat sich zerquetschen lassen. Originelle Geschichte.«

»Nein, ich … ich weiß nicht, was da passiert ist. Kann ich jetzt bitte runter? Ich kriege leicht Nasenbluten von so was.«

»Sei nichts so eine Sissy. Das Nasenbluten wird deine kleinste Sorge sein«, sagte Hadi, schloss die Tür von außen und machte das Licht aus.

Hadi hatte natürlich nicht vor, Wuppke in der Kühlkammer erfrieren zu lassen. Er wollte ihn bloß ein bisschen einschüchtern und dazu bringen, das Versteck des Päckchens preiszugeben, denn er brauchte das Päckchen wirklich sehr dringend. Es gab da nämlich so einige Außenstände, die er beim Chinesen zu bezahlen hatte, und auch wenn dieser sein Cousin (oder Schwager) war, spielte sich ihre Verwandschaft auf einem so entfernten Breitengrad ab, dass es von dieser Seite des Globus gar nicht mehr zu sehen war.

Schon bei der Einrichtung der Alibabar hatten sich bei den beiden erschreckend unterschiedliche Visionen herauskristallisiert. Während Hadi ein Vergnügungstempel vorschwebte, in dem jedes noch so lasterhafte Bedürfnis befriedigt werden konnte, hatte der Chinese auf der fernen Insel zunächst behutsam agieren und die Märkte mit ruhiger Hand entwickeln wollen. Der Chinese war ein vor- und umsichtiger Geschäftsmann, Hadi hingegen setzte eher auf aggressive Expansionsstrategien. Der Chinese hatte ihn gewarnt, dass die meisten Sylturlauber mit ihrer Familie auf der Insel oder jenseits der sechzig waren, meistens sogar beides. Alleinreisende Männer, die die besonderen Dienste der Alibabar zu schätzen wüssten, gab es nur wenige. Aber Hadi ging es gerade darum, hier Nachfrage zu erzeugen, das konnte ja, dachte er, nicht so schwer sein an einem Ort, der in den späten Sechzigern zu den Hauptschauplätzen der sexuellen Revolution gehört hatte.

Jedenfalls war es des Chinesen Wunsch gewesen, seine Investition zügig amortisiert und mit schöner Rendite an ihn zurücküberwiesen zu sehen. Das war jetzt seit einer guten Weile nicht geschehen. Hinzu kam, dass Hadi das Kokain nicht bei ihrem gemeinsamen Stammhändler im Ostmärkischen gekauft hatte, sondern sich ein mehr südliches Bezugsnetz aufbauen wollte, ohne dem Chinesen, und das war das Hauptargument bei der Sache, weiter Tantiemen zu bezahlen. Schöne Scheiße. Nämlich, als Hadi aus dem Keller hochstieg, um sich die Breaking News zum doppelten Todesfall in Westerland reinzuziehen, saß wer in seiner spärlich besuchten Gaststube?

Genau.

Und er hatte seine Jungs mitgebracht.

Sie saßen gemeinsam mit Hadis Leuten um einen Doppeltisch herum, den das Personal flugs zusammengerückt hatte. Dazu muss man wissen, dass sich beide Parteien latent argwöhnisch begegneten. Hadis Leute, allesamt in zweiter oder dritter Generation im friesischen Großraum gebürtig, brachten Alis Hauptstadtteam die typische Mixtur aus verwandtschaftlichem Respekt, provinziellem Minderwertigkeitsgefühl und Arroganzverdacht entgegen. Umgekehrt walteten Provinzialitätsverdacht und Arroganz, was die Situation jetzt nicht per se entspannte.

Daher hatte der Chinese angeregt, dass die jungen Leute sich erst mal miteinander bekannt machen sollten, und dazu ein Kennenlernspiel vorgeschlagen, das er von Wuppke gelernt hatte. Dabei warf man sich ein Wollknäuel mit losem Ende zu, der Angeworfene hatte sich dann kurz vorzustellen, seinen Aufgabenbereich zu beschreiben und in einem kurzen Gedankenblitzlicht Auskunft über die derzeitige Befindlichkeit zu geben. Salid machte den Anfang, denn er hatte ja in Berlin bereits erfolgreich an einer von Wuppkes Fortbildungen teilgenommen. »Ich bin Salid, zuständig für Logistik und Cashflow. Einerseits bin ich ein Stück weit unsicher heute, ob wir hier alle gut miteinander auskommen werden und so, aber mit ein bisschen Respekt und Wohlwollen schaffen wir das!« Salid sah sich zufrieden um, hatte aber den Eindruck, dass Hadis Truppe mit der hauptstädtischen Unternehmenskultur erst noch warm werden musste.

Das Wetter draußen hatte sich nicht überzeugend verbessert, es herrschte noch immer Regengefahr bei starkem Wind, aber dennoch verzogen sich alle übrigen Gäste des Restaurants spontan auf die Veranda, weil das bisschen Wind immer noch besser war als das Stahlgewitter, dass hier knisternd wie statische Ladung in der Luft lag. Außerdem rauchten beide Lager Shisha und Zigaretten, was hier drinnen kraft § 1 des Bundesnichtraucherschutzgesetzes (BNichtrSchG) sowie § 5 der Arbeitsstättenverordnung (ArbStättV) offiziell verboten war.

»Schön geworde die Lokal!«, begrüßte Ali strahlend und mit ausgebreiteten Armen seinen Bruder Hadi, der natürlich nur im übertragenen Sinne sein Bruder war, und neuerdings vielleicht nicht einmal mehr sein Cousin (oder Schwager).

Hadi lächelte auch und herzte seinen Anverwandten, wie dieser es von ihm erwartete. Fast befürchtete er, dass der Chinese die Enge der Umarmung nutzen würde, um ihm zuzuflüstern, dass er von seinem Verrat wisse, aber das geschah nicht, der Chinese bot ihm nur einen Stuhl an, um sich der gemütlichen Runde anzuschließen. Alle tranken Kaffee oder

Tee, was ein wenig mit den Gewohnheiten über Kreuz lag, die Hadi sich hier in letzter Zeit angeeignet hatte.

»Ich kann mir schon denken, weswegen du hier bist«, sagte Hadi, klang dabei aber nicht, als würde er sich nervös eine Rechtfertigung zurechtlegen, sondern als habe er alles unter Kontrolle. Gleichzeitig bedeutete er einem seiner Untergebenen blickweise, dass man bitte Wuppke schon einmal auftauen wolle, da er demnächst wieder gebraucht werde.

»Dieses Durcheinander hier«, sagte er mit einer ausholenden Armbewegung, »ist jetzt zu Ende, Ali. Ich habe alles im Griff.«

»Also sind von dir die beide tot?« Der Chinese sog Rauch ein und klopfte die Asche in die hohle Handfläche, was dazu führte, dass einer seiner Angestellten, einer von Hadis Angestellten und Hadi selbst nach einem Aschenbecher sozusagen hechteten, um ihn dem Chinesen unterzuschieben.

Hadi nickte. »Youssef und Walid. Gute Leute. Hatten irgendwas offen miteinander. Private Sache. Walid hat Youssef kaltgestellt, dann hat er sich selbst kaltgestellt. Problem gelöst.«

Hadi wusste natürlich, dass das Problem weit davon entfernt war, gelöst zu sein, zumal seine Geschichte jemanden vom Format des Chinesen nicht überzeugen konnte, und wenn sie ihn doch überzeugte, dann ein Schlaglicht darauf warf, dass Hadi eben nicht alles im Griff hatte, was sogar noch schlimmer war. Dennoch lächelte der Chinese und sagte in fast versonnenem Tonfall: »Hab ich lange nich mehr gesehn mein Wuppke.«

Wuppke befand sich noch immer in der Kühlkammer, aber die Rinderhälften hatte man entfernt und das Kühlaggregat abgestellt. Außerdem war ein Bett beschafft und Wuppke hineingelegt worden. Eine kleine Kommode nebst Nachttischlampe wurde flugs durch die Garderoben und Großküche der Alibabar getragen und neben Wuppkes Bett aufgestellt. Im Hinausgehen schaltete man noch die Lampe an und legte einen zerlesenen Schmöker von Heinz G. Konsalik darunter, *Und dennoch war das Leben schön*.

Hadi trat jetzt vor dem Chinesen in das Zimmer und schüttelte Wuppke, der eben notdürftig wieder zu sich kam, das Kissen auf, wobei er behutsam seinen Kopf anhob und ihm leise zuflüsterte: »Wenn du ihm was sagst, mach ich dich kalt«, was insofern ungenau formuliert war, als Wuppke ja bereits sehr kalt war.

»Er laboriert ein wenig an einer Angina«, erläuterte Hadi über die Schulter zum Chinesen hin. »Ist aber halb so wild, was, Wuppke?«

Wuppke, glasige Augen, trockene Lippen, war aber noch gar nicht wieder richtig online.

»Is bisken kalt hier, meins du nich?«, fragte der Chinese Hadi und sah ihn mit einem Gesichtsausdruck an, der keinerlei Belustigung erkennen ließ. Er setzte sich auf die Bettkante und tätschelte Wuppke zärtlich die länger nicht rasierten Wangen.

»Was soll das hier, Kuhlschrank oder was«, sagte er verärgert in Hadis Richtung. »Hab ich gesagt richtige Zimmer! Ist ja gut wie erfroren!«

Hadi verschränkte beleidigt die Arme vor der Brust. »Der wollte das so. Ist ein Asket, oder was der ist. Bloß keine Umstände, hat er gesagt. Hat er das nicht gesagt?«

Er verlangte stumme Bestätigung von seiner gesichtslosen Entourage, die sie nickend gewährte.

»Ganz bescheidener Kerl ist das, dein Wuppke. Wir sind richtig gut miteinander ausgekommen. Ist doch so, oder, Wuppke?«

Wuppkes Gehirn versuchte jetzt, die beiden Umrisse des Chinesen und Hadis zur Deckung zu bringen, weil es dachte, ihm fehle es nur an Fokussierung. Es scheiterte aber an der unmöglichen Aufgabe, ohne die wahren Gründe zu erkennen, und schickte Wuppke stattdessen unmotiviert die Melodie von Eddy Grants Gassenhauer »I don't wanna dance« in die Stimmbänder, den er gleich wie automatisch intonierte, indem er die Zeile »Oh but the feeling is bad, the feeling is bad« echohaft wiederholte.

»Er ist sehr erschöpft«, erklärte Hadi dazu. »Die Strapazen der letzten Tage … am besten, wir lassen ihn etwas aus …«

»Bleib ich hier bei ihm«, sagte der Chinese und ließ sich einen Stuhl bringen, wo er tatsächlich ausharrte, bis die Kälte ganz abgeklungen und Wuppke einigermaßen beieinander war. Auch Hadi blieb die ganze Zeit in Hörweite, denn dass die beiden so dicke miteinander waren, hatte er nicht gedacht, und jetzt bekam er es natürlich mit der Angst, dass Wuppke dem Chinesen endlich all seine inoffiziellen Machenschaften anzeigen würde.

»Hast du ganze Heide alleine getrage«, sagte der Chinese tröstend und schälte dem noch punktuell nachbibbernden Wuppke eine Banane. »Hier, bisken Obst is gut für disch.«

Da erst fiel Wuppke auf, wie elegant der Chinese heute aussah. Er trug hochglänzende Budapester und über dem blütenweißen Hemd ein paar Hosenträger wie ein Bartender, Barbier oder auch Barista. Außerdem führte er einen Gehstock mit Goldknauf bei sich, den er jetzt gegen die Bettkante gelehnt hatte. Zwar war Ali noch immer ein großer und ungelenker Mann, der mit seiner raumgreifenden Bezahnung ein wenig an den Bond-Antagonisten »Beißer« aus *Der Spion, der mich liebte* sowie *Moonraker* erinnerte, aber in dieser Aufmachung wirkte er dennoch so strahlend elegant wie Roger Moore persönlich.

Wuppke musste sich jetzt blitzschnell die aktuellen Machtverhältnisse vergegenwärtigen. Hadi natürlich mit falschem Lächeln, um den Chinesen nicht auf die Spuren seines Verrats zu führen, logisch. Das verschaffte wiederum Wuppke, solange er sich im Rasierwasserdunstkreis des Chinesen aufhielt, eine gewisse Beinfreiheit. Problem nur, dass ja auch der Chinese hohe Erwartungen an Wuppke hatte, die bislang noch nicht erfüllt und sogar sehr weit davon entfernt waren.

»Habt euch gut verstanden, ihr beide? Ja?«, fragte der Chinese beiläufig, indem er zwischen Hadi und Wuppke hin und her sah. »Was ist jetzt mit Heide?«

Wuppke sah zu Hadi. Neben Mordlust erkannte er in dessen Blick, dass er Wuppke plötzlich fürchtete. Nun war Wuppke bislang kein Mensch gewesen, der sich an Machtgefühlen zu berauschen liebte. Er hatte der Macht sogar immer misstraut und sie für ein Unterdrückungsinstrument hässlicher alter Männer gehalten, mit denen er ungern Gemeinsamkeiten unterhalten wollte. In seiner gegenwärtigen Situation konnte ein bisschen Macht aber durchaus nützlich für ihn sein, um nicht zu sagen: sie war die Fahrkarte zum lebendigen Verlassen dieser verfluchten Insel.

Er könnte natürlich, so wie er es früher getan hatte, versuchen, seinen Zwist mit Hadi als harmloses Missverständnis hinzustellen, um seine Feindschaft mit ihm nicht noch zu vergrößern. Aber wie er auftauend konstatieren musste, war, was er früher getan hatte, unbedeutend und armselig, denn es hatte ihn geradewegs in eine runtergerockte Junggesellenwohnung mit Balkonblick auf die A100 geführt, ohne Job, ohne Konto und ohne irgendeine Aussicht, vor der Frühverrentung eine noch so winzige Spur im Freundebuch der Geschichte zu hinterlassen. Ein Versager war er geworden, jawohl, ein Faktotum im Dienst eines Kriminellen, das sich von Zufällen durch die Gegend scheuchen, in Kühlhäusern einlagern und von Frauen mit Format als Armleuchter bezeichnen ließ. Doch hier bot sich nun unvermittelt die Gelegenheit zur Transformation seines ganzen wurstigen Wesens. Du bist schon so weit in diese Unterwelt hinabgestiegen, Wuppke; noch ein wenig weiter, und du wirst sie von ihrem Boden aus beherrschen lernen! Hadi denkt, du hättest Josef beseitigt. Und du hast ihn in der Hand. Nutze deine Macht! Was du auch tust: Du musst voll bei der Sache sein und den Mut haben, auf das nächste Level zu gelangen. Stähle deinen Geist. Mach dich frei von Bedenken. Und kümmere dich nicht darum, wer noch alles den Löffel abgeben könnte. Denke immer daran, Wuppke: Es gibt keinen Löffel!

»Sei ganz beruhigt, Ali, deine Investition ist gesichert«, sagte Wuppke nun listig zum Chinesen, richtete sich im Bett auf und warf die Bananenschale auf den Kühlhausboden vor Hadi hin wie einen Fehdehandschuh. »Ich schlage vor, wir fahren gleich los.«

»Wo soll's denn hingehen?«, fragte nicht der Chinese, der schon den Mund dazu geöffnet hatte, sondern Hadi in heimlicher Alarmbereitschaft. Wuppke zögerte einen Moment und sagte dann: »Ganz lieb, Hadi, aber Ali und ich erledigen das schon allein. Du wirst ja hier gebraucht, um den Gästen deines Etablissements all ihre Wünsche zu erfüllen, und seien sie noch so ausgefallen. Stell dir nur vor, jemand verlangt zum Beispiel nach etwas … wie nennt man das noch mal … dieses weiße Pulver?«

Hadi wechselte einen scheuen und der Chinese einen neugierigen Blick. Dann riet Letzterer: »Zucker?«

Hadi fixierte Wuppke mit unbewegter Miene.

»Denk immer daran«, frohlockte Wuppke, indem er wiedergenesen an ihm vorbeistolzierte, »wenn du deine Gäste hängen lässt, wirst du ganz schnell allein dastehen.«

»Carsten hat recht«, blies der Chinese ins selbe Horn. »Fahren wir Heide abhol jetz, und wenn komm ich zuruck, hast du schön Zimmer für mein Wuppke!«

Dritter Akt
DIE PHASE DER ANKUNFT

13. Wuppke bekommt eine letzte Chance, die feindlichen Mächte zu überwinden und sich als Held auszuzeichnen

Sie gingen hinaus auf den Parkplatz zu Alis prächtigem nachtblauen Continental, der jetzt, da auch der Himmel nachtblau war, aussah, als würde seine Protzigkeit ihn beschämen. Das war ein schöner Gedanke, wenngleich sich die Frage stellt, wer ihn dachte – der Chinese gewiss nicht, und auch Wuppke war gerade mit etwas ganz anderem beschäftigt.

Womit war Wuppke beschäftigt?

Was für eine Frage! Wuppke hatte dem Chinesen eine Heide versprochen und war nun im Begriff, ihn justamente dorthin zu führen, wo sein Bluff auffliegen würde, nämlich zu Jorgensen, und zwar ohne Alternativplan oder Exitstrategie, nur mit der grimmig-dumpfen Entschlossenheit, diesem ganzen Schmierentheater ein Ende zu bereiten, so oder so.

Sie fuhren, gefolgt von einer Wagenladung Verbrechergehilfen in einem weißen Großraum-Touareg, von Rantum das kleine Stückchen über Westerland nach Kampen, auch wenn diese immergleichen Wege langsam zum narrativen Problem werden. Gut, dass die ganze Sache auf ihr Finale zusteuert. Der Chinese summte fröhlich eine kleine Melodie und trommelte gemütlich mit den Daumen aufs Sportlenkrad. Ab und zu warf er Wuppke einen forschenden Blick zu und lächelte ihn, wenn der zufällig auch guckte, verschwörerisch an.

Dann drehte der Chinese das Radio auf, Antenne Sylt spielte »Smooth Criminal« von Michael Jackson.

»Gute Hit«, sagte der Chinese.

Wuppke begann, sich eine Zigarette zu drehen.

»Kannst du nicht rauchen hier, mein Lieber.«

»Ich will die ja nur schon mal drehen.«

»Trotzdem«, sagte der Chinese. »Machst du Krumel überall. Das Scheise.«

Wuppke steckte den Tabak weg.

»Aber weißt du, Carsten, mach ich Ausnahme für disch.« Er lächelte wieder sein strahlendes Soldatengrabsteinlächeln und zwinkerte ihm zu. Jetzt wollte Wuppke aber nicht mehr, verarschen konnte er sich alleine.

»Sag mal, Carsten: Wieso hast du Job verloren, damals? Hast du nie erzählt das.«

Wuppke hatte ja eine ziemlich strikte Erinnerungspolitik, was diese Frage anging, und das wird sich auch so bald nicht ändern. »Hab ich vergessen«, sagte er deswegen.

»Carsten, alte Carsten«, sagte der Chinese lächelnd und schüttelte den Kopf.

»Und was macht so Hadi?«, wollte er dann ziemlich unvermittelt wissen. »Ich mein so: Geschäfte. Weist du? Muss ich mich verlasse auf mein Hadi.« Dazu wieder dieses aufmunternde Lächeln, verbunden mit einem wirklich halsbrecherischen Überholmanöver, bei dem der entgegenkommende Porsche hupend ins Dünenvorland ausweichen musste.

»Pass doch auf«, rief ihm der Chinese hinterher. »Blöde Hund, du!«

»Also«, sagte Wuppke, nachdem er sich wieder gesammelt hatte, »falls das jetzt eine Frage sein sollte, Ali: Woher soll ich denn wissen ...«

»Ahhh«, unterbrach ihn der Chinese lächelnd. »Carsten, alte Carsten. Wieso hab ich dich geschickt zum Hadi. Hm? Glaubst du wegen Heide?«

Wuppke hatte sich schon daran gewöhnt, dass sich in seinem Leben alle scheinbaren Gewissheiten grundsätzlich als falsche Fährten herausstellten. Das machte ihm schon längst nichts mehr aus, im Gegenteil, so blieb das Dasein interessant und kurzweilig, und für überraschende Wendungen war immer gesorgt. Aber dass der Chinese nun behauptete, ihn wegen etwas anderem als dem Heidevertrag hergeschickt zu haben, war doch ein starkes Stück.

»Na ja«, sagte Wuppke, womit natürlich nichts gesagt war, aber Wuppke fand semantisch leere Redebeiträge durchaus in Ordnung, solange man nicht wusste, womit man sie füllen sollte.

»Solls du mir bisken erzählen über Hadi, Carsten«, sagte der Chinese, ohne ihn anzusehen und ohne seine Aufforderung durch falsches Lächeln noch weiter zu relativieren. »Mein ich ernst. Weiß ich schon, Hadi mich bescheißt. Aber weiß ich nicht wie.«

Und da kann man mal sehen, wie es der Chinese fertiggebracht hatte, sich an die Spitze des Neuköllner Verbrechensbetriebs zu setzen und diese Position über Jahre hinweg zu verteidigen: Er war einfach ein ausgekochtes Schlitzohr.

»Ich verpfeife keinen«, sagte Wuppke einfältig wie »Verbal« Kint in *Die üblichen Verdächtigen*.

»Ach komm, Wuppke«, sagte der Chinese.

»Okay«, sagte Wuppke, als er sich klar wurde, dass er dem Druck des Chinesen nicht mehr lange standhalten würde können. »Also, wenn das so ist … Mit Koks.«

Sie waren jetzt auf das Westerländer Stadtgebiet aufgefahren, sodass weitere Beschleunigung zwar möglich war, von dem Wechselverkehrszeichen aber mit einem unglücklichen Emoticon quittiert wurde. Dann kam eine rote Ampel, und der Chinese musste sowieso in die Eisen steigen.

»Ah, hab ich gewusst«, sagte er grimmig. »Ist ihm zu teuer meins.«

Wuppke ließ das unkommentiert.

»Hab ich Bioware«, erläuterte Ali.

Wuppke blinzelte zweimal und fragte dann: »Redest du von Bio-Kokain?«

»Is anspruchvolle Kundschaft heute, weißt du, mein Lieber. Ohne Zusatzstoffe!«

Wuppke ließ das so stehen, als handelte es sich um eine ganz normale Meinung.

Westerland war schon wieder vorbei, neben ihnen fuhr gleichauf ein Streifenwagen mit heraushängender Kelle, aber der Chinese winkte ihn großzügig vorbei. Erstaunlicherweise wurde die Kelle tatsächlich wieder eingefahren, und Wuppke wunderte sich schon, dass der Einfluss des Chinesen selbst so weit entfernt von seinem Machtzentrum Berlin noch deutlich spürbar sein sollte. Ganz so war es aber nicht, denn der Streifenwagen gab Gas und stellte sich dann wenig später auf der Fahrbahn quer, um dem Continental den Weg zu versperren. Der Chinese beachtete das allerdings nicht, die Straße war ja breit genug, also fuhr er links vorbei und tippte leicht aufs Gas, sodass die Streife im Rückspiegel sofort verschwunden war.

»Weist du, bin ich nicht böse auf Hadi. Ist mein Bruder. Aber gut dass du gesagt hast, mein Lieber.«

»Gern geschehen. Da vorne rechts.« Und da die Gelegenheit günstig war, fügte Wuppke nach kurzem Zögern hinzu:

»Wegen der Heide, Ali«, aber der Chinese war natürlich schneller und sagte:

»Find ich stark, mein Lieber, hast du trotzdem Heide klargemacht. Hab ich gewusst du bist super Typ.« Na ja, Chance wieder vorbei: Wuppke brachte es einfach nie fertig, des Chinesen gute Meinung über ihn zu erschüttern.

Jetzt also großes Finale. Wobei: Es geht ganz beschaulich los. Nämlich während Wuppke und der Chinese vor dem Hause Jorgensen standen und die Türglocke bimmelten, ließ sich Henger oben ein Bad ein. Der Drehtag war zu Ende, alle waren heimgegangen, und Henger wollte sich jetzt, wie man so sagt, ein bisschen den Schritt schamponieren. Nur gut, dass er nichts von Hadi ahnte, der hinter ihm her und sogar schon auf dem Weg nach Kampen war.

Wie? – Jaja! Hadi musste doch davon ausgehen, dass Henger das Päckchen noch immer hatte. Und da ihm seine Späher nach Ende der Dreharbeiten bis zu Jorgensens Haus gefolgt waren, war für Hadi, der freilich nicht ahnte, dass der Chinese dasselbe Ziel hatte, Kulmination und Katastase in Kampen angesagt.

Miriam öffnete die Tür und ließ diese, ohne hinzuschauen, wer da überhaupt gekommen war, einfach offen stehen, bevor sie ohne jegliche Grußformel wieder zurück ins Innere ging.

»Bist du wohl öfter hier, mein Lieber, hm?«

»Wir durchleben gerade eine besondere Phase in unserer Beziehung«, sagte Wuppke und führte den Chinesen in die Bibliothek, in der Jorgensen in Freizeithosen und weit ausgestellten Beinen auf der Sofalandschaft lümmelte und hinter den Wasserfall starrte, der wieder wie ehedem das Parkett benetzte.

»Guten Abend, Jost, ich habe einen Freund mitgebracht«, sagte Wuppke zur Einführung, wurde aber gewahr, dass Jorgensen kaum Notiz von ihnen nahm, da er mit unerfreulichen TV-Inhalten beschäftigt war.

»Diese verdammte Kuh!«, stieß er etwa hervor. Ehrlichkeitshalber muss man erwähnen, dass er eine noch viel schlimmere Diffamierung als »Kuh« verwendete, die hier aber aus Rücksicht auf die Stimmung im Land nicht wiederholt werden kann. Und ob er jetzt »Kuh« sagte oder etwas Schlimmeres, unterm Strich kommt dasselbe heraus, nämlich dass er die Kragler nicht schätzte. Denn sie war es, die da auf dem TV-Bildschirm zu ihm und allen möglichen anderen Sylterinnen und Syltern sprach. Hauptsächlich allerdings sprach sie zu den Sylter Feriengästen, die sich am frühen Abend schaulustig vor dem Hotel Monbijou angesammelt hatten, um die Bergungs-, Ermittlungs- und Dreharbeiten zu beobachten, indem sie ihr Vor-Ort-Interview kurzerhand zur Wahlkampfrede ummünzte.

»Die Welle der Gewalt, von der Westerland heute überrollt wurde, bildet einen absoluten Tiefpunkt in der Geschichte unserer wunderbaren Insel.« Jorgensen regte sich nicht so sehr über die rhetorische Sorglosigkeit auf, mit der die Kragler ausgerechnet eine Welle als Tiefpunkt bezeichnete, sondern über etwas anderes.

»Diese beispiellose Brutalität ist nur möglich geworden, weil korrupte Eliten wie Jost Jorgensen nicht nur Naturschutzgebiete an feindliche Ausländer verhökern wollen, sondern auch viel zu lange dabei zugeschaut haben, wie Wesensfremde nach Sylt strömen und sich hier mit ihren abartigen Gebräuchen breitmachen. Die Frage ist doch, meine lieben Damundherren, wem unsere schöne Insel denn nun eigentlich gehören soll: Uns, die wir schon immer hier waren, oder den dreckigen fremden Horden, die sie besudeln!«

Darauf applaudierten die freizeitbejackten Teilzeitsylter träge, vereinzelt war gerufene Zustimmung zu hören, und einer von ihnen, in Badeshorts und Schwimmreifen, brachte die Schamlosigkeit der Ausländer konzis auf den Punkt, indem er voller Entrüstung rief: »Die wollen hier doch nur faul in der Sonne liegen!«

»Das ist doch beschämend, ist das!«, schäumte Jorgensen. »Infam!« Er sah durch Wuppke hindurch auf den Chinesen, erkannte ihn als Angehörigen der von der Kragler polemisch denunzierten Menschengruppe und sprang von seiner Couch, bevor er sich sofort wieder setzte.

»Wer ist das denn?«, wollte er erst mal von Wuppke wissen.

»Wie ich schon sagte: ein Freund.«

»Was sagt man dazu?«, fragte Jorgensen, indem er sich halb indigniert, halb grüblerisch ins Polster drückte und den Fernseher löschte.

»Komm ich wegen Heide«, sagte nun der Chinese in aller gebotenen Unumwundenheit. Wuppke hätte sich einerseits etwas mehr Taktgefühl in der Ansprache gewünscht, andererseits würde es beim Thema Heide sowieso zum Eklat kommen, ob mit Takt später oder jetzt ohne.

Der Chinese trat vor und hielt Jorgensen die Hand hin. »Bin ich Ali. Aber kannst du Herr al-Safa zu mir sagen.«

»Was soll das mit der Heide?« Jorgensen schaute zwischen

Wuppke und dem Chinesen hin und her. »Ich hab doch laut und deutlich gesagt, dass die Heide nicht zum Verkauf steht!«

Da meldete aber jetzt Ali natürlich Klärungsbedarf bei Wuppke an. Jorgensens Klärungsbedarf war indes noch dringender. »Was ist los mit dir, Wuppke? Was schleppst du mir hier Spekulanten an, du siehst doch, was für Probleme ich auch ohne dich schon habe!«

»He he he«, sagte der Chinese und trat einen Schritt vor, »musst du bisken gucken, mit wem du sprichst!«

Jorgensen sprang auf. »Und wenn du dich mal umgucken würdest, in wessen Haus du hier stehst!«

»Meine Herren«, sagte endlich Wuppke und kündigte damit an, dass er sich der verwirrenden Sachlage in Kürze anzunehmen bereit sein würde. »Ich schlage vor, wir setzen uns erst mal hin und bereden die Angelegenheit in Ruhe bei einem Gläschen Tee.«

»Aha«, sagte Jorgensen mit in die Hüfte gestemmter Stimme. »Und wer soll den machen, wenn wir sitzen, den Tee? Hm, Wuppke?«

»Na ja«, sagte Wuppke, »dann setzen wir uns halt erst mal hin und trinken den Tee später. Wenn alles geklärt ist.«

»Ich will mich nicht setzen!«, sagte Jorgensen. »Was hast du deinem Freund erzählt? Die Heide kommt nicht in die Tüte, hab ich doch klipp und klar gesagt!«

»Was los, Carsten?«, fragte der Chinese. »Hast du gesagt, Heide geht klar!«

Und Jorgensen empört: »Sag mal, hast du den Arsch offen, Wuppke?«

Die schlechte Sprache mal beiseitegelassen, ist Jorgensens Frage durchaus berechtigt, Wuppke. Falls du irgendwo zwischen Eingangstür und Fernsehzimmer doch so etwas wie einen Plan B entwickelt haben solltest, dann wäre jetzt ein recht guter Zeitpunkt, ihn einzubringen. Denn die Sympathieverhältnisse, falls du es nicht bemerkt haben solltest, beginnen sich gerade so sehr zu Ungunsten deiner Person zu verlagern, dass die Szene eigentlich kaum noch aufzulösen ist. Und nur mal so zur Information: Unauflösbarkeit in einem dritten Akt, der doch die Auflösung der ganzen Geschichte bringen soll, wirft ein ganz schlechtes Licht auf den Autor.

Wuppke hatte noch niemals überhaupt einen Plan verfolgt, und einen Plan B schon gar nicht. Er blickte aus dem großen Panoramafenster in Jorgensens Garten, wo ein einsamer Rasenmäherroboter traurig bis zur Rasenkante zockelte und an die unsichtbare Zuständigkeitsgrenze des Terrassenpflasters prallte. Dieses Bild illustriert schön die Ratlosigkeit, die nun auch Wuppke ergriff. Was hatte er sich nur gedacht? Und was, dachte er, würde ihn jetzt noch retten? Ein unvorhergesehenes Zufallsereignis etwa?

Diese Frage berührt, wie wir gleich sehen werden, die tiefsten Lebensfragen des Menschen, nämlich: Muss man sich wirklich um alles selbst kümmern? Oder gibt es eine höhere Ordnungskraft, die das Schicksal in die rechten Bahnen lenkt? Und wer stellt das Einvernehmen wieder her, wenn ein Konflikt das gesamte Gefüge zu zerreißen droht?

Wuppke hatte sich um diese Fragen in der Vergangenheit wenig geschert. Einerseits glaubte er an eine höhere Ordnung, andererseits glaubte er nicht daran. Er war in dieser

Frage, um es anders auszudrücken, hin- und hergerissen. Zweifellos konnte alles, was geschah, auch genauso gut anders geschehen. Aber es war auch nicht ausgeschlossen, dass die Art, wie es dann letztlich geschah, einen delikaten Zweck erfüllte. Schwer zu sagen. Fest stand jedenfalls: Irgendetwas geschieht immer.

Und zwar an mehr als einem Ort. Wenn man sich nur mal das obergeschossige Badezimmer des Jorgensen-Hauses ansieht: Da stand nämlich Effi in einem weißen Frotteebademantel, den Jorgensen ihr aus dem Burj Khalifa in Dubai entwendet hatte, und ließ unversehens die Hüllen vor Henger fallen.

Viele würden jetzt wahrscheinlich gern wissen wollen, wie es weitergeht, das ist nur zu menschlich. Aber erstens ist Effi noch nicht jugendfrei, und zweitens sollte die Szene bloß ein Beispiel dafür sein, dass sich auch abseits der Haupthandlung immer wieder interessante Dinge zutragen, ob sie nun erzählt werden oder nicht. Überhaupt wird das meiste von dem, was geschieht, nicht erzählt, global gesehen. Deswegen muss es nicht schlecht sein, oder uninteressant, oder langweilig. Erzählt wird es meistens deswegen nicht, weil es Nebenhandlung ist, und zu der lässt man sich höchstens herab, wenn die Haupthandlung ohne Anstups von außen nicht mehr so richtig von der Stelle kommt. Wie bei den drei Männern in Jorgensens Bibliothek.

Zwei von ihnen waren gerade sauer auf Wuppke. Gleich würde es geschehen, dass großes Geschrei einsetzte, indem Jorgensen seinen ungebetenen Besuch zum Verlassen seiner Bibliothek aufforderte, worauf Ali möglicherweise sagen würde, dass das gar keine richtige Bibliothek sei. Vielleicht würde die Situation daraufhin eskalieren, weil Ali seinen Garden, die draußen im Wagen eine stets spürbare Atmosphäre der Bedrohung erzeugten und auf das Notwendigwerden ihres Eingreifens warteten, befahl, das edle Anwesen des Baulöwen mit automatischen Waffen zu Staub zu zerschießen. Unwahrscheinlich zwar, aber eben auch nicht gänzlich ausgeschlossen.

Dennoch geschah es nicht. Denn in dem Moment, da die Handlung in der Schwebe verharrte, keiner der drei Männer etwas sagte oder sich auch nur bewegte, und Wuppke als einziger von ihnen zufällig gen Garten blickte, erschien Blue Henger nackt und nur mit einem weißen Handtuch zwischen sich und der Bundesprüfstelle für jugendgefährdende Medien und hechtete mit einem Sprung in den Whirlpool. Kein Zweifel: Er wollte allein baden.

Was war geschehen? – Natürlich hatte Henger, um seine Privatsphäre zu wahren, das Badezimmer sorgfältig abgeriegelt, bevor er in die dampfende Wanne gestiegen war. Aber Effi kannte Mittel und Wege, dennoch einzudringen, das ist für solch ein Mädchen ja die leichteste Übung.

»Endlich sind wir allein«, sagte sie, nachdem sie sich frei gemacht hatte und zu ihm ins heiße Badewasser stieg, das über und über mit Schaum überschäumt war, der die Körperlichkeit der beiden gnädig verhüllte. Warum gnädig? Nun, Effi hatte mit ihrer Enthüllung all ihr Selbstvertrauen aufgebraucht, wir wollen nicht vergessen, sie war erst fünfzehn und von daher mit ihrem Körper noch in grundlegendem Widerstreit. Bei Henger wiederum war es so, dass er Effi das sehr genau ansah und ihr deswegen nicht gern nackt begegnete, sie erschien ihm in allem einfach zu unfertig. Dasselbe dachte er aber auch von seinem eigenen Körper, und überhaupt von seiner ganzen Persönlichkeit, Henger war nämlich ebenfalls selbstunsicher und außerdem neurotisch aufgrund verschiedener Kindheitserfahrungen, die hier nicht weiter erörtert werden können. Es dürfte ja auch schon von seinem ersten Auftreten her klar geworden sein, was Henger für einer ist, man wird ja nicht einfach aus Lust und Laune schwer drogenabhängig und obendrein Schauspieler.

Dann kam es dahin, dass Effi ihm tief in die Augen blickte.

»Sag mal, was guckst du so?«, fragte Henger. Effi wollte aber die romantische Innigkeit des Augenblicks nicht ruinieren und schwieg nachdrücklich, während sie mit den Zehen Hengers Lendengegend erforschte, ohne ihre Blickintensität abzumildern. Das alles brachte den Jüngling total auf die Palme.

»Raus aus meiner Wanne!«, befahl er, vergeblich allerdings, weil es zum einen gar nicht seine Wanne war und Effi grundsätzlich keinen Befehlen gehorchte.

Da sprang eben Henger aus der Wanne, griff sich ein Handtuch und rannte, Pfützen in Form seiner Fußsohlen auf dem Ahornparkett der Galerie hinterlassend, in Effis Zimmer und von dort über den Balkon und die Feuerleiter in den Garten, wo er in den Whirlpool eintauchte, nicht zuletzt auch, um sich den verbliebenen Schaum aus den Haaren zu waschen, der ihm bei seiner Flucht brennend in die Augen geronnen war.

Wuppke deutete mit langsamer Bewegung nach draußen und fragte Jorgensen: »Ist das nicht Blue?«

Die beiden Männer drehten sich in der Erwartung um, es

handle sich hier um ein billiges Ablenkungsmanöver Wuppkes, sahen dann aber mit an, wie Effi, ebenfalls völlig ungenügend bekleidet, sich dem Pool näherte, aus dem Henger, als er sie erblickte, gleich wieder entwich, um über die niedrige Gartenmauer durch die neu gesetzten Wildrosenstöcke und nach rechts aus der Kadrage zu springen.

Hadi, begleitet von seinen Spießgesellen, war dieweil mit ausgeschalteten Scheinwerfern bis vor Jorgensens Haus gerollt und hatte in dem schwarzen SUV-Modell, auf das die Firma Daimler-Benz ihm offenbar ein exklusives Abo gewährte, gewartet wie die Spinne im Netz, um nun sein Glück gar nicht fassen zu können darüber, dass ausgerechnet Henger ihm so bereitwillig vor die Flinte lief. Er zündete also den Wagen und versetzte ihn in ein gesteigertes Schritttempo, mit dem er sich an Hengers flüchtige Fersen heftete. Die waren ja aus naheliegenden Gründen unbeschuht, und obendrein musste Henger mit beiden Händen das Handtuch disziplinieren, als er bemerkte, dass ein Kraftwagen voller Krimineller ihm penetrant folgte. Da war er verängstigt, unser Henger, ist doch klar, immerhin hatte er diesen Augenblick schon lange befürchtet und kommen sehen: Wer sich in Gefahr begibt, kommt darin um, das kann man überall nachlesen.

Da er dem Wagen nun nicht würde entkommen können, schlug er einen Haken und lief zum Jorgensen-Garten zurück. Er wird sich gedacht haben: Wenn ich die Wahl zwischen Selbstverleugnung und Tod habe, muss ich doch im Endeffekt nicht lange überlegen.

Effi befand sich genau im Blickfeld der drei hinter dem Panoramafenster stehenden Erwachsenen. Diese verfolgten gebannt, wie Henger jenseits der Gartenmauer wieder ins Bild hineinlief, gefolgt von einem Vasallen des Hadi, den wir bei dieser Gelegenheit mit dem Namen Mustafa ausstatten wollen und dem die fußläufige Verfolgung Hengers befohlen ward. Effi rief, während sie nach hinten in den Garten lief, irgendetwas Aufmunterndes in Richtung Hengers, als dieser von seinem Verfolger mittels einer feinen Grätsche von den Beinen geholt und nach allen Regeln der Kunst verdroschen wurde: nämlich Schlag in die Magengrube und dann beim ersten Zusammenkrümmen schön das Knie gelupft, um das Nasenbein neu zu justieren.

Dazu muss man wissen: Mustafa war derjenige unter Hadis Jungs, der sich an der Begrüßungsrunde mit der Chinesenbande am lebhaftesten beteiligt hatte. Sobald das Wollknäuel von Salid empfangen war, hatte er sehr bereitwillig und beredt von seinen Plänen erzählt, nach dem Gangster-Praktikum bei seinem Onkel eine Ausbildung zum Croupier in Baden-Baden zu beginnen. »Gespielt wird immer!«, hatte er dazu angemerkt, welchen kleinen Scherz die chinesischen Jungs sogar lachend annahmen, während seine eigenen missbilligend still geblieben waren. Irgendwie hatte er sich seit seiner Ankunft auf Sylt nicht so recht ins Gruppengefüge von Hadis Jungs einfinden können, die ja, anders als er, ihr Sommercamp auf Sylt aufgeschlagen hatten und ihre Tage gemeinsam damit verbrachten, Playstation zu spielen und ansonsten ihre BMIs zu vergleichen. Mustafa, von Hause aus eher von schmächtiger Gestalt, war da außen vor. Indem er sich nun als Schläger gerierte, wollte er seine gezeigte Feinsinnigkeit wieder mit einer gewissen Grundrohheit austarieren, um vielleicht doch noch als zupackender Kerl akzeptiert zu werden, und natürlich erschien ihm ein fester Tritt gegen Henger dazu als ein geeignetes Mittel.

Langsam stieg Hadi aus dem Wagen aus, während seine Jungs schon ihrem Teamkollegen beisprangen, der allerdings das Kampfgeschehen auch ohne sie dominierte. Hadi indes blieb beim Wagen stehen und steckte sich genüsslich eine Zigarette an. Er liebte es, wenn ein Plan funktionierte! Dadurch hatte er zwar noch immer nicht sein Päckchen wieder, aber das war jetzt nur noch eine Frage der Zeit.

Jorgensen, die Terrassentür öffnend, suchte mit den jähen Worten »He! Stopp!« lautstark die Aussetzung jeglicher Gewalthandlungen einzufordern. Der Chinese, der nicht so recht begriff, was da hinter Jorgensens Garten für ein Tumult vor sich ging, trat hervor, wodurch er gut sichtbar für Hadi wurde. Hadi wiederum wie vom Donner gerührt: Was in aller Welt hatte denn der Chinese hier zu suchen? Vorsorglich ging er hinter der Autotür in Deckung und dachte sogar kurz daran, einfach wegzufahren, verwarf eine Flucht dann aber, da sie seine Rädelsführerschaft in Frage stellen könnte. Er musste also hierbleiben und den Schaden begrenzen. Und apropos Schaden: Von seiner Warte aus konnte er gut sehen, dass die nackte Halbwüchsige aus dem Halbschatten des Hauses wieder hervorgetreten war und die Sehne eines Sportbogens spannte. Ja spinnt denn die?

»Du lässt sofort Blue in Ruhe, sonst verpasse ich dir einen Pfeil zwischen deine Augen«, sagte Effi mit einer Stimme, die sich zur bedrohlichen Aussage kontrapunktisch verhielt.

Während Jorgensen seine Tochter sah und unter den Worten »Effi, nein!« machtvoll durch den Garten eilte, um der Gewalt Einhalt zu gebieten, drehte sich Mustafa zu Effi um und tat einen Schritt auf sie zu.

»Geh lieber wieder rein, Mädchen. Ist gefährlich hier draußen!« Dann holte er Schwung und wollte Henger mit einem weiteren Tritt endgültig auf die Bretter schicken.

Da hatte er nun aber tragischerweise die Rechnung ohne Effi gemacht, der man mit so einer Bemerkung einfach nicht kommen kann, wenn man nicht einen Warnschuss zielsicher vor seine Füße geschossen bekommen will – was Effi zweifellos vorhatte, wäre nicht ihr Vater in Zeitlupe und mit halbseitig verzerrten Mund, aus dem der verlangsamte Schrei »Effi!« grotesk heruntergepitcht erklang, herangeflogen und hätte seine Tochter weggecheckt. Der Schuss, den er verhindern wollte, löste sich dennoch, nun aber nicht mehr zielsicher, sondern gewissermaßen entfesselt. Mustafa sah den gestarteten Pfeil auf sich zufliegen und hätte gern noch etwas gedacht, doch angesichts der Kürze der Zeit und einer vorzeitigen Schwarzblende war daran nicht mehr zu denken.

Alle standen fassungslos um ihn herum. Mustafa war noch so jung gewesen. Sein ganzes Leben hatte er noch vor sich gehabt. Und jetzt: Rien ne vas plus! Nämlich, das befederte Ende von Effis Pfeil ragte aus seiner rechten Gehirnhälfte. Er lag still und regungslos auf dem Pflaster der verkehrsberuhigten Straße, während die Bandenmitglieder still und regungslos auf ihn hinunterblickten.

»Ist er tot?«, fragte Effi entsetzt. Sie sah sich verzweifelt nach Blue um, dem ihr Einsatz immerhin gegolten hatte, doch der war damit beschäftigt, mit einem Zipfel seines Handtuchs das Bluten seiner zermanschten Nase zu stillen, ohne freilich das Handtuch gleichzeitig seinem Verhüllungszweck entheben zu wollen. Es war kein sehr vorteilhafter Anblick, das fiel sogar Effi auf. Von Mustafas Unglück hatte Henger noch gar keine Notiz genommen.

»Ach was, tot«, sagte Jorgensen. »Wir tun Eis drauf, dann wird er sich schon wieder berappeln.«

»Arme Mustafa«, sagte der Chinese. »Wir mussen ihn von Straße schleifen.«

»Wir rufen sofort einen Krankenwagen!«, sagte Jorgensen beflissen, obwohl er natürlich sehen konnte, dass da nichts mehr zu machen war.

Die Aufmerksamkeit von Hadis Mannschaft versammelte sich derweil geschlossen auf Effi, die anhand ihres Bogens ohne weitere Recherche als Schützin auszumachen war. Jorgensen suchte seine Tochter zunächst mit seinem Oberhemd zu verhüllen und dann abzuschirmen, so ein Mob ist wie ein Rudel junger Wölfe, und Jorgensen musste sich zu all seiner Körpergröße aufbauen, um seine Tochter zu beschützen.

»He«, rief der Chinese laut, »musst ihr leiser sein alle!« Er bekam sogleich Unterstützung in Gestalt seines eigenen Gefolges, worauf ein hitziges Handgemenge unter den jungen Männern einsetzte.

»Ruhe«, rief der Chinese mit beschwichtigend erhobenen Händen, »seid ruhig«, denn die gegenseitigen Provokationen hatten die Stimmung gefährlich erhitzt. »Ist für Geschäfte schlecht, wenn Leute liegen tot auf Straße.«

Effi, lauter jetzt zu ihrem Vater: »Tot? Du hast gesagt, er ist nicht tot!«

»Ist er ja auch nicht!«

»Aber er atmet gar nicht mehr!«

In diesem Moment erschien Hadi auf der Szene. Der Chinese natürlich mit großen Augen: »Was mach du denn hier, Hadi?«

»Lange Geschichte«, sagte Hadi. Er ließ schon wieder den Lässigen raushängen, klar, so ein Abteilungsleiter kann sich Gefühle einfach nicht leisten, wenn er auf den Posten vom Senior Manager scharf ist und das Fußvolk zuschaut. Er fühlte Mustafa den Puls und ließ den schlaffen Arm wieder zu Boden fallen. »Der ist hinüber. Ganz toll. War mein bester Mann.«

»Wir kann das später bereden, hab ich sowieso noch paar Fragen an dich. Mussen jetzt erst mal die Junge von Straße schaffen, aber schnell.«

»Ali hat recht«, schaltete Wuppke sich ein, denn ihm entging nicht, dass Jorgensen schon sein Telefon gezückt hatte und drauf und dran war, den Notruf zu wählen. Natürlich diente das eher einem Verschleierungs- denn einem Rettungszweck: Wuppke durchschaute, dass er seine Tochter so lange wie möglich vor der Einsicht in ihre Schuld zu beschützen suchte, und sich selbst ebenso. »Dieser ganze Vorfall hier«, sagte Wuppke und sah nacheinander Jost, Hadi und den Chinesen an, »wird in der Öffentlichkeit nicht gut aussehen, für keinen von euch. Wir alle müssen jetzt einen kühlen Kopf bewahren.«

Jorgensen zögerte und steckte schließlich das Telefon wieder weg.

»Wir bringen ihn nach drinnen und tun Eis drauf«, sagte Wuppke unbeirrt, weil ihm nichts Besseres einfiel. Etwas weiter die Straße runter verabschiedete sich eine Abendgesellschaft und hatte schon piepend den Wagen entriegelt, was bedeutete, dass in Kürze Zeugen hier vorbeifahren würden. »Das muss jetzt alles sehr schnell gehen«, empfahl Wuppke.

Und so schnappte sich der Chinese den rechten und Jorgensen den linken Arm, Wuppke und Effi postierten sich an den Beinen, und Henger öffnete und schloss die Gartentür, indes Hadis und Alis Jungs mit verschränkten Armen als Sichtschutz zur Straße hin fungierten.

Man setzte Mustafas körperliche Hülle im Pool ab und schaltete auf volle Blubberstärke, damit der Body of Evidence unsichtbar werde. Wuppke überlegte, wie man einer investigativen Polizeistreife würde erklären können, dass Mustafa vor seinem Ableben noch schnell ein Bad hatte nehmen wollen, noch dazu mit einem Pfeil durch den Kopf. Draußen fuhr in einem Großraumporsche die erwähnte Abendgesellschaft vorbei, der Fahrer hatte die Scheibe heruntergelassen und rief in Jorgensens Richtung: »Na, Jost, biste Leiharbeiter am casten?« Das war natürlich nur nachbarschaftliches Geschäkere, aber man kann sich vorstellen, dass genau dieser Quatsch es ist, der eine Situation wie diese zur Eskalation bringen kann. Jorgensen lachte nervös und rang mit einer schlagfertigen Antwort, blieb letzten Endes aber stumm. Wuppke hatte indessen gedankenschnell die Winterplane des Whirlpools unauffällig über Mustafa gebreitet, argwöhnisch beäugt von Hadi, der sich denken mochte: Was hat der Wuppke hier vorauseilend den Mord an meinem Mustafa zu vertuschen?

»Wir müssen alle durchatmen und gut überlegen«, sagte Wuppke jetzt gefühlt zum sechsten Mal, was natürlich nur seine eigene Unsicherheit verriet, und das war schlecht, denn wenigstens er als unbeteiligter Berater musste Selbstvertrauen und unbedingten Kontrollwillen verkörpern. Wobei man natürlich trefflichen Zweifel daran üben darf, ob Wuppke wirklich so unbeteiligt und ob er wirklich nur Berater war.

Erschwerend kam hinzu, dass jetzt die unvermeidliche Miriam auftrat, die bislang in ihrem Orgonnakkumulator stille Energiearbeit geleistet hatte, was man durchaus als Protest interpretieren darf. Wer will sich jetzt das Theater vorstellen, das Miriam veranstaltete! – Wieso Effi das Hemd ihres Vaters und sonst nichts anhabe? Was der Menschenauflauf vor dem Haus bedeute? Und wann endlich wieder Normalität einkehre in ihrem Haus und auf Sylt? – Dieser Art waren die vielen Fragen, die sie stellte.

»Und könnte mir auch mal jemand darauf antworten?«, sagte sie, weil nämlich von Effi über Henger und die beiden Fremden bis hin zu ihrem Mann niemand dazu Anstalten machte.

»Wir haben alles unter Kontrolle«, sagte Jorgensen in seinem Unterhemd, durch das er in Verbindung mit seiner bequemen Haushose allerdings vielmehr so aussah, als hätte er jegliche Kontrolle schon länger verloren.

»Entschuldigt bitte«, sagte Henger, der immer noch lediglich ein Handtuch trug, »ich geh dann mal nach oben … der Whirlpool ist ja jetzt belegt.«

»Ich gehe mit«, sagte Effi.

»Du gehst nirgendwo hin«, sagte Jorgensen streng zu seiner Tochter.

Und Miriam argwöhnisch: »Was ist denn mit dem Whirlpool?«

Natürlich alle so pfeifend und mit dem Blick nach oben,

dass Miriam erst recht neugierig werden musste, logisch. Sie zögerte auch nicht lange, sondern ging hin und riss die Plane herunter.

»Ach du Scheiße!«, schrie sie, indem sie von Kopf bis Fuß zusammenzuckte und zu Jost herumwirbelte.

»Da ist ein … im … ist der …?«

Nicht, dass Miriam hysterisch war. Neinnein. Zum einen ist der Topos der hysterischen Frau nichts weiter als ein psychoanalytisches Unterdrückungsinstrument gegen den Selbstbestimmungswillen sich emanzipierender Gesellschaftssubjekte. Zum anderen ensprechen die Symptome dessen, was mit hysterisch gemeint ist, laut ICD-10 eher der histrionischen Persönlichkeitsstörung (F60.4). Damit nicht genug, war Miriams Reaktion weder von oberflächlicher Affektivität geprägt noch sonstwie unangebracht, im Gegenteil: Sie war die einzig Gesunde, mental und moralisch gesehen.

»Mein Gott!« Sie trat einen Schritt vor, um sich das Unfallopfer genauer zu besehen. »Ist der … tot?«

Effi schüttelte den Kopf. »Papa sagt, er wird sich wieder berappeln!«

Miriam warf Jorgensen einen Blick zu, der jegliche Hoffnung auf einen paartherapeutischen Durchbruch in weitere Ferne rückte, und schritt schnurstracks zum Telefon, das aus unerklärlichen Gründen auf einem kleinen Beistelltisch neben der schmuckvollen Hollywoodschaukel bereitstand. In dem Moment aber, als sie den Hörer abnahm, verstummte das Freizeichen, weil nämlich der Chinese das Kabel aus der Wand gerissen hatte.

»Kauf ich neue, wenn alles vorbei hier. Aber mussen jetzt

überlegen, was wir machen«, sagte er besonnen. Besonnen heißt noch nicht vernünftig, aber es war ein Anfang.

Miriam sah ihn an mit Blicken wie, nun: Pfeilen. »Ich habe keine Ahnung, wer Sie sind oder was Sie hier wollen, aber ich bringe euch alle in den Knast!«

Der Chinese hatte das schon öfter gehört und reagierte dementsprechend routiniert auf die Drohung, während Hadi gallig sagte: »Dann kannst du gleich mal mit deiner verschissenen Göre anfangen!«

Da kam ihr wie auf Stichwort Effi in die Arme geflogen und begann zu weinen. »Ich wollte das doch nicht, Mama!«

»Mein Gott«, stieß Miriam hervor und ließ, wenngleich verspätet, den Hörer wieder auf die Gabel sinken, »*du* warst das? Effi? Sag mir, dass das nicht stimmt!«

Worauf Effi bloß noch lauter schluchzte.

Die Enthüllung verschob für Miriam natürlich von jetzt auf gleich das gesamte Kräfteparallelogramm, und die Polizei erschien ihr nicht länger als der ideale Ansprechpartner.

Und jetzt: Die anderen Situationsteilnehmer hatten ja währenddessen auch Gedanken und Gefühle. Da war zum einen Jorgensen, der hatte komplett einen Schock, das kann man nicht anders sagen. Gangster samt Leiche in seinem Garten, Tochter die Täterin, er selber mitschuldig: Wir kennen Jorgensen wirklich als einen Baum von einem Mann, als Fels in der Sylter Brandung, den nichts erschüttert. Aber das hier, das war alles ein bisschen zu viel für ihn.

Den Chinesen wiederum brachte das Ganze nicht sonderlich aus der Ruhe, zum einen hatte er dergleichen ja schon erlebt, und dann war es auch eine Frage des Naturells. Der Chinese war einfach keiner, der sich schnell aufregt. Ganz anders Hadi, der kochte innerlich, dass einer seiner Leute tot war und er noch nicht mal was sagen durfte, weil er damit womöglich seine geschäftsführende Stellung gefährdete. Und da Hadi also mehr oder weniger gezwungen war, dem Blick des Chinesen bis auf Weiteres auszuweichen, und Wuppkes, wie er zugeben musste, auch, starrte er mit all seiner Wut und Galligkeit Jorgensen an.

»Stimmt irgendwas nicht?«, wollte dieser prompt wissen.

Und Hadi noch provozierender: »Mit was?«

Jorgensen total verunsichert. »Mit irgendwas.«

»Ist das deine Frage?«, wieder Hadi, ohne den aggressiven Impetus seiner Stimme rechtzeitig herunterregulieren zu können, oder zu wollen. »Ob irgendwas mit irgendwas nicht stimmt?«

Jorgensen dachte tatsächlich nach, ob das seine Frage war, oder ob er überhaupt eine hatte stellen wollen, dann öffnete er den Mund, um Hadi wenigstens halbherzig in seine Schranken zu weisen.

»Sehr komisch, Hadi«, warf sich da aber schon Wuppke dazwischen, um die üble Stimmung ein wenig aufzuhübschen. »Ist er nicht komisch, unser Hadi?«

Nach kurzem Zögern lachte Hadi, und Wuppke lachte auch, und sogar Jorgensen lachte ein wenig mit. Da wurde Hadi aber schlagartig wieder ganz ernst.

»Was soll das heißen, ich bin komisch? Wie, komisch?«

»Ach, komm schon«, sagte Wuppke arglos. »Du bist halt … weißt schon. Komisch!«

»Wie, komisch? Ich will es verstehen. Vielleicht bin ich ja nur ein bisschen vernagelt. Komisch wie? Komisch wie ein Clown? Machst du dich lustig über mich? Ich bin dazu da, dass du dich amüsierst? Was zum Teufel ist so komisch an mir? Sag es!«

Jetzt müsste man sehen, wie Hadi Wuppke ansah: Durchdringend nämlich, oder besser gesagt, bohrend, sein Kopf war knallrot. Er war wirklich sauer, natürlich nicht nur, weil er als Komiker hingestellt wurde, sondern wegen Wuppkes gesamter Existenz.

Aber Wuppke hatte nun schon ein paarmal erlebt, wie Hadi die Säuerlichkeit nur gespielt hatte, um dann im nächsten Moment doch einen Scherz zur Auflockerung der Gesamtbefindlichkeit einzustreuen.

»Ach, leck mich doch!«, feixte er also und knuffte Hadi liebevoll in die Seite. »Fast hättest du mich gehabt!«

Nur war es so – wir ahnen es –, dass es Hadi verdammt ernst war, und es wäre für Wuppke wohl durchaus handgreiflich ausgegangen, wenn nicht genau in diesem Moment Miriam sich eingemengt hätte.

»Könnten die Herren ihre peinlichen Streitigkeiten nicht außerhalb unseres Grundstücks fortsetzen?«

Hadi schoss sich gleich auf den neuen Redebeitrag ein, nahm dazu aber nicht Miriam direkt, sondern Jorgensen aufs Korn. Klar, der nahöstliche Knigge behält die Anredehoheit ausschließlich dem Manne vor. »Sag deiner Mutter, dass sie sich lieber in die Küche verziehen soll!«

Und jetzt ging alles sehr schnell. »Wen nennst du hier Mutter«, sagte Jorgensen und richtete sich vor Hadi auf, der ihn allerdings mühelos wegschubste und dazu fies lächelte.

Miriam beschrieb mit einer Körperdrehung, die sich in Sachen Kraft und Anmut mühelos an einer russischen Elitetänzerin vom Bolschoi-Ballett messen lassen konnte, einen perfekt ausgeführten yoko geri, im Westen auch bekannt als

Side-Kick, und platzierte ihn genau auf Hadis geometrisches Körperzentrum, sodass er unnatürlich weit durch die Luft flog und im Sammelbecken der Geschlagenen endete.

Da kann man sich jetzt natürlich denken, was auf der anderen Seite der Gartenmauer los war. Denn Hadis Anhänger drängten sofort herein, um … ja, was eigentlich? Man kann nur schwer beschreiben, was bei solchen Massenszenen eigentlich genau abläuft. Ein bisschen wird geblafft, ein bisschen wird geschubst, all das war aber dem Chinesen, der ja durchaus gern den Silberrücken gibt, zu doof. »Könnt ihr jetzt mal alle Fresse halten!«

So deutliche Worte vom Chinesen, da war natürlich erst mal Ruhe im Karton. Obwohl der Tumult heimlich weiterrumorte, klar, wer kann schon ruhig mit ansehen, wie der eigene Vorgesetzte verprügelt wird, noch dazu von einer Frau? Miriam nutzte auch gleich die Gelegenheit, Effi und auch sich selbst aus der Schusslinie zu nehmen und ging mit dem Mädchen ins Haus.

Da hatte Wuppke entscheidende Ideen. Und es wird auch langsam Zeit, dass Wuppke zumindest *eine* entscheidende Idee hat, denn er ist in dieser Geschichte der Leistungsträger, und lange Zeit war nicht viel von ihm zu sehen, oder wenigstens nicht genug. Wer Held sein will, ist zum Handeln verdammt, das ist so. Wollte Wuppke ein Held sein? – Er selbst würde wohl sagen: Warum nicht?

14. Wuppke überschreitet die dritte Schwelle und erlebt seine Auferstehung

Dass Geschichten, wie eingangs behauptet, weder Anfang noch Ende haben, ist zwar richtig, aber gleichzeitig auch falsch. Eine erzählte Geschichte verhält sich zur Ursuppe aller unerzählten – der Realität – wie ein Kamerabild zu all dem, was jenseits der Kulissen liegt. Und natürlich hat dieser winzige Ausschnitt der Realität auch einen Rahmen: Anfang und Ende. Geschichten sind also so willkürlich wie ein achtlos an die Wand genageltes Bild. Trotzdem hängt an dem Nagel unser ganzes Leben. Darum kann man das Ende einer so großen Geschichte wie dieser auch nicht im Plauderton erzählen. Für eine Weile mag das ja ganz lustig sein, aber letztlich werden hier doch existenzielle Fragen verhandelt, da braucht man den entsprechend staatstragenden Tonfall, sonst lachen alle an Stellen, die eigentlich bitter ernst gemeint sind.

Wuppke beobachtete mit wachsender Unruhe, dass sich im Haus gegenüber eine neue Gefahrenlage entwickelt hatte: Ein ältliches Ehepaar spähte neugierig aus dem Küchenfenster.

»Wer wohnt da?«, fragte Wuppke Jorgensen. »Sind das Freunde von Ihnen?«

Der Mogul im Unterhemd schüttelte den Kopf. »Das ist ein Ferienhaus. Was weiß ich, wer da wohnt.«

»Kann sein die rufen Bullen«, wandte Ali ein. »Wir gehen besser ruber und erklären alles. Mit Giraffesprache.«

»Ich mach das«, sagte Wuppke, der dem Chinesen das nötige Fingerspitzengefühl absprach und außerdem die Gelegenheit gekommen sah, sich von seiner nützlichen Seite zu zeigen.

Drinnen wählte mit zittrigen Fingern der männliche Teil des Ehepaars die 110.

»Mach schnell, Schorsch, die komme!«

Wuppke erklomm schon den ansteigenden Kiesweg zur Haustür und klingelte, aber nichts regte sich drinnen. Er ließ sich dennoch nicht von seinem Wunsch abbringen, den Feriengästen die jüngsten Vorgänge gedanklich aufzubereiten, um ihnen das einzig richtige Verständnis zu ermöglichen. Also klingelte er erneut, und danach noch ein paarmal. Schließlich meldete sich die Sprechanlage.

»J-ja?«

»Schöngutenabend, meine Damundherren, gestatten, Wuppke der Name, ich bin ein Hausgast von Herrn Jost Jorgensen, Sie kennen ihn vielleicht: Er ist Ihr Nachbar von gegenüber!«

»Mir kommet von Nürtinge«, war die Antwort.

»Ich verstehe, ich verstehe. Lassen Sie mich Ihnen erklären, liebe Nürtinger: Herr Jorgensen ist Filmproduzent und der berühmteste lebende Sylter. Die Herrschaften, die Sie in seinem Garten sehen, sind Darsteller in seinem neuen Werbefilm, Sie können das gut in den sozialen Netzwerken verfolgen.« Wuppke machte hier eine Kunstpause, um nötigenfalls auf Fragen und Einwände eingehen zu können, es kamen aber keine. »Für die Unruhe, die gegenwärtig von seinem Haus ausgeht, bittet Herr Jorgensen vielmals um Entschuldigung, aber es laufen die letzten Vorbereitungen für seine morgigen Dreharbeiten.«

In der Sprechanlage klickte es jetzt, als sei der Hörer aufgelegt worden. Dafür öffnete sich einen Moment später die Tür, und die Nürtinger traten mit kleinen Augen hervor.

»Dreharbeiten, sage Sie? Sin des Schauspieler, die wo da rumtanzet?«

Wuppke nahm gleich ihre Blickrichtung ein und deutete mit ausgestrecktem Arm in Richtung andere Straßenseite. »Sehen Sie den mit dem Handtuch? Das ist Blue Henger!«

»Isch des wahr?«, fragte die Frau und fasste sich ans Dekolleté, um mädchenhaft an ihrer Kette herumzunesteln.

»Eigentlich hatten es sich alle schon gemütlich gemacht, um sich von ihrem harten Drehtag zu erholen. Aber dann: Inspirationsschub! Sie kennen doch die Künstler: Peng!« Wuppke klatschte dicht vor den gebannten Nürtinger Blicken in die Hände, um das Wesenhafte künstlerischer Inspirationsschübe zu verdeutlichen. »Möglicherweise werden Sie gerade Zeugen neuer Meilensteine der Darstellungskunst!«

»Ja meinen Sie wirklich?«

Als Wuppke zurückkehrte, blieben die Nürtinger noch vor der Haustür stehen, winkten ihm herzlich hinterher und beobachteten ehrfurchtsvoll, wie die Gruppe der gewaltbereiten Jugendlichen sich teilte, um Wuppke durchzulassen. Er trat dann gleich in die Bibliothek ein, wo Jorgensen und der Chinese bereits in lebhaftes Gespräch verwickelt waren. Der Ton der Unterhaltung klang für Wuppkes Ohren allerdings ein wenig scharf. Das war natürlich nicht gemäß seiner Hoffnungen.

»Ich will das noch mal wiederholen, Wuppke«, sagte Jorgensen, der zu seiner Getränkebar gegangen war und dem Chinesen Alkohol anbot. Der Chinese lehnte freundlich ab.

»Ich weiß nicht, was dein Freund von mir will, aber es gibt keine Heide, basta, und ich sehe keinen Grund, weswegen ihr beide noch länger in meinem Haus bleiben solltet. Es ist spät.«

»Moment«, sagte Wuppke und wandte sich an die Jungs des Chinesen, die mit in die Bibliothek gekommen waren. Einer von ihnen war zufälligerweise Salid, mit dem Wuppke ja eine besondere Freundschaft verband. »Hört mal, ihr beiden, möchtet ihr nicht so gut sein, in die Küche zu gehen und rasch mal Tee zu machen? Wir haben hier nämlich gerade was Wichtiges ...«

»Aber«, wandte Salid auffallend höflich ein, »wir sind doch die Gäste. Seit wann müssen sich denn die Gäste um ihre Getränke selber kümmern?«

»Ihr seid gar keine Gäste«, präzisierte Jorgensen. »Der da hat euch reingelassen«, hierbei deutete er auf den Chinesen, »und der ist auch kein Gast.«

»Danke noch mal für Einladung«, sagte der Chinese, dessen Erfolgsrezept ja bekanntlich darin bestand, nur das zu verstehen, was er verstehen wollte.

»Gast oder nicht«, sagte Salid mit aufrichtigem Unverständnis, »wollen wir nicht warten, bis die Frau zurückkommt?«

»Stoppstoppstopp«, sagte Wuppke, »ich unterbreche hier grad mal. Wir hatten das doch alles besprochen.«

Ali wiederholte per muttersprachlichem Zuruf die Teebestellung, worauf die Sache einwandfrei funktionierte.

»Herr Jorgensen«, wandte sich Wuppke nun der Hauptperson des chinesischen Anliegens zu. »Sie sind im Irrtum, wenn sie glauben, Herr al-Safa würde hier mit leeren Händen einen Gefallen von Ihnen einfordern. Ganz im Gegenteil! Herr al-Safa möchte Ihnen ein Angebot machen, das Sie nicht ablehnen können.«

»Aber die Heide ...«

»Jetzt vergessen Sie doch mal für einen Augenblick Ihren dämlichen Sandrücken«, sagte Wuppke ungewollt schroff.

»Vergessen? Sandrucken?«, fragte der Chinese verwundert.

»Was soll denn das für ein Angebot sein?«, fragte wiederum Jorgensen halb neugierig.

»Ja«, sagte der Chinese, »genau?«

Wuppke griff in seinen Rucksack und legte, sorgfältig das Papier glattstreichend, das Faltheft der Inselretter auf den Tisch.

»Das hier«, sagte er mit vor Zuversicht bebender Stimme und ließ den Zeigefinger mehrfach auf das Dokument tippen, »ist die Lösung all Ihrer Probleme.« Er sah von Jorgensen zu Ali. »Und deiner übrigens auch.«

Spannungsvoll verebbten die Hintergrundgeräusche, selbst das Geklappere aus der Küche hörte ganz auf, und neugierig lünkerten die beiden Gehilfen heraus. Es ging nun um alles. Wuppke musste mit wenigen wohlgesetzten Worten die Verbindung zwischen Jorgensen und dem Chinesen nicht nur schmieden, sondern auch unverbrüchlich aushärten lassen. Dazu brauchte er überzeugende Argumente, aber mehr noch, er musste die beiden durch eine packende Ansprache vor allem emotional berühren. Das Publikum behält nämlich eine Geschichte nur in Erinnerung, wenn es sich von ihr emotional berührt fühlt.

WUPPKE (bedeutungsvoll)

Ich hatte einen Traum, meine Herren. In diesem Traum toste der Sturm der allerletzten Tage über der Insel und ließ sie im Meer versinken. Seit diesem Traum sind meine Augen weit geöffnet, und ich bin außerstande, sie noch einmal vor den drohenden Gefahren zu verschließen, denen dieses wunderschöne Eiland tagtäglich ausgesetzt ist.

Der Chinese blinzelte wie eine besoffene Echse, Jorgensen kippte seinen Drink, und die beiden Gehilfen gingen zurück in die Küche, um weiter mit ihren Tassen zu klappern.

WUPPKE

Die unberührte Unschuld Sylts ist bedroht. Es ist nur eine Frage der Zeit, da werden die tosenden Fluten der globalisierten Weltmeere das gesamte friesische Archipel in den Untergang reißen, wenn – ja, wenn nicht alles Menschenmögliche zu seiner Rettung unternommen wird. Meine Herren! Auf einer Insel Häuser zu bauen, die zum Untergang verdammt ist, wäre eine Torheit, ein Wahnsinn, ein Spuk! Der Ernst der Lage gebietet es vielmehr, dass nun die besten Köpfe ihrer Generation – eure, meine Herren – sich zusammentun, um die Vernichtung zu verhindern, das Volk zu vereinen und euch zu unsterblichen Helden zu machen!

Jorgensen und Ali sahen sich gegenseitig und dann Wuppke an. In ihren Augen las dieser aber weniger die erhoffte Euphorie als vielmehr eine etwas erschöpfte Leere. Das Publikum ist also noch nicht bereit für epochemachende Gedanken, sagte sich Wuppke und ging daran, mit einem starken Reizwort wenigstens Jorgensens erlahmende Aufmerksamkeit zurückzugewinnen.

WUPPKE

Die Kragler –

JORGENSEN

Diese Kuh!

WUPPKE

Sehr richtig, Herr Jorgensen! Die Kragler hat Sie vor der ganzen Welt lächerlich gemacht! Mit ihren fremdenfeindlichen Parolen führt sie Ihre multikulturelle Vision eines internationalen Sylt ad absurdum. Viele unerfahrene Politiker würden sich nun schnaubend vor die Kameras werfen und zurückbrüllen, wie es dieser Tage ja leider Mode geworden ist. Sie aber, Sylts künftiger Bürgermeister, werden etwas ungleich Weitsichtigeres tun.

MIRIAM (von der Treppe)

Jost?

JORGENSEN

Bin im Meeting!

MIRIAM (eintretend)

Seh ich das richtig, dass du hier immer noch mit diesen … diesen …

WUPPKE

Gesellen Sie sich doch zu uns, Frau Jorgensen, der Tee müsste auch gleich fertig sein!

MIRIAM (zu Jorgensen)

Was geht eigentlich in deinem Kopf vor sich! Deine Tochter sitzt da oben und …

WUPPKE

Sie soll doch herunterkommen und sich zu uns setzen. Hier ist es warm!

MIRIAM

Draußen ist Sommer!

WUPPKE

Aber hier drinnen doch auch!

MIRIAM

Ihr redet alle nur Stuss!

WUPPKE

Sie würden das Niveau ohne Zweifel beträchtlich heben.

MIRIAM

Jost. Könntest du das beenden? Sofort?

CHINESE (zu Wuppke)

Noch mal Plan, hab ich nicht genau verstanden das.

WUPPKE

Richtig, wo war ich stehen geblieben? Ah ja, Kragler, positives Zeichen, Heldenstatus. Zum Beispiel, indem sich der künftige Bürgermeister für ein Joint Venture mit einem Inselfreund zusammentäte.

JORGENSEN

Was denn für einem Inselfreund?

Wuppke deutete mit Showmastergeste auf den Chinesen.

JORGENSEN

Und warum sollte ich das tun?

WUPPKE

Na, um Ihre Insel zu retten! Begreifen Sie denn nicht?

JORGENSEN (etwas länger als nötig überlegend)

Doch, aber ich will es von Ihnen hören.

MIRIAM

Er will dir einreden, dass du die Wahl gewinnst, wenn du dich mit diesem Kriminellen zusammentust.

WUPPKE

Wenn Sie gemeinsam mit Herrn al-Safa ihre Heimat retten, Herr Jorgensen!

JORGENSEN

Hmmm … das klingt doch ganz vernünftig!

MIRIAM

Jost, sie ruft nach dir. Könntest du zu deiner Tochter gehen? Sie ist vollkommen fertig!

JORGENSEN

Aber was soll denn das heißen?

MIRIAM

Na, dass sie ohne dich gar nicht erst …

WUPPKE (gleichzeitig)

Na, dass Sie dieses eine Mal einen Partner …

CHINESE

Ja, versteh ich auch nicht. Positives Zeichen find ich gut auch. Aber positiv für mich, ja?

WUPPKE (in Richtung der lauschenden Gehilfen)

Wo bleibt denn bitte der Tee?

MIRIAM

Du weißt nie, wann es genug ist, Jost. Du bist nie da, wenn sie dich braucht, immer ist irgendwas wichtiger. Ich habe das so satt!

JORGENSEN

Ich muss das doch jetzt regeln, Miriam, siehst du denn nicht, dass es ohne mich nun mal nicht geht?

MIRIAM

Wozu hast du überhaupt eine Familie?

JORGENSEN

Wie kannst du denn so etwas sagen, Miriam? Für euch mache ich das doch alles!

MIRIAM

Vielleicht würde es ja reichen, ab und zu mal was *mit* uns zu machen?

WUPPKE (halblaut zu Jorgensen)

Ich würde es vollkommen verstehen, wenn Sie nun zunächst Ihre privaten Angelegenheiten ordnen wollten. Wir können das Gespräch auch gerne später fortführen.

CHINESE

Weiß ich nicht, Carsten, will ich nach Hause langsam!

WUPPKE (mit eindringlich erhobenem Zeigefinger)

Die Familie hat Vorrang, Ali! Du solltest das am besten wissen!

CHINESE

Is rischtisch, Carsten.

Jorgensen stieg ein wenig halbherzig die Treppe hinauf. Miriam blieb mit verschränkten Armen unten stehen. Dann drehte sich Jorgensen noch mal um.

JORGENSEN

Nur mal so aus Neugier … wie würde das denn konkret ablaufen?

MIRIAM

Herrgott, Jost!

JORGENSEN

Ich frag nur!

MIRIAM

Das ist doch wohl offensichtlich! Er will, dass du dich beim Land um den Auftrag bewirbst, wenn die Dänen die Sandaufspülungen beenden.

WUPPKE (überrascht)

Reden Sie weiter, Frau Jorgensen!

JORGENSEN

Aber wenn ich Bürgermeister bin, kann ich doch nicht … das wäre doch Vorteilsnahme, oder wie das heißt?

MIRIAM

Deswegen soll das ja auch der Gangster machen. Und jetzt, lieber Jost, bittebittebitte, mit Zucker obendrauf: Würdest du endlich zu Effi gehen?

JORGENSEN (weitergehend)

Verstehe, verstehe. Aber wie können wir sicher gehen, dass Herr al-Safa den Auftrag auch bekommt?

MIRIAM (laut)

Gehst du jetzt rauf!

Jorgensen nahm zwei Stufen auf einmal.

WUPPKE (halb rufend)

Herr al-Safa verfügt über fundiertes Know-how in Konkurrenzmanagement und Kundenbindung. Und was das Kragler-Problem angeht, da bietet sein Unternehmen eine Fülle bewährter Lösungen aus dem Intimidationsportfolio!

Jorgensen sah vom oberen Treppenabsatz fragend den Chinesen an, der die Frage allerdings mit hochgezogenen Brauen gleich an Wuppke zurückgeben musste.

MIRIAM (statt Wuppke)

Einschüchterung. Wuppke will dich mit einem Kriminellen verkuppeln, der alle deine Gegner aus dem Weg räumen soll. Bravo! So wird man mit Ende fünfzig noch schwerkriminell!

WUPPKE

Herr Jorgensen, Ihre Frau hat recht. Effi benötigt nun zunächst einmal dringend Ihren Beistand!

Da läutete es an der Haustür.

»Ich geh schon«, sagte Miriam, damit Jorgensen sich nicht ablenken ließe. Das war aber bereits geschehen, so ein Hausherr öffnet seine Tür ja gern eigenhändig.

»Um diese Zeit?«, machte Jorgensen und stieg die Treppe

wieder hinunter. Wuppke blickte sorgenvoll in den Garten, wo der Rest von Hadis Jungs damit beschäftigt war, den noch immer bewusstlosen Hadi aus dem Pool zu fischen. Sie fielen aber, da dieser einen tiefen Körperschwerpunkt hatte, einer nach dem anderen selber hinein.

Vor der Tür stand indessen ein Polizist.

»Dehner, Landespolizei Schleswig-Holstein. Sind Sie der Fahrer des Wagens mit dem Berliner Kennzeichen?«

»Nein, ich bin Jost Jorgensen, der berühmter Baumeister, und ich wohne, wie jeder weiß, nicht in Berlin, sondern hier bei meiner Familie auf Sylt!«

Miriam ging indessen allein wieder nach oben.

»Trotzdem«, sagte der Polizist. Wuppke hatte das vage Gefühl, dass er ihm schon einmal begegnet war, wenn auch hinter einer geschlossenen Hotelzimmertür. Er hatte eine Stimme so heiser, als hätte er Scharlach, und eine aschfahle, von geplatzten Äderchen durchzogene Gesichtshaut.

»Kann ich mal in Ihr Haus?«

»Warum um Gottes Willen wollen Sie denn in mein Haus?«, fragte Jorgensen erstaunt.

»Wir haben Grund zu der Annahme«, so Polizeioberrat Dehner, »dass sich in Ihrem Haus ein gesuchter Mehrfachstraftäter und Gefährder befindet.«

»Gefährder?«, fragte Jorgensen absichtlich dümmlich, wie das sonst eigentlich Wuppkes Masche war. »Wen oder was soll der denn gefährden?«

»Die Sicherheit«, sagte der Oberkommissar und hob seinen Dienstausweis, den er Jorgensen schon die ganze Zeit über hingehalten hatte, nun direkt vor dessen Augen. »Ich muss nachsehen, ob die fragliche Person sich in Ihren Räumlichkeiten aufhält.«

»Wieso fragen Sie denn nicht ganz einfach mich?«

»Befindet sich ein Herr al-Safa in ihrem Haus?«

»Ja, in meiner prächtigen Bibliothek.«

»Und kann ich mal mit Herrn al-Safa sprechen?«

»Ihnen kann geholfen werden, treten Sie ein!«

Jorgensen, der ja keinerlei Scheu hatte, seinen Besitz herzuzeigen, war blind und taub gegen die abwiegelnden Gesten Wuppkes aus dem Hintergrund, der ihn vergeblich daran zu erinnern trachtete, dass im gut einsehbaren Gartenbereich noch Entsorgungsarbeiten im Gange waren. Es war aber zu spät, der Hauptkommissar wurde bereits in die Bibliothek geführt. Alles, was Wuppke zur Verhinderung einer Verhaftungswelle tun konnte, war, zur Fensterfront zu eilen und die Gartenbeleuchtung gerade noch rechtzeitig auszuschalten.

»Soso!«, sagte der Kommissär, als er sich mitten im Raume positioniert hatte. »Das ist ja ein sehr aufschlussreiches Beisammensein!« Er meinte damit ganz offensichtlich den verdruckst am Fenster stehenden Wuppke, den gemütlich auf der Sofalandschaft lümmelnden Chinesen sowie die beiden Gehilfen, die gerade mit verschiedenen Teesorten aus der Küche gekommen waren.

»Heute hat es einen spektakulären Mordfall im Hotel Monbijou gegeben. Sie (dies in Richtung des Chinesen) habe ich vorhin am Tatort einer Verkehrsbelästigung mit Fahrerflucht gesehen. Und jetzt sitzen Sie hier seelenruhig beim Jorgensen auf der Couch, als wäre nichts gewesen. ZUFALL?«

»Möchten Sie auch ein Tässchen?«, fragte Salid den Landesbeamten in säuselndem Tonfall.

»Chai«, sagte aber dieser arrogant, ohne die beiden überhaupt eines Blickes zu würdigen. Klar, er musste ja weiterhin Ali fixieren, und deswegen konnte er auch nicht auf die schemenhaften Gestalten achten, die sich draußen im Dunkeln zu schaffen machten.

»Chai haben wir nicht. Es gibt Glückstee, Nieren-und-Blasen oder Augenblicke der Freude.«

»Was soll denn das für ein Gesöff sein?«, gab der Ermittler brüsk zurück, wieder unter Vermeidung eines direkten Augenkontakts.

»Sie können froh sein, dass wir Ihnen überhaupt etwas angeboten haben! Uns hat man gleich in die Küche abkommandiert. Was glauben Sie denn, wie wir uns dabei fühlen!«

Der Polizist sah jetzt Salid scharf an. »Kommt jetzt wieder die olle Rassismus- und Polizeigewaltleier?«

Unter normalen Umständen hätte Salid jetzt das große Kaliber in Anschlag gebracht, genug ist genug. Aber da er noch immer unter Alis mäßigendem Einfluss stand, zügelte er sich.

»Wir können dir auch gleich einen Einlauf verpassen, du Arschgesicht«, sagte er in höflichem Ton und gemäßigter Lautstärke. Es klang überhaupt nicht drohend, sondern wie ein freundliches Angebot.

»Wer wird denn gleich empfindlich werden?«, schaltete Wuppke sich mit leichter Stimme ein und begleitete den Heißsporn in die Küche, wodurch sich der Polizeihauptmeister wieder dem Chinesen zuwenden konnte.

»Und jetzt zu dir«, sagte Dehner, bevor er einen furchtbaren Hustenanfall bekam.

»Gute Güte, Sie gehören ins Bett«, sagte Wuppke, zurück aus der Küche, und drückte ihm besorgt ein Glas Wasser in die Hand. »Hier, trinken Sie.«

Das Schütteln verebbte langsam, nur noch Dehners Kopf

schüttelte leicht nach. »Ich bin todkrank im Endstadium, da hilft auch kein Bett mehr. Aber bevor ich abtrete, werde ich diesen einen Fall noch lösen, darauf können Sie schwören!«

»Ich?«, fragte Wuppke unbehaglich. »Ich soll darauf schwören? Oder meinten Sie, dass Sie es schwören?«

Mit großer Entschlossenheit stellte Dehner das Glas ab und zeigte auf Ali.

»Ich klage Sie der Verwicklung in ein Kapitalverbrechen an!«

Der Chinese pulte sich mit dem kleinen Finger irgendeinen imaginären Krümel aus der Zahnritze. »Kann ich mich irren, Chef, aber ist Anklage nicht Sache von Staatsanwalt?«

»Sie werde ich schon noch kleinkriegen mit Ihren frechen Bemerkungen! Der Verkehrskontrolle widersetzt haben Sie sich! Und der andere Wagen da draußen ist heute am Tatort gesehen worden. Ihr steckt doch alle unter einer Decke, ihr Brüder!«

Er ging zur Haustür und kam mit zwei Polizeianwärtern zurück, die vor der Tür bereitgestanden hatten, auffallend rotgesichtig der eine, auffällig blass der andere, und damit ein Mash-up aus Dehners ungesunder Bluthochdruckkolorierung.

Dehner legte den Kopf schief. »Jetzt fällt Ihnen wohl nichts mehr ein, was?« Er gab den beiden Anwärtern per Kopfnicken ein Zeichen, das die beiden aber nicht zu interpretieren wussten.

Da lief der Dehner ebenfalls ganz zur Rotfärbung über und fragte: »Seid ihr taub, oder was?«

Darauf der mit der geröteten Gesichtshaut vollkommen korrekt: »Aber Sie haben doch gar nichts gesagt, Herr …«

Da stellte sich der Streifenpolizist mit seiner Nasenspitze

an die Nasenspitze des Ermittlungshelfers, zufälligerweise waren die beiden nämlich genau gleich groß. »Was erlauben Sie sich, eine derartige Insub …« ordination wollte er natürlich sagen, aber so weit kam er nicht, denn von der ganzen Herumschreierei musste er wieder husten. Der Empfänger der Nachricht wischte sich die feuchte Aussprache von der Backe und trat vorsichtshalber ein paar Schritte zurück.

»Sie haben schon richtig verstanden!«, sagte Dehner, als er sich wieder gefangen hatte, um die Peinlichkeit des Vorgangs abzuschwächen.

»Äh, was verstanden? Sollen wir den Verdächtigen …«

»Festnehmen! Festnehmen sollen Sie den!«, schäumte Dehner.

»Aber auf welcher Grundlage denn?«

»AUF DER GRUNDLAGE WEIL ICH DAS SAGE!!«

Nun war es so, dass der verunsicherte Polizeianwärter bis an die Fensterfront zurückgewichen war, um sich vor weiterer Spuckerei zu schützen. Wuppke hatte mit zunächst wachsender Beruhigung beobachtet, dass die spiegelnde Scheibe den Blick auf die verfänglichen Gartenarbeiten verunmöglichte, und hätte im Moment selber nicht sagen können, ob sie noch andauerten oder nicht. Als nun aber der Rotgesichtige sich gegen die Wand lehnte und unabsichtlich den dort befindlichen Lichtschalter betätigte, erschrak er bis ins Mark, denn die aufflammende Beleuchtung gab, wie auf einer Theaterbühne, den Blick auf zwei Handlanger Hadis frei, einer vorne, einer hinten, und in der horizontalen Mitte Mustafa. Man muss sich das ein bisschen als die Versinnbildlichung der Redewendung »auf frischer Tat ertappt« vorstellen. Ulkigerweise sah aber gerade keiner hin, oder sagen wir: keiner, für den es etwas

Neues gewesen wäre. Dehner hatte seinen Hustenanfall, der Rotgesichtige stand mit dem Rücken zum Fenster, und der Blasse war grade mit seinem Handy dran. Alle anderen starrten indessen natürlich auf die geblendeten Tatortreiniger, klar. Die ganze Geschichte stand jetzt auf Messers Schneide.

Wuppke räusperte sich und machte den Rotgesichtigen unauffällig auf sich aufmerksam. »Das Licht«, flüsterte er, so als wolle er ein wichtiges Gespräch nicht unnötig stören. Der Rotgesichtige zeigte sich hilfsbereit und schaltete das Licht wieder aus. Während der Chinese und Jorgensen fast hörbar aufatmeten und Wuppke dem Hilfspolizisten den gereckten Daumen zeigte, wie die Fußballer das immer machen, wenn ein weiter Pass quer übers Feld im Aus gelandet ist, hatte Dehner, noch immer hustend, das ganze Ausmaß des Verbrechens aufgedeckt. Er wandte sich an den Rotgesichtigen und machte ihm ein Zeichen, das Licht wieder einzuschalten, konnte sich aber nicht vernünftig artikulieren.

Wuppke musste sofort handeln. Er verstellte Dehner die Sicht zur Fensterfront und sagte, als sei er des Chinesen Rechtsbeistand: »Hören Sie, es ist doch überflüssig, hier aus einem kleinen Verkehrsdelikt gleich den Stoff für den nächsten *Polizeiruf* machen zu wollen.«

Dehner wollte sich auf Wuppkes Gequatsche aber gar nicht einlassen, zu sehr hatte ihn aufgerührt, was er im Garten gesehen hatte.

»Gehen Sie mir …«, flüsterte er und machte keuchend wedelnde Handbewegungen, um Wuppke zu verscheuchen, »gehen Sie mir aus der Sonne, ich will …«

»Noch etwas Wasser?«, fragte Wuppke, um noch einige womöglich entscheidende Sekunden zu gewinnen. Aber

Dehner stieß Wuppkes Arm mit dem Wasserglas beiseite und setzte sich selbst nach dem Lichtschalter in Bewegung, stieß, als er den Rotgesichtigen erreicht hatte, diesen von seinem Platz, und schaltete entschlossen das Licht an.

»Jetzt hab ich euch da, wo ich euch …«

Doch weiter kam er nicht, denn im Garten standen keine dringend Tatverdächtigen, sondern ein Chor von uneinheitlich gekleideten Cheerleadern. Zeitgleich mit dem Aufflammen des Lichts ertönte das Gestampfe eines billigen One-Hit-Wonders aus den späten Neunzigerjahren, und sofort schüttelten die Mädchen ihre Glitzerpuschel und legten mit der Choreografie los: »I'm Blue, da-ba-dee, da-ba-daa …«

»Was soll denn …?«, fragte Dehner. »Was soll …?« Und er bekam erneut einen Anfall, diesmal allerdings den letzten, denn sein Herz machte die ganze Aufregung nicht mehr mit. Er röchelte, fiel um und war tot.

Wenige Augenblicke zuvor hatte sich Henger oben in seinem Gästezimmer angekleidet und mit den letzten Krümeln Pulmoll aus der Dose gestärkt. Es war nicht viel, trug aber merklich zur Entscheidungsfindung bei, nämlich, dieses Irrenhaus zu verlassen und wieder zurück nach Hamburg zu gehen oder sonst wohin. Natürlich hatte er sein Engagement als Inselaffe für Jorgensens albernes Filmchen noch nicht beendet, aber welcher Teufel hatte ihn überhaupt geritten, dass er sich dazu hatte breitschlagen lassen? Immerhin war er Blue Henger, weltberühmter Starschauspieler und Sexsymbol! Hatte er es denn nötig, sich hier billig zu verdingen und obendrein auch noch von Gangstern beim Leben bedrohen zu lassen? Doch wohl nein!

Er überprüfte den Weißegrad seiner Zähne vor dem Spiegel, packte seine wenigen Habseligkeiten und wollte gerade das Zimmer verlassen, als draußen Musik einsetzte.

Keine Frage, das waren Fans, die Wind von seinem Aufenthaltsort bekommen hatten! Zuspruch konnte er immer gut gebrauchen, nach seinen verstörenden Sylter Erlebnissen ganz besonders. Er modellierte sich unter komplizierten Handbewegungen seinen gegelten Pony stirnwärts, machte im Takt der Musik ein paar Zahnseide-Moves und eilte die Treppe hinunter, um seiner Anhängerschaft gegenüberzutreten. Wer weiß: Vielleicht hatte er ja bei einer von ihnen mehr Glück als mit dieser Effi.

Ohne sich um die übrigen Erwachsenen zu kümmern, riss Effi die Schiebetür auf, nahm den Ghettoblaster und zerschmetterte ihn auf dem Terrassenpflaster, wodurch die Musik naturgemäß stoppte. Sie hätte natürlich auch einfach auf Stopp drücken können, aber große Gefühle verlangen immer nach einem entsprechenden Ausdruck.

»Wieso macht ihr denn nicht weiter?«, kam es von Blue aus dem Hintergrund, und sofort fuhr die Geräuschkulisse wieder hoch, diesmal aber hauptsächlich wegen Gekreische.

»Seid still!«, kreischte aber Effi am lautesten. »Die Party ist vorbei!«

Da nahmen die Cheerleader den am Boden liegenden Mann wahr und wurden tatsächlich still.

»Was ist denn mit dem?«, wollte eine von ihnen wissen.

»Es ist vielleicht besser«, schaltete Wuppke sich ein, »wenn ihr ein andermal wiederkommt, im Augenblick passt es etwas schlecht.«

»Aber Effi?«, fragte eines der Mädchen geradeheraus. »Hast du Blue denn schon herumgekriegt?«

Effi fragte sich, ob das Eingeständnis ihres Scheiterns nicht mit Gesichtsverlust verbunden wäre.

Wuppke spürte, dass Effis Entschlossenheit wankte. »Du musst nun stark sein. Lass Blue los! Ein anderer wird kommen!«

Da sah Effi mit feuchten Augen zu ihm auf, und eine Träne rollte ihr über die Wange. »Ich wollte doch nur …!«

Und Wuppke, der ihr Verhalten ja von Beginn an als den verzweifelten Schrei nach Liebe erkannt hatte, der er war, sagte leise: »Was wir wollen, ist nicht automatisch das, was wir brauchen, Effi.«

Während diese innige Zwiesprache von niemandem mitgehört wurde, klingelte es abermals an der Tür. Diesmal war es der von Jorgensen herbeigerufene Notarzt, der unverzüglich eingelassen wurde und Dehner gleich in die stabile Seitenlage brachte. Alle sahen gespannt zu und warteten, ob der Ermittler durch diese Maßnahme nicht doch noch ins Leben zurückfände. Da aber sprach jemand aus den Tiefen des Gartens mit Grabesstimme:

»Das wurde aber auch langsam Zeit!«

Eines der Cheerleadermädchen drehte langsam den Kopf und sah aus den Augenwinkeln, wie eine bleiche, tropfnasse Gestalt mit einem Pfeil im Kopf auf sie zuwankte. Wie in einem Teenie-Slasher schrie sie in so hohem Frequenzbereich, dass die gesamte Fensterfront zerbarst und die Scherben klirrend herunterregneten. Auch Hunde in der Nachbarschaft begannen zu jaulen. Die Cheerleader stoben in alle Himmelsrichtungen auseinander, auch ihr Gekreische war natürlich Genrekonvention.

»Er lebt!«, rief einzig Effi freudig aus.

»Ich habe Kopfschmerzen«, sagte Mustafa.

Der Notarzt hatte sich derweil von Dehner erhoben und war schon dabei, sein Stethoskop wegzupacken. »Also der hier kommt für uns als Patient nicht mehr infrage«, sagte er lakonisch und rollte den Ex-Polizisten mit der Fußspitze wieder in seine ursprüngliche Lage zurück. Da wurde er auf Mustafa aufmerksam. »Aber der da ist ein interessanter Fall!«

Er bestand darauf, Mustafa gleich mit ins Labor zu nehmen, um den Fall wissenschaftlich zu studieren und in Fachzeitschriften zu veröffentlichen. Auch wenn den Hilfspolizisten die Sache mit dem Pfeil natürlich ein bisschen Kopfschmerzen bereitete, waren sie letztlich mit seinem Abtransport einverstanden. Sie schlugen sogar vor, dass Dehner gleich mitgenommen werde, auf diese Weise könnten sie sich nämlich den lästigen Papierkram sparen. Effi, deren Verantwortungsgefühl mit ihrer Tat und den Folgen erwacht war, wollte Mustafa in die Nordseeklinik begleiten, aber erstens war im Krankenwagen kein Platz mehr, und zweitens konnte Miriam sie davon überzeugen, dass Ruhe ihm gegenwärtig am besten hülfe. Das Stichwort Nordseeklinik erinnerte wiederum Blue an die unseligen Zeiten, die er dort verlebt hatte, und seinen vorhin gefassten Plan, diese verdammte Friesensandbank endlich zu verlassen. Nun musste er allerdings einsehen, dass so spät – es ging auf Mitternacht – keine Bahn mehr nach dem Festlande führe, und da er nicht nur eigensinnig, sondern auch bequem und sicherheitsliebend und Hadi inzwischen garantiert wieder erwacht war, machte er Anstalten, kommentarlos in sein Gästezimmer zurückzukehren.

Da hatte er die Rechnung aber ohne Wuppke gemacht, der nach einem Aufhänger wie diesem nur gesucht hatte, um sich in diesem Closed Circle Mystery als derjenige in Szene zu setzen, der als Einziger die losen Enden zusammenführen konnte.

»Interessant, dass du dich hier wieder einquartieren willst, Blue. Allerdings frage ich mich, ob sich alle anderen Hausbewohner auch wohl damit fühlen – nach allem, was so vorgefallen ist.« Dabei schaute Wuppke bedeutsam in die Runde und erhielt ganz unterschiedliches Feedback. Jorgensen etwa zuckte die Achseln. »Na sicher, morgen sind doch wieder Dreharbeiten.«

»Ich verstehe«, sagte Wuppke zweideutig, ohne dass man jetzt schon wüsste, worin die Zweideutigkeit eigentlich bestand.

»Und du, Effi? Ist es dir auch recht, dass Blue noch eine weitere Nacht unter eurem Dach verbringt?«

Wie nicht anders zu erwarten gewesen, mischte Miriam sich wieder ein, klar, irgendwo war es ja auch ihr Haus. »Was soll denn diese Fragerei? Wäre das nicht unsere Aufgabe, wenn überhaupt?«

»Ich frage aber Effi«, sagte Wuppke unbeirrt. »Also Effi, nach allem, was zwischen euch gewesen ist: Fühlst du dich wohl dabei, wenn Blue im Nebenzimmer schläft, quasi Seite an Seite mit dir?«

Effi blickte zu Boden und schüttelte den Kopf.

»Und warum nicht? Hat es vielleicht etwas mit seinem Verhalten dir gegenüber zu tun? Hm?«

»Sind das nicht alles Suggestivfragen?«, wollte Blue wissen.

»Wir sind hier nicht vor Gericht!«, bügelte Wuppke den Einwand ab. Und zu Effi: »Also?«

»Er wollte mich doch sowieso verlassen! Und wie er die Caroline grade angesehen hat …«

»Caroline ist deine beste Freundin?«

Effi nickte traurig. »Er hat sie so angesehen, wie er mich am Anfang angesehen hat!«

»Ich hab dich doch noch nie angesehen!«, kam es von Blue.

»Du bist jetzt nicht an der Reihe«, sortierte Wuppke die Beiträge. »Effi, ich verstehe dich. Wir haben alle gehört, wie Blue zu dir steht. Wenn man dann noch berücksichtigt, welche Schuld du seinetwegen um ein Haar auf dich geladen hättest …«

Bei dem Gedanken daran begann Effi wieder zu schluchzen.

»Also das geht mir jetzt entschieden zu weit!«, rief Miriam.

»Und Sie, Frau Jorgensen«, so als hätte Wuppke nur auf ihre Meldung gewartet. »Trifft es etwa nicht zu, dass Sie von Anfang an gegen Blue als Hausgast waren?«

»Das wissen Sie doch wohl am besten!«

Der Chinese war übrigens auf seiner Sofalandschaft ein wenig weggesackt, da ihn dieser Zweig der Ereignisse wenig betraf und er sich, ja, sagen wir es rundheraus, ein wenig zu langweilen begonnen hatte. Um sich die Zeit zu vertreiben, schaltete er den Fernseher ein und erfreute sich kurz am eingebauten Wasserspeier, konnte es aber dann nicht mit ansehen, wie die fehlende Feineinstellung den Boden ruinierte, krempelte sich die Ärmel seiner Barista-Kluft hoch und begann, die Anlage zu reparieren.

»Herr Jorgensen!« Wuppke kam mit seinem Plädoyer nun langsam zum Ende. »Wenn Sie all dies so hören: Erscheint es

Ihnen da angemessen, weiterhin an Blue als Ihrem Gast und Geschäftspartner festzuhalten?«

»Sag mal, was bist du eigentlich für ein linker Schmierlapp, Wuppke?«, fragte Blue.

Wuppke gab darauf klug zur Antwort: »Ich möchte mal klarstellen, dass ich keinerlei eigennützige Ziele in dieser Sache verfolge, sondern Sie alle nur ganz transparent darin unterstützen möchte, die beste Lösung zu finden.«

Aus seiner Sozialarbeiterzeit wusste Wuppke, dass Transparenz dort als Kardinaltugend angesehen wird. Aber wie er jetzt so darüber nachdachte, fiel ihm auf, dass transparent ja durchsichtig bedeutet, und wenn man durch etwas Durchsichtiges hindurchguckt, sieht man gar nichts, außer, was dahinter ist, also zum Beispiel ein Bücherregal oder eine Fototapete. Das heißt, wer sich transparent gibt, lenkt den Blick von sich auf etwas anderes, um ganz ungestört seiner eigenen unsichtbaren Agenda nachzugehen. Demgegenüber kam es Wuppke viel aufrichtiger vor, weiterhin undurchsichtig zu bleiben.

»Es ist ernüchternd«, sagte Miriam, »Ihnen dabei zuzusehen, wie Sie die Lügen, die Sie über sich selbst erzählen, auch noch zu glauben scheinen.«

Wuppke kannte ja im Grunde nur zwei Kommunikationszustände, entweder er sagte gar nichts, oder er ging richtig ins Detail. »Herr Jorgensen? Wie werden Sie sich entscheiden? Alles hängt jetzt von Ihnen ab! Unterstützen Sie Ihre Familie? Oder interessieren Sie sich einzig und allein für Ihre Karriere? Na?«

Jorgensen atmete hörbar aus. »Du kannst einen echt fertigmachen, Wuppke. Die Welt ist doch nicht nur schwarz oder weiß.«

»Da bin ich bei Ihnen! Aber die Wahl, ob Sie hinter Blue oder Ihrer eigenen Tochter stehen wollen, ist es schon.«

»Aber ohne Blue wird der Film nicht fertig, und wer weiß, ob ich dann Bürgermeister werde!« Jorgensen wartete, ob ihn diese Drohkulisse von der Unterstützung seiner Tochter freistellte. Es war aber klar, dass Effi und Miriam jetzt, wo das Thema Loyalität einmal auf dem Tisch lag, ein eindeutiges Bekenntnis erwarteten.

»Andererseits ...«, begann er also zögerlich. »wenn ich's recht bedenke, Blue, dann finde ich es nicht in Ordnung, wie du dich Effi gegenüber verhalten hast.«

»Ja wie denn?«, wollte Blue wissen, er war sich da gar keiner Schuld bewusst, wo Effi ihm doch eigentlich von Anfang an am Arsch vorbeigegangen war.

Jorgensen sah hilfesuchend Wuppke an.

»Na, wie du zum Beispiel Effis beste Freundin angegraben hast«, half Wuppke aus.

»Ja, genau«, sagte Jorgensen erleichtert.

Statt jetzt noch weiter auf Blue herumzuhacken, der hier ja das kleinste Steinchen im familiären Problemgetriebe war, lenkte Wuppke den Fokus auf den dicksten Brocken.

»Erinnert Sie das nicht an Ihren eigenen Versuch, Herr Jorgensen, sich durch promiske Turteleien aufzuwerten – auf Kosten nicht nur Ihrer Frau, sondern auch Ihrer Tochter, die durch dieses Manöver trianguliert wurde?«

»Wieso werde ich denn jetzt angegriffen?«, empörte sich Jorgensen. »Sie sind eine Ratte, Wuppke!«

»Giraffe, wenn schon«, sagte Wuppke seriös.

»Ich habe doch nur versucht«, begann Jorgensen laut, um dann leiser fortzufahren: »Ich wollte die Miriam doch nur eifersüchtig machen!«

»Aber wieso denn?«, wollte Miriam da verständlicherweise wissen.

»Weil du mich, also ... du hast mir das Gefühl gegeben, dass ...«

»Vorsicht!«, hakte Wuppke ein, »hier muss ich gerad mal einhaken. Für unsere Gefühle sind wir selbst verantwortlich!«

»Aber ...«, machte Jorgensen.

»So einfach ist es nicht!«, sagte Miriam mit Bestimmtheit zu Wuppke. »Wohl noch nie von Spiegelneuronen gehört!«

»Und ob«, sagte Wuppke, der sich über das Thema Spiegelneuronen schon verschiedentlich schlaugemacht hatte, zuletzt in *Galileo: sehen – staunen – verstehen.* »Wir brauchen da aber jetzt nicht ins Detail zu gehen. Die Sache ist doch die, dass Sie, Herr Jorgensen, das Gefühl hatten – aus welchem Grunde auch immer! –, dass Ihre Frau Sie nicht mehr als Mann wahrgenommen hat, ist es nicht so?«, schlug Wuppke vor.

»Genau! Ganz genau!«

»So ein Käse«, sagte Miriam.

»In der Tat, Ihre schwindende Virilität können Sie nicht Ihrer Frau anlasten, Herr Jorgensen. Ihr Selbstwertgefühl einrüsten, das kann sie gar nicht leisten!«

»Ah«, sagte Jorgensen.

»Müssen wir dieses Thema hier besprechen?«, fragte Miriam mit Blick auf Effi.

Diese beantwortete die Frage aber auf ihre Weise: »Ich wollte euch auch eifersüchtig machen!«

»Weiter, Effi!«, ermunterte Wuppke das Mädchen. »Warum?«

»Damit ihr euch endlich wieder um mich kümmert und nicht nur um euch!«

»Also könnte man sagen«, Wuppke tat so, als würde er laut und ganz unvoreingenommen über den Fall nachdenken, »dass du für Henger eigentlich gar nichts empfunden, sondern nur versucht hast, deine Familie wieder zu vereinen?«

»Das hat sie doch gerade eben gesagt«, meinte Miriam, die offenbar noch nicht ganz akzeptieren konnte, dass Wuppke den gordischen Knoten ihrer familiären Verstrickung im Handstreich durchschlagen hatte.

»Verzeihung«, sagte Wuppke, der wusste, dass nun kein weiteres Zutun von seiner Seite mehr notwendig war: Das Senfkorn der Erkenntnis hatte irreversibel gekeimt, und schon sehr bald würde der schirmtraubige Blütenstand neuen Verständnisses aus ihm erwachsen.

Nachdem Henger der familiären Wiedervereinigung geopfert und aus dem Haus gejagt worden war, kuschelte sich Effi zwischen ihre beiden Elternteile und wurde von Salid mit heißer Schokolade versorgt, nach deren Genuss sie auf dem Sofa, Kopf an der väterlichen Schulter, selig einschlief.

Wuppke stand jetzt vor der Aufgabe, alle Verhandlungen rasch zum Abschluss zu bringen, damit langsam alle ins Bett kamen.

»Wollt ich jetzt noch mal nachfragen, Carsten«, sagte auch schon der Chinese, der sich gerade die Hände mit einem ölverschmierten Lappen abwischte und sein Reparaturwerk betrachtete. Tatsächlich funktionierte der Wasservorhang jetzt einwandfrei und traf genau den Teich. Wäre der Chinese jetzt durch seine Geschäftsbesprechung nicht so stark eingebunden gewesen, hätte er sogar noch rasch das Parkett gemacht. Jetzt setzte er sich wieder hin und fragte, während im Kabelfernsehen die Coursing-Szene einer Guy-Ritchie-Gaunerkomödie lief, in der zwei Windhunde auf freiem Feld einem Hasen nachjagten, der wie verrückt Haken schlug: »Was hab ich von die Sache ganze, mit Strand aufschütten? Will ich Rendite und so, Hauptsache.«

»Ist doch klar«, sagte Wuppke, der Zeit gewinnen musste, um sich schnell die nächsten Handlungsschritte seines Masterplans auszudenken. »Schau, ob du eine Heide kaufst oder ein Schiff, erst mal wirst du sowieso eine Stange Geld los. Auf die Heide müsstest du dann auch noch Häuser setzen, was das alles kostet! Mit dem Schiff siehst du viel schneller Rendite, und zwar eine viel größere!«

»Größer?«, fragte der Chinese, um sicherzustellen, dass die Rendite auch wirklich größer war.

»Viieeel größer«, bestätigte Wuppke gedehnt. »Weil, den Sand, den du an die Küste pumpst, bezahlt dir das Land Schleswig-Holstein. Damit steigt nicht nur dein Ansehen, sondern du kriegst dein investiertes Geld auch sauber und weichgespült zurück.« Wuppke klatschte wieder in die Hände, diesmal, um auf die weitreichende Genialität seines Plans hinzuweisen.

»Ist Geld nicht dreckig«, sagte der Chinese beleidigt.

»Schon klar«, sagte Wuppke, »das war nur eine Metapher.«

»Höchstens bisken staubig«, räumte der Chinese ein. »Also was kostet Pusteschiff?«

»Was weiß denn ich«, Wuppke ehrlich ahnungslos. »Paar Millionen wird das schon kosten.«

»Ah, gutgut.«

Auf dem Fernsehschirm hatten die Windhunde den Hasen übrigens so gut wie erreicht, es war gar kein Zweifel möglich, dass das Kleintier demnächst das Zeitliche segnen würde.

»Und am Ende«, jetzt war es Zeit, auch Jorgensen wieder einzubeziehen, »habt ihr beiden dann ganz nebenbei eine tiefere Fahrrinne vor List freigebaggert und könnt den Hafen ausbauen, sodass auch Kreuzfahrtschiffe dort haltmachen können.«

»Brillant«, sagte Jorgensen. »Die Idee könnte von mir sein!«

Da schlug der Hase abermals einen Haken, und die Windhunde liefen ins Leere. »Ihr könnt den Hafen nicht vergrößern.« Miriam hasste es, die chronische Spielverderberin zu spielen, als die sie längst alle ansahen, aber ihr blieb nichts anderes übrig, weil man diese Männer mit dem Nachdenken nicht alleine lassen durfte. »Es gibt ein Nachhaltigkeitskonzept, Jost. Schon vergessen? Wir haben das mit entwickelt. Was Wuppke da vorschlägt, ist Verrat an allem, woran du mal zu glauben vorgegeben hast!«

»Sicher«, sagte Jorgensen zerstreut, »sicher. Das mit dem Hafen, das geht natürlich nicht. Das war ja nur so ein Gedanke vom Wuppke. Eine verrückte Idee! Natürlich für die Hotelbranche nicht uninteressant, gerade in den Wintermonaten. Aber ganz abwegig. Wenngleich: Arbeitsplätze! Gewerbesteuern! Vom Imagegewinn gar nicht zu reden. Und überhaupt: die Umsätze! Wirklich voller spannender Möglichkeiten, diese Hafenidee.«

»Hafen ist gut«, sagte der Chinese.

Und Miriam: »Jost? Verscherz es dir jetzt nicht wieder!«

Ein letztes Mal versuchten die Windhunde, den Hasen zu schlagen, doch mit unerklärlicher Kraftreserve änderte er nochmals die Richtung und rannte uneinholbar davon.

Jost sog geräuschvoll die Luft ein. »Nur leider vollkommen unmöglich!«

»Was unmöglich«, beharrte der Chinese, »ist gute Möglichkeit, hast du gesagt grade. Hör nicht auf Weib!«

Jorgensen war hin- und hergerissen. Wuppke spürte, dass er das Wohlwollen seiner Frau brauchte, andernfalls würde heute Abend kein Deal mehr zustande kommen, und nicht nur heute Abend, sondern gar nicht mehr. Er spürte, wie sich Schweißflecken an den dafür geeigneten Stellen seiner Kleidung bildeten. Langsam hatte er das Gefühl, als müsste er mehr Asse aus dem Ärmel zaubern, als im Spiel waren.

Da klingelte es letztmalig an der Tür. Es war der Eisverkäufer vom Westerländer Strand, der ja schon vor über hundert Seiten angedeutet hatte, noch ein anderes Standbein als den Eisverkauf zu haben, und so wird auch dieser Strang zum Schluss noch auf gekonnte Weise zu einer hübschen Schleife verschnürt.

»Nabend«, sagte der Junge. »Ich bringe Blumen.«

»Was bringst du?«, fragte Jorgensen total überfordert.

»Blumen.«

»Was denn für Blumen?«

»Rosen, hauptsächlich. Glaube ich. Sind das nicht Rosen?«

Miriam erkannte von Weitem: »Es sind Rosen.«

»Ich meine: Warum?«, fragte Jorgensen.

»Na, für Eis ist es jetzt ein bisschen spät.«

»Und für Blumen etwa nicht?«

»Aber ich bin sofort los!«, sagte der Blumenbote mit schlechtem Gewissen, denn er wusste, man zieh ihn des Trödelns.

»Für wen sollen die denn überhaupt sein?«, wollte Jorgensen wissen, was natürlich ein bisschen eine ungeschickte Frage war, wie Wuppke fand, wenn die eigene Ehefrau, die man gerade am Zurückerobern ist, drei Meter weiter steht.

»Keine Ahnung.«

»Ist denn da nicht irgendwo eine Karte dazwischen?«, schaltete Wuppke sich aus dem Off ein, so konnte das ja nicht weitergehen.

Der Junge sah nach und fand tatsächlich eine Grußbotschaft.

»Für meine geliebte Miriam!«

»Was hast du gesagt, du Pinsel?«

»Steht da! *Für meine geliebte Miriam*!«

»Ja, wer soll die denn geschickt haben?«, fragte Jorgensen.

»Das weiß doch ich nicht!«

»Steht doch alles auf der Karte drauf«, Wuppke wieder von den hinteren Plätzen.

Der Bote sah nach. »Das war ... Sie waren das, Herr Jorgensen! Jetzt fällt's mir wieder ein! Einige Zeit zuvor schickten Sie mich los, damit ich in der Zukunft ihrer Frau Freudenspender sei!«

»Hmmm«, sagte Jorgensen skeptisch. »Freudenspender? Sollte ich das wirklich so gesagt haben?«

»An den genauen Wortlaut kann ich mich nicht erinnern.«

»Steht da nicht noch mehr auf der Karte?«, rief Wuppke.

»Ein Gedicht, glaub ich!«, rief der Junge zurück.

»Lies doch mal vor!«

»*Zweifle an der Sonne Klarheit,*
Zweifle an der Sterne Licht,
Zweifl', ob lügen kann die Wahrheit,
Nur an meiner Liebe nicht.«

»Überaus geschmackvoll ausgesucht!«, rief Wuppke. »Ist das nicht sogar von Shakespeare?«

»Ich habe alle Filme von Shakespeare im Original gesehen!«, warf sich Jorgensen in die Brust.

Miriam war ihrem Mann während des Lyrikvortrags unbemerkt näher gekommen und lehnte sich nun in einer Weise an ihn an, die Wuppke einen leichten Stich versetzte, ob vor Enttäuschung oder Erleichterung, darf sich jetzt gern jeder selbst zusammenreimen.

»Vergiss den Hafen«, sagte Miriam in plötzlich wohlmeinender Stimmlage. »Noch mehr Touristen braucht kein Mensch. Baut lieber einen Windpark draußen auf dem Meer.«

»Gerade wollte ich das vorschlagen«, warf Wuppke ein und war sich plötzlich sicher, für heute Nacht keinen Schlafplatz mehr suchen zu müssen. Erschöpft ließ er sich neben den Chinesen sinken, der ihm anerkennend auf die Schulter klopfte, und kam endlich dazu, einen Schluck Tee zu trinken. Voller Vorfreude griff er nach der Tasse.

Aber der Tee war inzwischen erkaltet.

15. Die Reise des Helden ist zu Ende. Wuppke erhält sein Elixier und kehrt in seine gewöhnliche Welt zurück

Zurück in Berlin stellte Wuppke fest, dass die Stadt noch immer laut, schmutzig und lebensfeindlich war und dass Sylt, bei aller berechtigten Aversion, vom Erholungsaspekt her so übel gar nicht gewesen war. Es half aber nichts, seine runtergerockte Einzimmerwohnung mit Balkonblick auf die Stadtautobahn befand sich nun mal hier und nicht auf Sylt. Und da während seiner Abwesenheit wohl niemand aufgeräumt haben würde, beschloss Wuppke, gleich mal auswärts zu frühstücken.

Zur Feier seiner erfolgreichen Mission ging er zum Starbucks, um sich einen perfekten Caffè Latte mit künstlichem Haselnussaroma in der Genussgröße »venti« zu gönnen. Wuppke wusste nicht, was »venti« oder ob es überhaupt etwas bedeutete, aber es kam auf der Preistafel nach »tall« und »grande«, also nahm er an, dass es ungefähr die Größe dieser Colaeimer in den Multiplexkinos haben würde, zwei Liter oder so.

Wovon Wuppke auch nichts gewusst hatte, als er ins Starbucks ging, um sich dort einen Caffè Latte mit künstlichem Haselnussaroma in der Genussgröße »venti« zu kaufen, waren all die vielen Menschen, die zur gleichen Zeit dieselbe Idee wie er gehabt hatten, also stand er erst mal locker zwanzig Minuten in der Schlange und hörte sich die Probleme der

Leute an, die es sich leisten können, in der Schlange zu stehen und ihre Probleme mit warten zu lassen.

Er blieb aber ganz geduldig, klar, Erholungseffekt. Als er dann endlich dran war, sagte die Starbucks-Bedienstete, die Genussgröße »venti« sei momentan nicht avanti, weil die entsprechenden Tassen noch im Spüler seien. Ob Wuppke auch einen Pappbecher nehme? Wuppke sagte darauf sinngemäß, dass er zum ersten und einzigen Mal in seinem Leben im Starbucks sei und nicht zwanzig Minuten in der Schlange gestanden habe, um sein Elixier aus einem fimschigen Pappbecher zu trinken, da könne er ja gleich zum Backshop rein, wie er das sonst immer mache, und er zahle auch nicht vollkommen überteuerte vier Euro fünfzig, um statt eines Starbucks- ein Backshop-Genussgefühl zu haben, ob das verstanden werde? Außerdem sei da noch die Sache mit der Umwelt.

Die Starbucks-Verkäuferin sagte, das sei ja alles schön und gut, aber die großen Tassen seien halt immer noch in der Spülmaschine, und die Leute hinter Wuppke wurden schon langsam ungeduldig.

»Ich will kein Spielverderber sein«, sagte Wuppke, indem er sich seiner gereiften Persönlichkeit entsann, »also geben Sie schon her den Pappbecher.«

Die Frau lächelte darauf ein »Also geht doch, mein Junge«-Lächeln und fragte Wuppke nach seinem Vornamen.

»Was soll jetzt das mit meinem Vornamen wieder?«, fragte Wuppke aufrichtig verwundert.

Ob es ein Problem für Wuppke sei, dem Personal seinen Vornamen zu nennen, wenn er dazu aufgefordert werde, das hier sei immerhin Starbucks, wo man seine Kunden streng auf ihre Bedürfnisse hin bediene, und wenn er das nicht glauben wolle, dann könne er gern nach nebenan in den Befragungsraum gehen, wo man herausarbeiten werde, ob ein Caffè Latte mit Haselnussaroma in der Genussgröße »venti« überhaupt das sei, was zu Wuppke als Typ in seiner Lebensgesamtheit im Moment optimal passe.

Da kann man sich vorstellen, dass Wuppkes Persönlichkeitsreifung auf eine harte Bewährungsprobe gestellt wurde. Tatsächlich wurde er jetzt nämlich in einen entsprechenden Raum geführt, wo zwei erdfarbene Polstermöbel unter passiver Deckenflutung verschwammen und dezente Ambientwellen ihn unter imperativen Entspannungsdruck setzten. Bei so was muss man erst mal die Ruhe bewahren.

»Bitte setz dich«, sagte ein junger Starbucks-Bediensteter mit androgyner Anmutung, der sich die Haare offenbar absichtlich grau gefärbt hatte. Wuppke war einer respektlosen Bemerkung nahe, als der Mensch aber vor ihm das Wort ergriff.

»Wie du vielleicht weißt, sind wir nicht irgendein x-beliebiger Gastrostandort, wo man sich mal eben kurz seine Koffeinplörre abholt«, sagte er in einem recht versnobten Singsang mit interkontinentalem Akzent.

»Nein«, sagte Wuppke, »von *mal eben kurz* kann tatsächlich keine Rede sein.«

»Qualität braucht eben Zeit«, erklärte das diverse Individuum geduldig.

»Sie hat aber auch ihren Preis«, ergänzte Wuppke und freute sich, dass er phrasenmäßig mühelos mithalten konnte.

»Ich weiß nicht«, sagte der oder die Berufsjugendliche, die am unteren Ende seiner Starbucks-Kluft ganz ausgesucht neonfarbene und offenbar seit ein paar Stunden toptrendige Laufschuhe trug, »ob du dir darüber im Klaren bist, dass du mit deiner Haltung unvermeidlich Identifikationsprobleme mit unserem Label bekommen wirst.«

»Darüber hatte ich noch gar nicht …«

»Beziehungsweise: wir mit dir. Es kommt mir vor, als hättest du überhaupt keine Ahnung, wo du bist. Der Energieverbrauch in unseren Coffee Houses stellt rund 80 % unseres gesamten CO_2-Fußabdrucks dar!«

»Sind da die Pappbecher schon mit drin?«

»Es gibt Leute, die nehmen sich einen ganzen Tag frei, nur um bei uns eine unserer ausgesuchten Kaffeespezialitäten zu erleben. Und du glaubst, du kannst einfach hier hereinspazieren und –«

»Ich will ja nicht drängeln, aber dauert diese … was ist das hier eigentlich?«

»Befragung«, sagte der junge Mensch eisig.

»Dauert diese Befragung noch lange? Mein Kaffee wird doch kalt.«

»Mach dir darüber mal keine Sorgen. Wir haben die Bestellung vorübergehend eingefroren, bis wir Klarheit in dieser Sache haben.«

Wuppke musste auf diese Äußerung hin sehr herzlich lachen, worauf die Gastroperson genervt mit den Augen rollte und mitleidig den Kopf schüttelte. »Du nimmst diese Sache hier überhaupt nicht ernst, oder?«, fragte sie jetzt und streifte sich halbtransparente Gummihandschuhe über, wie Mediziner oder auch ganz besonders grausame Folterknechte in gewissen voyeuristischen Filmerzeugnissen es zu tun pflegen.

»Was soll das werden?«, fragte Wuppke denn auch, ihn trieben plötzlich die abgründigsten Gedanken um. Da stand sein Gegenüber auf und reichte Wuppke die Hand.

»Ich habe mich entschieden, dich für dieses eine Mal als

unseren Gast zu akzeptieren. Mir ist klar, dass du weder langfristige Synergieeffekte für unser Unternehmen generieren noch sonst viral von Nutzen für uns sein wirst. Im Grunde bist du deinem ganzen Persönlichkeitsprofil nach ein völlig wertloser Kunde. Ein dead horse, so nennen wir Leute wie dich. Aber irgendwie mag ich deine einfache Art.«

Stolz trug Wuppke seinen Starbucks-Becher durchs Engelbecken, auch wenn er lifestylemäßig natürlich um Jahre zu spät dran war. Egal, er freute sich, nur das zählt. Glücklich sind die Ahnungslosen! Es war ein schöner Tag, die Vögel zwitscherten, die Junkies am Kotti hatten die Liegestühle rausgestellt und reckten ihre bleichen Gesichter zur Sonne. Wuppke überlegte sich, wie sein Leben nun weitergehen sollte. Man kann sich ja durchaus fragen, ob seine Persönlichkeit durch seine Reise wirklich so stark gereift war, wie das erwartet wird. Und der Erfolg, mit dem er alle handelnden Personen ihren inneren Zielen angenähert und die Geschichte somit zu einem fulminanten Abschluss geführt hatte, könnte sich als Schall und Rauch erweisen, wenn in ein paar Wochen Jorgensen gar nicht zum Bürgermeister gewählt werden und das ganze Kartenhaus in sich zusammenstürzen würde. Letztlich würde dann auch der Chinese leer ausgehen, und es war nicht ausgeschlossen, dass damit alles wieder von vorne losgehen würde, wie in diesem Biberfilm mit Bill Murray.

Immerhin kann man nicht bestreiten, dass Wuppke eine Menge Gutes getan hatte. Zumindest hatte er die Erfahrung gemacht, dass jeder über seine Grenzen hinausgehen kann. Wie aufs Stichwort sprach eine Stimme aus dem Smartphone einer jungen Frau, die sich am Ufer des Landwehrkanals ein

Meditationsvideo ansah: »Grenzenlosigkeit ist Freiheit. Freiheit ist Liebe.«

Obwohl er sich mit Syllogismen nicht so auskannte, erschloss Wuppke, dass Grenzenlosigkeit Liebe war. Und Liebe war doch wohl etwas Gutes. Er freute sich über dieses Zeichen, dass letztlich also doch alles irgendwie gut geworden war.

Da beschloss er aus seiner versöhnlichen Stimmung heraus, Gottschild anzurufen.

»Martin, so eine Überraschung! Bist du wieder in Berlin, du alter Räuber?«

»Ja, ich ruf an, also ich wollte sagen: wegen der Bewerbungen … ich hab noch mal nachgedacht.«

»Gut erholt, sag mal?«

»Wie? Ja, schon. Irgendwie.«

»Erholung ist wichtig!«

»Hör mal, was ich sagen wollte: Wenn du willst, können wir uns mal wieder auf nen Kaffee treffen!«

»Ach, wie nett, dass du daran denkst, Martin. Die Sache ist nur die, ich bin doch jetzt raus. Hab den Job an den Nagel gehängt. Wie ich gesagt habe! Finito. Ende Gelände. Ich mach jetzt erst mal Urlaub, und dann Rente.«

»Ah ja? Verdient hast du's. Wo geht's denn hin?«

»Du wirst es nicht glauben: Nach Sylt!«

Danksagung

Dass ich mir Sylt aus der Nähe und mit angemessenem Sicherheitsabstand ansehen konnte, habe ich der Sylt Foundation um Indra Wussow zu verdanken.

Besonderer Dank gilt Frauke und Dirk.